PÔLE
FICTION

Hayley Long

Nos vies en mille morceaux

Traduit de l'anglais
par Laetitia Devaux

GALLIMARD JEUNESSE

Titre original : *The Nearest Faraway Place*

Édition originale publiée par Hot Key Books,
une marque de Bonnier Zaffre Limited, Londres

Pour quiconque a un jour aimé
et perdu un être cher.

Pour nous, physiciens convaincus, la distinction entre le passé, le présent et le futur n'est qu'une illusion, quoique persistante.

Albert Einstein

0

Mon frère Griff et moi, on a longtemps vécu avec notre maison sur le dos.

On est nés à Londres, on était au jardin d'enfants à Munich, on est entrés à l'école à Shanghai et dans l'adolescence à Barcelone. Quand on est partis vivre à Brooklyn, on s'imaginait être les Anglais les plus cool du quartier. Et on l'était. Surtout parce qu'il n'y avait pas d'autres Anglais.

Dans ces endroits, on s'est fait des amis du nom de Matilda, Maxim, Ibrahim, Li, Emilio et Lester, qui sont dispersés dans le monde, telles les miettes de notre passé.

On avait des passeports remplis de tampons, et des canettes de Coca remplies de pièces de monnaie étrangères.

On savait dire bonjour en plein de langues, et surtout au revoir dans ces mêmes langues.

Car nos parents, des gens géniaux, avaient sans cesse la bougeotte. Ils étaient profs, et ils partaient enseigner comme ça leur chantait à travers le monde. Ils nous ont emmenés partout avec eux. Ce qui nous allait très bien.

Jusqu'au jour où tout a changé.

PREMIÈRE PARTIE

PARTOUT ET NULLE PART

1

Le jour des treize ans de Griff, il faisait chaud.

Très chaud.

Plus chaud qu'en enfer.

En fait, il faisait tellement chaud qu'on aurait dit que New York était en train de fondre. On rentrait de vacances en voiture de location et, quand on a approché de Brooklyn, j'ai distingué Manhattan au loin. On aurait dit que les gratte-ciel vacillaient dans la chaleur.

Il y avait l'autoradio, mais tout bas. Parfois, c'était de la pop ; parfois, ça parlait. De toute façon, je n'écoutais pas. J'ai tout de même entendu un DJ dire : *Les gars, c'est une putain de chaude journée.*

« Un petit génie, le type », j'ai pensé. Comme ça, dans ma tête. Je ne l'ai pas dit pour de vrai. Ça m'aurait demandé trop de forces.

Pour ceux d'entre vous qui sont à New York, il y fait maintenant près de quarante degrés ! Oui, vous avez bien entendu, un quatre suivi d'un zéro. Alors, restez au frais et à l'ombre. Tartinez-vous d'écran solaire et n'oubliez pas le chapeau de soleil et les lunettes noires.

J'ai agité mes jambes ankylosées en poussant

un soupir. Puis je me suis dit que ça suffisait comme ça. Je devais me plaindre. Tout fort.

Mais je n'ai pas été assez rapide.

– Oh, mec ! (Ce gémissement est sorti de la bouche de Griff.) C'est quoi cette putain de journée d'anniversaire ? J'ai le cul en sueur !

– Griff, voyons, a lancé maman du siège passager. Tu es anglais, je te rappelle ; ne te départis jamais de ton flegme britannique !

– Pardon, a marmonné Griff en rougissant un peu. (Après un silence gêné, il a demandé :) S'il te plaît, tu peux monter la clim ?

– Oh, oui ! monte la clim, j'ai renchéri.

Maman a rabattu son pare-soleil pour nous observer dans le petit miroir.

– Tu es donc réveillé ?

– Je n'ai pas dormi, a protesté Griff.

– Ça, on s'en est rendu compte, est intervenu papa. On a adoré la musique de ton jeu vidéo. Ce n'était pas du tout agaçant.

– C'était Temple Run 2, a dit Griff. Ce n'est pas un jeu vidéo, c'est une application.

Et pourtant, il a souri en agitant la main droite. Pour brandir son téléphone flambant neuf.

Je me suis retenu de sourire. C'était un grand jour pour mon petit frère. Son treizième anniversaire, et son premier vrai téléphone.

Maman a dit :

– C'est formidable, Griff. Je suis ravie que tu sois heureux. Mais en fait, c'était à lui que je parlais, elle a dit en me désignant par-dessus son épaule.

– Je suis réveillé depuis le Massachusetts, j'ai déclaré.

– Dans ce cas, tu n'es vraiment pas un grand bavard, Dylan.

J'ai haussé mes épaules rougies par la chaleur en répliquant :

– C'est quoi l'intérêt de parler si on n'a rien à dire ?

Maman a levé les yeux au ciel.

– Faire la conversation en famille, ça ne coûte rien, Dylan. Ça ne va pas épuiser ton crédit.

Puis elle a secoué la tête face à son petit miroir en éclatant de rire.

Je n'ai pas su quoi répondre. Alors j'ai entrecroisé mes doigts, tendu les bras et j'ai fait craquer mes jointures. Une par une. *Crac, crac, crac, crac !* J'ai toujours aimé faire ça.

Griff m'a mis un coup de coude dans les côtes en disant :

– Arrête. Ça me donne des frissons.

Je lui ai rendu son coup de coude.

– Ça suffit, vous deux, a dit papa.

Griff m'a frappé à la jambe, puis il a croisé les bras et il a regardé par la vitre. On aurait dit un enfant parfait en ce jour d'anniversaire. Je me suis mentalement imaginé lui attraper le poignet, lui tordre le bras dans le dos et le faire piailler comme un cochon d'Inde. Mais pas en vrai. Je n'en avais pas l'énergie. À la place, j'ai demandé :

– Papa, s'il te plaît, tu peux mettre la clim plus fort ? C'est un vrai sauna là-dedans, ça rend Griff totalement crétin.

– Tais-toi, a craché Griff. T'as pas le droit de me parler comme ça le jour de mon *anniversaire* ! (En enfonçant le front dans l'appuie-tête devant lui, il a ajouté :) Maman, t'as entendu ?

– Entendu quoi ? a demandé papa.

J'ai ri à l'idée de m'en sortir à si bon compte, puis j'ai approché mon visage de celui de Griff et j'ai commencé à chanter : *Joyeux anni-ver-saaaaire ! Joyeux anni-ver-saaaaaire !* Ce qui m'a fait penser à mon propre anniversaire quelques semaines plus tôt, quand j'avais emmené Matilda Sommer à une fête où j'avais enfin réussi à l'embrasser. J'ai collé ma bouche à l'oreille de Griff et je lui ai soufflé :

– T'as treize ans, mais je parie que t'as encore jamais roulé une pelle, hein, petit crétin ?

Griff s'est écrié :

– Arrête, et d'abord, je suis pas un *crétin* !

Maman a protesté :

– Pouvez-vous, *s'il vous plaît*, cesser d'employer le mot « crétin » ?

J'ai vu que papa regardait mon frère dans le rétroviseur. Puis il a dit :

– On aurait dû te laisser à Barcelone. Rappelle-moi pourquoi on ne l'a pas fait ?

– Ah ah, a craché Griff. Si t'étais pas aussi radin avec la clim, cette conversation n'aurait pas lieu d'être.

– En quoi je suis radin ? a protesté papa. Je viens juste de vous offrir dix jours de vacances en Nouvelle-Angleterre. J'y ai laissé toutes mes économies. Mais là, ce n'est pas un problème d'*économie d'argent*, mais d'*écologie*. Je ne vois pas l'intérêt de consommer plus de carburant qu'on ne le fait déjà.

– C'est débile, a dit Griff.

Je lui ai donné un coup de pied.

– C'est pas débile, espèce d'idiot. (Puis j'ai

regardé la nuque de mon père et j'ai demandé :) On peut baisser les vitres, à la place ?

– Comme tu voudras, a répondu papa. Mais dans ce cas, je coupe la clim. Il est totalement inutile de la laisser allumée, fenêtres ouvertes.

Griff et moi, on a gémi. En dépit de quelques moments de troubles, mon frère et moi avions toujours eu une puissante connexion cosmique. Et là, elle était rétablie. Contre notre père.

La main de papa planait au-dessus du tableau de bord.

– Alors, je la laisse ou je la coupe ?

– Tu la laisses, j'ai ronchonné.

– Laisse-la, a confirmé Griff.

J'ai tourné la tête et posé mon front contre la vitre close. Il y avait de plus en plus de circulation. Comme pour nous rappeler de façon peu agréable que les vacances étaient bien finies.

Des vacances merveilleuses.

On avait loué une Mini Cooper de course verte avec des bandes blanches qui était, selon papa, la voiture la plus cool sur Terre. On était partis dans les monts Catskill, comme papa l'avait voulu, et on avait nagé dans un vrai « lac des cygnes » – pour faire plaisir à notre mère, cette fois. On avait aussi visité une fabrique de glaces dans le Vermont, où on avait testé le parfum piment. Puis on était redescendus vers le Massachusetts, on avait joué au foot dans le jardin public de Boston, on était allés voir un match de basket des Red Sox et on avait mangé des beignets au bord de l'Océan. Des moments magiques.

Mais là, on était à la fois partout et nulle part.

Ni en vacances ni chez nous. Et notre voiture était cernée par des tonnes d'autres véhicules.

Même mes coudes me brûlaient. J'ai ouvert la bouche pour me plaindre mais, comme d'habitude, Griff m'a devancé. Il a posé la tête sur son appuie-tête et il a gémi :

– Je vais mourir. Mon empire pour une bière fraîche !

Maman s'est retournée.

– Dans tes rêves. Tu n'as que *treize* ans.

Les lunettes de soleil de papa se sont reflétées dans le rétroviseur. Il a annoncé :

– Tu auras droit à une bière à la maison. (Il a tourné la tête vers maman et il a ajouté :) Meg, c'est son anniversaire.

– Et toc ! a fait Griff.

Maman a lancé un regard noir à papa, mais elle n'a pas protesté. Moi non plus. Il faisait trop chaud et, de toute façon, je n'aimais pas la bière. J'en avais bu une à une fête. Ça avait un goût de pipi de chat.

Sur la voie de droite, un 4 × 4 de la taille d'un tank nous a doublés. J'ai imaginé ses occupants se prélasser dans un hectare de place et la fraîcheur d'une vraie clim. Moi, j'ai agité les pieds dans un espace de la taille d'une coquille de noix en essayant de me dire que notre voiture était plus belle. En vain. À quinze ans, avec les jambes tellement engourdies qu'on ne les sent plus, savoir qu'on roule dans une Mini Cooper de compétition ne compte plus guère. Et si moi, j'avais mal aux jambes, je n'osais même pas imaginer l'état de Griff. Parce que mon petit frère était en fait plus grand que moi. Pas de beaucoup, mais quand même.

Griff a balancé ses tongs, mis les pieds sur la banquette et a glissé sa tête entre les genoux en position de sauterelle.

– Je voudrais être à la maison pour ouvrir mes cartes d'anniversaire, il a grogné.

– On y est presque, l'a rassuré papa. On est dans le Queens. Juste après, c'est Brooklyn.

J'ai attrapé le gros orteil de Griff et je le lui ai tordu.

– Tu sais déjà qui t'a écrit. Comme d'habitude, tu auras une carte de Matilda…

– C'est toi qui es amoureux d'elle, a rétorqué Griff. Tu es amoureux d'elle. Alors, lâche-moi !

J'ai continué à lui tordre l'orteil comme s'il ne m'avait pas interrompu.

– … de Sven et Silke, d'Emilio en Espagne, une carte de papy et une de Dee, la cousine de maman.

Griff a repoussé ma main en soupirant.

– Avec un bon d'achat pour des livres qu'on ne peut même pas utiliser.

– J'ai entendu, a dit maman. C'est déjà très gentil de la part de Dee de penser à ton anniversaire.

Griff a bâillé en roulant des yeux.

– Cette autoroute est trop chiante.

– Cette autoroute est casse-pieds, je l'ai corrigé. N'oublie jamais que nous sommes anglais.

Mais il n'avait pas tort. On avançait si peu qu'on serait allés plus vite à pied. Notre Mini Cooper était coincée derrière un camion qui transportait des pick-up tout neufs, et même sur la voie pour les véhicules lents, ça allait plus vite que nous.

– Face à une telle densité de moteurs, le sens du monde m'échappe, j'ai dit à moi-même.

À personne, quoi.

Mais maman avait entendu. Elle a d'abord tourné la tête, puis elle s'est tortillée sur son siège pour mieux me voir. Et dans notre voiture qui, malgré tout, ne cessait de nous rapprocher de la maison, elle a demandé :

– Quand as-tu mûri comme ça, Dylan Thomas Taylor ?

– Il faut bien qu'il y ait un adulte dans cette famille, j'ai rétorqué.

Oubliant à quel point j'étais trempé de sueur et épuisé, je lui ai souri. Je n'ai pas pu m'en empêcher. Elle était si jeune et si jolie, là, à côté de mon père. Elle était cool, aussi, avec ses cheveux longs, son accent gallois en édition limitée et son piercing argenté dans le nez. Si je suis honnête, papa n'était pas mal non plus. Avec ses pattes qui descendaient jusqu'à ses joues, son polo et ses lunettes de soleil faussement chères. Il ressemblait à un musicien de Blur ou d'Oasis.

D'accord, ils ressemblaient à tout sauf à des parents. Ils n'avaient pas de certificat de mariage, pas de voiture, pas de voisins qu'ils connaissaient depuis des années, pas de famille à visiter. Et alors ? Ils n'avaient pas besoin de tout ça. Ils nous avaient, nous. Griff et moi.

Maman a tendu la main vers mes cheveux humides de sueur.

– Dyl, je t'ai donné ce nom à cause d'un poète célèbre. Et il m'arrive de me dire que tu tiens plus de lui que tu ne le crois.

Papa a quitté un instant la route des yeux pour s'écrier :

– Meg, c'est un aveu ou quoi ?

Maman a éclaté de rire.

– Steve, ne sois pas stupide, il suffit de le regarder pour savoir que c'est bien ton fils. Mais il n'est pas comme toi. Il est si profond qu'il pourrait être poète. Et il a les mêmes cheveux roux que Dylan Thomas. (Elle m'a attrapé une mèche et l'a tirée doucement en disant :) J'adorerais savoir ce qui se passe sous cette jolie tignasse.

Près de moi, Griff Rhys Taylor a fait une grimace en imitant un bruit de pet. Mon frère n'avait pas eu droit à un nom de poète. Il tenait son nom de Gruff Rhys, le chanteur du groupe Super Furry Animals. Sauf que nos parents n'avaient pas pris soin de vérifier l'orthographe.

J'ai dit :

– J'aimerais bien qu'on reste vivre à New York. J'en ai marre de déménager.

Maman a eu l'air pensive, puis elle a déclaré :

– Ça se pourrait. Qu'est-ce que tu en dis, Steve ? A-t-on vu assez de cette bonne vieille Terre comme ça ? Serait-ce le moment de nous poser ?

Papa a haussé les épaules.

– C'est toi qui décides, Meg. Si tu as envie de rester, on reste. Si tu veux bouger, on bouge. Là où tu vas, je te suis.

Puis il a de nouveau quitté la route des yeux pour embrasser maman sur la bouche.

Griff et moi, on a mis nos mains devant nos yeux en poussant des cris :

– Arrêtez, a dit Griff. Je vais vomir.

– Oh, ça va, a dit papa. Vous pouvez retirer vos

mains, c'est fini. (Puis il a glissé à maman :) On attend qu'ils ne soient plus dans les parages ?

Là, Griff et moi, on a eu un haut-le-cœur.

Maman et papa ont éclaté de rire. Et nous aussi, malgré la chaleur et la fatigue. Parfois, il vaut mieux ne pas lutter.

J'ai de nouveau regardé la route. Ça avançait un peu mieux. On était toujours derrière le semi-remorque, mais avec davantage de distance de sécurité. Je ne sais pas pourquoi, je me sentais bien. Au-dessus de nos têtes, un panneau a annoncé BROOKLYN-STATEN ISLAND. J'ai souri. Si ça continuait à rouler comme ça, on serait chez nous dans une demi-heure.

Tout à coup, j'ai entendu de la musique, ce qui m'a surpris. Comme la clim, la radio était réglée si bas que je l'avais oubliée. Maman a tendu le doigt pour monter le son.

– J'adore cette chanson, elle a annoncé.

C'était les One Direction.

J'ai secoué la tête. Non, ça n'était pas possible.

– Non, ça n'est pas possible, a protesté Griff.

Maman a levé les bras et s'est mise à se dandiner sur son siège. Et, pire, à chanter.

Griff s'est penché vers elle en demandant :

– Tu es vraiment obligée ?

Maman a rejeté la tête en arrière, les yeux fermés, et elle a chanté plus fort.

Griff a insisté :

– Papa, elle est vraiment obligée ?

Papa a répondu en riant :

– Tu crois vraiment que je peux faire quelque chose ? Mais il faut dire que cet air est assez entraînant. C'est tout ma femme, ça.

Et là, il s'est mis à chanter avec elle.

Griff a mis les mains sur ses oreilles et il a commencé à réciter les paroles de *Smell Like Teen Spirit*. Mon frère est dingue de musique. Il aime le grunge, le garage punk et le rock indé. Et aussi des vieux trucs comme Oasis et Blur, les Beatles, les Beach Boys. On les aime tous les deux. On tient ça de notre père.

– Faites que ça s'arrête, j'ai murmuré.

Et là, allez savoir pourquoi, j'ai relevé la tête. Sur la voie d'à côté, un gros type chauve en camionnette blanche laissait pendre le bras par sa vitre ouverte. Il avançait encore moins vite que nous et, pourtant, il n'était pas coincé derrière un camion, lui. Quand on l'a dépassé, il nous a regardés. Je crois bien qu'il riait.

– Vous voulez bien arrêter ? j'ai crié. On se moque de nous.

Mon père a cessé de se prendre pour Harry Styles, le temps d'éclater de rire et de dire quelque chose, je ne sais plus quoi. Parce qu'à cet instant, quelque chose a attiré mon regard. Un minuscule objet qui brillait dans la lumière du soleil. Un boulon, un écrou ou une tige. Quelque de chose de tout petit, mais qui n'avait rien à faire dans les airs.

À l'instant suivant, il s'est produit quelque chose de très étrange. Ma tête s'est divisée en deux. C'était comme si j'avais deux écrans ou deux cerveaux. Le premier pensait : « Ce que je vois là n'est pas normal », tandis que l'autre essayait encore de comprendre. Et j'allais dire, j'allais vraiment dire : « Attention ! » ou alors « Putain, c'est quoi ce truc ? » Mais comme d'habitude, je n'ai pas été assez rapide.

Griff a lancé :
– JE NE VEUX PLUS DE CETTE FAMILLE QUI ME FOUT LA HONTE !
Puis il a poussé un hurlement.
Comme nous.
Et le monde a sombré alors que le semi-remorque lâchait sur nous sa cargaison de pick-up tout neufs.

Et voilà.

Tout se fige comme dans un film sur *pause* ; rien ne sera plus jamais pareil à cause d'un boulon défectueux à l'arrière d'un semi-remorque.

Je n'entrerai pas dans les détails, je ne chercherai pas d'explication. Ça a juste été un mauvais coup du destin. Il y avait une chance sur un milliard pour que ça se produise. Il n'empêche, ça s'est produit. Statistiquement, c'est plus probable de se faire dévorer par un requin ou tuer par la chute d'une noix de coco.

Mauvais endroit.

Mauvais moment.

Fin de l'histoire.

Au suivant.

Ça vous donne sans doute l'impression que je suis un handicapé des sentiments, un type vraiment bizarre, mais honnêtement, je ne vois pas quoi faire d'autre. Soit j'accepte, soit je passe mon temps à pleurer dans un coin. À jeter des trucs partout et à vouloir tout péter. Et je reste coincé dans un moment où je ne veux vraiment pas rester coincé. Quel intérêt ? À quoi ça servirait ? Ça n'arrangerait rien, car ça ne réparerait rien.

Alors je vais résumer ça de façon très simple :

Notre voiture a été totalement détruite. C'était comme regarder un film de cascades, et se rendre compte tout à coup qu'en fait, c'était moi la star.

Pourtant, je ne voulais pas. Je ne voulais pas que ce soit vrai. Si j'avais pu, j'aurais pris une télécommande et j'aurais coupé le film. Puis je me serais rendu dans ce lieu si proche si loin et j'y serais resté à jamais.

Mais je ne pouvais pas faire ça.

Parce qu'il y avait d'autres personnes dans ce film. Dans cette voiture.

Et l'une d'elles avait besoin de moi.

2

J'ai frotté mes yeux secs et j'ai regardé la chambre d'un air incrédule. Murs blanc cassé. Sol carrelé. Une fenêtre à demi masquée par un store. Quelques appareils médicaux. Rien de très joli. Ce n'était pas facile d'accepter que c'était à nous que ça arrivait. À *moi*.

Griff dormait dans un lit étroit, presque en position assise. Il avait un bandage à la tête et un autre au bras gauche. Du pansement à son bras sortait un petit tuyau relié à une poche en plastique transparent suspendue à une perche en métal près de son lit. La poche contenait un liquide.

– J'espère que c'est de la bière fraîche, j'ai dit.

À Griff. À personne. Je ne sais pas pourquoi je chuchotais, parce qu'il n'y avait que nous. Mais à l'hôpital, on se sent toujours obligé de chuchoter, même quand ce n'est pas nécessaire.

J'ai posé les pieds sur ma chaise en plastique et j'ai mis la tête entre mes genoux. En position de sauterelle. Comme Griff au moment où le monde avait basculé. Puis, juste pour dire quelque chose, j'ai ajouté :

– Je te parie que c'est *vraiment* de la bière,

Griff. Une bière pour ton anniversaire. Je suis sûr que tu vas te réveiller bourré et le cul en sueur.

J'aurais peut-être même pu en rire. Puis j'ai regardé la poche et je suis redevenu sérieux. Bien sûr que ce n'était pas de la bière. Même ma rencontre en *close contact* avec un semi-remorque rempli de pick-up ne pouvait me faire croire ça. De toute façon, le liquide n'avait pas la couleur de la bière. Il n'avait pas de couleur. Et le visage de Griff non plus. Pas du tout. Il avait beau être bronzé à cause des vacances, il était blême. Et il avait d'étranges plaies et points sur le front, les joues et le menton. Ainsi qu'une blessure au bras. Mais à part ça, il avait l'air d'aller à peu près bien.

Au vu de ce qui s'était passé.

Pourtant, j'avais vécu la même chose que lui, et je n'avais pas la moindre égratignure ou contusion.

– Ouah ! j'ai fait, et ma voix a résonné étrangement dans cette chambre inconnue.

J'ai serré mes jambes autour de mes oreilles et je me suis mis à trembler. L'hôpital était tellement climatisé qu'il y faisait glacé. C'était comme une blague pas drôle du tout. En frottant mes bras couverts de chair de poule, j'ai murmuré :

– Allez, Griff, réveille-toi.

Du coin de l'œil, j'ai aperçu une blouse bleue. Quelqu'un venait d'arriver dans la chambre. Quelqu'un qui portait ce genre de chaussures qui ne font pas de bruit. J'ai été rasséréné en découvrant Angel. Mon infirmier. Mon ange gardien. Je ne sais plus exactement comment il s'était présenté. Il portait une blouse, comme tout le monde à l'hôpital. Mais, allez savoir pourquoi, la sienne paraissait très vieille. Il devait être absent le jour où ils avaient distribué les blouses neuves. Angel était jeune, noir, il avait une moustache très fine, une cicatrice qui lui barrait un sourcil et un petit bouc au menton. J'avais beau ne pas être d'humeur à me faire de nouveaux amis, il me plaisait bien. Il y avait quelque chose en lui qui me rassurait un peu. Il était là depuis le début, il m'avait donné son nom en me disant de ne pas paniquer. Il n'arrêtait pas de passer la tête par la porte de la chambre de Griff pour voir comment j'allais. C'est un peu comme s'il m'avait pris sous son aile. J'étais content que ce job ait été confié à un type sympa.

Angel a jeté un coup d'œil à l'étrange petite montre à l'envers accrochée à sa blouse, puis il a froncé les sourcils. Il a de nouveau tourné la tête dans ma direction, et son regard était tellement intense que j'ai eu l'impression qu'il accédait directement à mon âme.

– Ne t'inquiète pas, il *va* se réveiller, il a dit. Je te le promets. Il dort uniquement à cause des médicaments que l'équipe médicale lui a administrés.

Une image de Griff entouré de secouristes m'est revenue. Il était ébloui, confus, il refusait de monter dans l'ambulance. À un moment, il était tellement énervé que j'ai cru qu'il allait frapper quelqu'un. C'était quand ? Deux heures plus tôt ? Ou bien trois ? Quatre ? J'avais beau être totalement engourdi, j'ai été traversé par une douleur fulgurante. En fermant les yeux, j'ai chassé cette image. Puis j'ai serré encore plus fort mes jambes contre ma tête en tremblant.

Angel s'est agenouillé près de ma chaise.

– Hé, Dylan, regarde-moi, il a dit.

J'ai quitté mon frère des yeux pour lui obéir.

Les yeux marron d'Angel étaient plongés dans les miens.

– Fils, je te promets que ton frère… va s'en sortir. Il sera sans doute un peu perdu pendant un temps et… il va être triste, malheureux, choqué. Comme toi en ce moment, non ? Mais sinon, Griff va très bien. Tous les tests sont bons. Ils lui ont fait passer un PET scan, et il n'y a aucun problème. Il faut juste que tu sois patient, que tu le laisses se reposer un peu.

Il a de nouveau regardé sa montre et l'a tapotée en fronçant de nouveau les sourcils.

Je tournais et retournais les paroles d'Angel dans ma tête, mais j'avais du mal à comprendre ce qu'il disait.

C'était quoi, un PET scan ? Un scan pour animaux de compagnie ?

Un scan comme quand on scanne avec l'imprimante ?

Tout ça me paraissait tellement irréel. J'ai mis ma tête entre mes mains, j'ai fermé très fort les yeux et je me suis évadé très loin.

– Hé ! a insisté Angel. Dylan. Tu m'écoutes, s'il te plaît ? Tu n'es pas tout seul. N'oublie pas ça. Tu N'ES PAS tout seul. Pour commencer, je suis là. Et ton frère va se réveiller d'un moment à l'autre. On lui a donné des sédatifs pour qu'il puisse dormir. C'est tout.

– Je sais.

Mes mots sonnaient bizarrement mais, cette fois, c'est parce qu'ils étaient comme étouffés.

J'avais toujours la tête entre les mains et les genoux. Pour me protéger. La lumière dans cette chambre était si forte que j'avais l'impression qu'elle me traversait. Je n'avais pas besoin de ça. Je me sentais déjà suffisamment faible.

Et là, Griff a poussé un gémissement.

– Tu vois, a dit Angel. Qu'est-ce que je viens de te dire ? Regarde, il est en train de se réveiller.

Peut-être qu'Angel a dit quelque chose d'autre, mais je ne l'écoutais plus. J'avais déjà quitté ma chaise et j'étais accroupi près du lit de Griff. Ses paupières papillonnaient, comme si elles allaient s'envoler.

– Tout va bien, j'ai dit.

Griff a de nouveau gémi et a marmonné quelques mots. Je me suis penché pour essayer de comprendre. Et là, de façon très claire, il a dit :

– Dylan.

– Je suis là, j'ai failli crier. Tout va bien, Griff, je suis là.

Pendant un instant, ma main a flotté au-dessus de sa tête à l'endroit où elle n'était pas bandée, puis je l'ai retirée, j'ai croisé les bras et j'ai placé mes doigts sous mes aisselles.

– Salut, Griff, a dit Angel d'un ton joyeux. T'es encore un peu dans le potage, hein, mon pote ? (Puis en se tournant vers moi, il a dit :) Tu peux le toucher. Vas-y. Ça va vous faire du bien. Ça va vous aider à rétablir le lien.

J'ai regardé Angel en fronçant les sourcils. Et je me suis tourné de nouveau vers mon frère.

– T'inquiète pas, Griff, j'ai dit calmement. Je ne vais pas me mettre à te tripoter.

Griff m'a observé sans comprendre. Puis il a

regardé derrière moi. Les murs blanc cassé. Le sol carrelé. La fenêtre à demi masquée par un store. Et les quelques appareils médicaux. Et, tout à coup, il a eu l'air terrorisé.

– Tout va bien, Griff, j'ai répété. Je suis avec toi.

Et là, je me suis senti tellement inutile que j'ai tapé du pied de frustration.

La main d'Angel s'est posée sur mon épaule et il m'a écarté du lit de Griff.

– Viens faire un tour, il a dit. Tu es très en colère. C'est... normal. Mais ce n'est pas un bon endroit pour lâcher ta mauvaise énergie. Tu es tellement crispé que tu vas inquiéter ton frère. Mec, même moi, tu me rends nerveux. De toute façon, Eva est là. Elle va rester avec lui. Regarde.

J'ai laissé retomber mes bras et j'ai levé les yeux.

Et là, j'ai croisé le regard bienveillant d'une infirmière. Elle portait la même blouse bleue qu'Angel. Mais plus neuve. Je l'avais déjà vue, et son nom était écrit sur son badge. Eva Garcia. Elle était jeune, elle avait la peau sombre et une masse de cheveux remontée en chignon. Elle avait beau être petite, elle avait une voix puissante et un accent purement new-yorkais.

– Hé hé hé ! elle a rugi. Mon gars, t'inquiète pas, Eva est là, alors tout va. Eva veille sur toi, mon chou.

Elle est passée près de moi et s'est assise sur la chaise où je me trouvais quelques instants plus tôt. Elle a saisi la main indemne de Griff. Je me suis aplati contre le mur. Eva était tellement pétillante et énergique qu'elle me donnait le tournis. Malgré tout, j'ai réussi à sourire. Je sais qu'elle passait sans cesse voir mon frère depuis notre arrivée. J'avais presque l'impression de la connaître. Comme j'avais l'impression de connaître Angel.

Angel et Eva.

Les deux premières personnes sur cette toute nouvelle planète.

– Griff, a aboyé Eva. Griff, ouvre-moi ces yeux, mon chou. Lève-toi et marche. Je sais que tu es réveillé. Je viens de t'entendre pépier il y a deux secondes. Tu es en train d'émerger, mon chéri.

Les paupières lourdes de Griff se sont à nouveau soulevées. Je me tenais totalement immobile à l'autre bout de la pièce en espérant qu'on ne me demande pas de partir. Même de là où j'étais, je voyais les questions dans les yeux de mon frère :

Qui est cette femme ?
Comment elle connaît mon nom ?
Où suis-je ?
Mais qu'est-ce qui se passe, putain ?

Inutile d'être devin. Je lisais dans ses pensées plus clairement que dans les miennes.

Eva tenait toujours la main de Griff sans cesser de sourire.

– Bon, mon chou, je dois t'appeler Griff Rhys Taylor, Griff Rhys ou juste Griff ?

– Griff.

Eva a eu un sourire rassurant.

– Tout va bien se passer, mon ange. On est là pour veiller sur toi. (Elle s'est tue un moment, avant de reprendre :) Je m'appelle Eva. Je suis l'infirmière chargée de m'occuper de toi. Je vais juste mettre ce petit truc au bout de ton doigt pour contrôler ton pouls. Je te promets que ça ne fait pas mal.

Et j'imagine qu'elle disait vrai, parce que Griff ne s'est pas plaint. Ni quand elle a glissé une sorte de brassard autour de son bras et s'est mise à le gonfler.

Je suis resté là où j'étais. Enraciné, incapable de parler, incapable de détourner les yeux. Comme si je regardais un film.

J'ai senti la main d'Angel sur mon épaule.

– Dylan, c'est le moment de faire une pause. Tu n'as pas besoin d'être ici. (Puis il a eu un sourire bizarre et il a ajouté :) Normalement, tu ne devrais pas être ici.

J'ai failli protester. J'allais protester. Mais comme souvent, j'ai raté le coche, parce que Griff a pris la parole à ma place. Il a regardé partout et il a demandé :

– Qu'est-ce qui s'est passé ?

Ça nous a tous surpris. Il l'a dit d'un ton si posé que je me suis même demandé s'il ne parlait pas de façon automatique.

Angel et moi, on a échangé un regard. On a tous les deux lancé un regard suppliant à Eva. Elle a eu l'air paniquée, et elle s'est mordu la lèvre. Tout à coup, elle semblait à court de mots. Mais elle s'est ressaisie et elle a dit à Griff :

– Chaque chose en son temps, chou chéri. Petit à petit. Pour l'instant, je te fais quelques examens de contrôle.

Griff s'est laissé aller contre son oreiller. Il n'a pas redemandé ce qui se passait. Je pense qu'en fait, il était soulagé de ne pas avoir eu de réponse.

Pendant une minute environ, la chambre est restée silencieuse. J'étais immobile et muet comme une carpe. Depuis l'accident, j'avais l'impression d'être toujours entouré de bruit. Qu'autour de moi, ce n'était que cris, sirènes et moteur d'ambulance, sonneries, bips, ascenseurs, courses, roues de chariot et bruit de machine à café. Le pouls de sept milliards de personnes qui bat en même temps.

Trop de bruit.

Et trop fort.

Eva a retiré le clip du doigt de mon frère ainsi que le brassard de son bras. Puis elle a sorti un stylo de sa poche et a attrapé un bloc-notes. Elle a écrit quelques chiffres avant de briser le précieux silence dans la chambre.

– Tension un peu faible.

– Rien d'anormal, a précisé Angel.

– On pouvait s'y attendre, elle a ajouté. Et ton pouls est parfait.

– C'est bien, j'ai dit.

– C'est génial, a dit Eva.

Et tout à coup, Griff a souri. L'effet a été immédiat. Tous les trois, on lui a aussitôt rendu son sourire.

Angel a dit :

– La classe, mec.

– Tout va bien se passer, j'ai dit.

Eva lui a tapoté le bras et elle a déclaré :

– Mon gars, tu peux me croire, tu as eu de la chance aujourd'hui.

Elle s'est figée.

Malgré les lumières trop vives dans la chambre et ce sentiment trouble que je ne parvenais pas à chasser, là, j'ai vu son sourire se décomposer. C'était comme regarder quelqu'un qui vient de faire tomber son iPhone dans une bouche d'égout. Et Griff a dû le voir aussi. Parce qu'il a fondu en larmes. Et moi, j'ai eu envie de planter mon poing dans le mur.

Mais, rapide comme l'éclair, Eva a dit :

– Bon, je crois que je parle trop, et que tu n'en as pas très envie, hein ?

– Non, a murmuré Griff.

Angel a de nouveau mis la main sur mon épaule et il m'a soufflé :

– Allez, viens, mon pote, je sais que tu voudrais être avec ton frère H24, mais ça n'est bon ni pour lui ni pour toi. Vous avez tous les deux besoin d'un peu de temps pour vous habituer.

– Je reste ici, j'ai dit d'un ton ferme.

Et j'ai fait un signe de tête en direction de Griff. Eva lui tenait de nouveau la main et lui caressait les doigts avec son pouce.

– Mon chéri, tu sais où tu es ?

– À l'hôpital.

On a tous hoché la tête.

– C'est exact, a dit Eva. Tu es arrivé il y a environ trois heures. Tu as reçu un coup à la tête, mais on est là pour t'aider et tu vas guérir, d'accord ?

Griff l'a regardée, l'air de ne pas comprendre.

– Je sais, on n'a pas l'impression que ça ne fait que trois heures, j'ai dit.

Angel a tapoté la montre accrochée à sa blouse et il a dit :

– Le temps ne passe pas toujours de façon rationnelle.

Griff a soulevé la main gauche en demandant :

– À quoi il sert, ce tuyau ?
– C'est pour la bière fraîche, j'ai lancé.
– Non, ce n'est pas de la bière fraîche, a rectifié Angel.
– C'est pour t'hydrater, a expliqué Eva. Pour que tu ne te dessèches pas, ce qui te rendrait nauséeux. Mais dès que tu seras vraiment réveillé, tu n'en auras plus besoin. Je ne pense pas que tu vas rester longtemps ici, de toute façon. Cette blessure à la tête n'est pas très grave.
– Super, j'ai dit en levant le pouce.
Griff a fait pareil avec sa bonne main et il a croassé :
– Super.
Eva a demandé :
– Tu as soif, mon chou ?
Griff a hoché la tête. Eva s'est levée.
– Je file au congélateur te chercher un glaçon. Je reviens. Mais pas de bêtises en mon absence.
Et elle est partie. En emportant avec elle tout son pétillement et son énergie.
– Allez, m'a dit Angel, dis-lui au revoir. Tu vas faire une pause. Une petite. Non négociable.
Et cette fois, j'ai accepté. J'étais à bout de forces. Je me suis avancé une dernière fois, je me suis accroupi pour avoir les yeux à la hauteur de ceux de Griff, et j'ai dit :
– Je reviens bientôt, frérot. Je te le promets. Ne t'inquiète pas.
Griff n'a pas répondu. Les médicaments faisaient encore effet et il somnolait de nouveau.
Et là, j'ai eu envie de le toucher. J'en ai eu besoin. Alors je lui ai pris la main juste comme Eva l'avait fait.

– Il n'y a que nous deux maintenant, Griff, j'ai murmuré. Juste nous deux. Je te promets que je serai fort et que je vais te sortir de là.

Et je suppose que notre connexion cosmique était rétablie, parce que mon frère a rouvert les yeux et croisé mon regard. Il avait l'air endormi, pâle, mais heureux de ma présence.

– Je sais, il a dit.

Puis il a fait un sourire rêveur un peu triste et il s'est rendormi.

3

Griff a passé cinq jours à l'hôpital, alors moi aussi. On aurait sans doute pu sortir plus tôt, mais personne ne savait quoi faire de nous. Et puis, il y avait l'Autre Sujet. Le Sujet Difficile, auquel je n'osais même pas penser. Aucun de nous ne savait comment l'aborder avec Griff. Pas même moi. Surtout pas moi. Alors on a attendu qu'il pose des questions.

Pendant qu'il dormait, j'ai trouvé le moyen de reprendre un peu de courage. De temps en temps, je me soustrayais à la surveillance bienveillante mais constante d'Angel pour avoir un peu d'intimité. Au lieu de faire les cent pas dans les couloirs, de regarder bêtement la télé dans la salle commune ou de traîner sans appétit dans un coin de la cantine de l'hôpital, je m'échappais pour me perdre dans un lieu si proche si loin.

C'était facile.

Tout ce que j'avais à faire, c'était de penser à un événement heureux.

Le premier qui m'est venu en tête, c'était l'arbre creux.

Il se trouvait dans un parc de Londres. Je ne sais pas lequel, ni même dans quel quartier de

Londres, parce que j'étais trop petit à l'époque. Je savais juste que c'était un parc avec des fleurs, de l'herbe et des chemins en gravier, ainsi qu'une mare aux canards. Et un arbre creux. En tout cas, quand j'avais trois ans.

C'est mon souvenir le plus ancien. Mais il est toujours très présent. C'était par une journée ensoleillée, je me promenais avec maman. Griff était là, lui aussi, mais encore en poussette. Tandis que maman le poussait dans l'allée, je courais un peu partout. Et là, j'ai vu l'arbre. Il était grand, gros, et il y avait une fente dans son tronc qui partait de très haut et descendait jusqu'au sol. Elle était sans doute même assez large pour qu'un adulte s'y glisse. En tout cas, largement assez grande pour moi. Alors, sans réfléchir, j'ai quitté maman et Griff et j'ai disparu dans l'arbre. Et là, c'est le monde tout entier qui a disparu. Il n'y avait plus d'herbe, ni de fleurs, ni de lumière dans cette cachette sombre et fraîche. J'avais l'impression d'avoir pénétré dans une autre dimension.

Et j'ai fondu en larmes.

Aussitôt, la tête de maman est apparue par la fente dans le tronc.

– Hé ! Dyl ! je suis là, elle a dit.

J'ai pleuré plus fort et j'ai tendu les bras pour qu'elle me tire de là. Maman m'a demandé :

– Pourquoi ces larmes ?

Puis elle est entrée dans l'arbre avec Griff encore bébé dans les bras.

– Ouah ! elle s'est exclamée. C'est génial ici, Dyl. On est à *l'intérieur* d'un arbre.

– J'aime pas, j'ai sangloté. Je veux retourner dans le parc.

Maman a ri :

– Mais tu es dans le parc, espèce de petit imbécile. C'est juste que tu as trouvé une belle cachette. (En s'accroupissant, elle m'a donné un baiser.) Et Griff et moi, on est dans cette cachette avec toi. Il n'y a pas à avoir peur.

Alors, j'ai arrêté de pleurer et j'ai souri. Parce que je n'avais plus peur. Je me sentais heureux et bien, là, à l'intérieur d'un arbre, avec maman et mon petit frère.

Maman a de nouveau ri ; elle m'a poussé vers la lumière.

– Allez, sors. Retourne dans le monde ordinaire. Il est toujours plus proche que tu ne le crois.

On est ressortis ensemble et on a cligné des yeux dans la lumière du soleil. Sans doute que le petit Griff a cligné des yeux, lui aussi. S'il ne dormait pas.

4

Le deuxième jour, Griff a cligné des paupières à plusieurs reprises, puis il a ouvert grand les yeux. J'ai vu qu'il allait mieux. Il n'avait plus l'air aussi groggy, et la poche à bière avait disparu. Ainsi que le bandage sur sa main. Il en restait tout de même un autour de sa tête.

Ça avait beau être une question stupide, j'ai demandé :

– Ça va ?

Griff a gardé le silence un petit moment. Puis il a murmuré :

– J'ai l'impression d'avoir la tête dans le cul, et il a bâillé.

Étrangement, j'ai tendu le bras pour prendre sa main. Mais maintenant qu'il était bien réveillé, il était très différent. Il a serré les poings, ce que j'ai interprété comme le signe que je devais arrêter de le toucher.

Angel et Eva sont arrivés ensemble. Angel m'a fait un clin d'œil et il a commencé à tripoter sa drôle de montre.

Eva a tonitrué :

– Alors, comment ça va ?

Encore plus fort que d'habitude.

– La tête dans le cul, j'ai marmonné.

– La tête dans… les nuages, a dit Griff en bâillant à nouveau.

– Rappelle-toi juste que tu… n'es pas tout seul, a dit Angel.

– Ouais, a dit Eva. Tu vas déjà vraiment mieux. (Elle a souri.) Mais si tu continues à piquer du nez et à bâiller comme ça, on va faire une pétition pour te rebaptiser Rip Van Winkle. Ou Dormeur, comme le nain dans *Blanche-Neige*.

Griff a eu l'air confus. Sans doute que moi aussi.

Angel a lancé :

– Ça, pas de doute, toi, tu es un vrai Anglais !

Je l'ai regardé d'un air surpris.

– Ah bon ?

Parce que, franchement, notre côté *british* ne me sautait pas aux yeux.

Eva a renchéri et elle a dit à Griff :

– Toi, t'es vraiment pas américain ! Rip Van Winkle, c'est le type qui a dormi pendant quarante ans. Ou vingt ans ? Bref, il est allé dans la montagne et il a dormi pendant TRÈS longtemps et, à son réveil, il a découvert que le monde avait changé.

Ses mots sont restés en suspens dans l'air comme un signal de fumée.

Et
à
son
réveil
il
a
découvert

que
le
monde
avait
changé.

– Oh non, j'ai dit, et comme je ne savais pas quoi faire, j'ai fait craquer mes doigts un par un. *Crac, crac, crac, crac !*

Griff a été parcouru d'un tremblement, et l'expression d'Eva a changé. Son visage était pourtant le même. Il y avait juste quelque chose de différent dans ses yeux. Une seconde avant, ils pétillaient et, là, on avait l'impression qu'ils étaient en train de s'emplir de larmes. Elle a secoué la tête d'un air gêné et elle a dit :

– De toute façon, c'est une histoire stupide. Et tu sais quoi ? Peu importe le temps qu'il va te falloir pour te réveiller. Il n'y a aucune urgence.

« Il faut lui dire », j'ai pensé. Il fallait que quelqu'un le fasse. J'étais presque sûr de pouvoir m'en charger.

Eva s'est mordu la lèvre, elle a regardé Griff et elle a dit :

– Mon chou, il faut que je te parle.

Je ne respirais pas.

Griff est devenu encore plus pâle.

– Quoi ! De quoi ?

Il y a eu un silence. La tension dans la chambre était si forte que j'ai cru que tout allait exploser. Eva a poussé un soupir, puis elle a secoué la tête. Elle a plongé la main dans sa poche et en a sorti un petit sachet en plastique. Elle a déclaré :

– Oh, rien de bien important. Je voulais juste

te dire que tu peux regarder les chaînes de dessins animés, si tu veux. En général, les enfants aiment bien la deux et la trois. Je t'ai trouvé des écouteurs.

La tension est retombée, mais mon frère avait toujours l'air incrédule. J'ai lancé un regard noir à Eva. Je ne pouvais pourtant pas lui en vouloir d'avoir botté en touche. Elle avait la tâche la plus difficile du monde.

Griff était livide. Même pour un malade. Il a frotté le petit sachet en plastique contenant les écouteurs entre ses doigts et il a dit :

– Merci.

Il m'a regardé. J'ai haussé les épaules, impuissant.

Angel m'a lancé :

– Bon, Dylan, viens avec moi. Il faut qu'on s'en aille le temps qu'Eva s'occupe de Griff. Tu ne peux pas tout voir, non plus.

– Je veux continuer à veiller sur lui.

Angel s'est frappé la poitrine.

– Tant qu'il est *ici*, tu es tranquille, mon gars.

– Mais…

– On ne discute pas.

J'ai cédé.

– Bon, je reviens tout à l'heure, j'ai dit à Griff.

Mon frère est resté sans bouger dans son lit ; il continuait à frotter le sachet des écouteurs, l'air inquiet.

Et là, j'ai eu une idée. Que ça paraisse bizarre ou pas, j'ai attrapé sa main et l'ai serrée.

– Mets la deux, j'ai lancé. Elle passe toute la musique qu'on aime.

Griff a froncé les sourcils, a regardé les écouteurs et a relevé la tête.

– Merci, il a marmonné.

– De rien.

Puis je suis parti avec Angel dans les longs couloirs de l'hôpital. Et je m'en fous d'avouer que je me sentais nul. Parce que j'avais menti à mon frère. J'avais regardé les différentes chaînes de l'hôpital, et la deux ne passait pas du tout notre musique. Ni rock, ni grunge, ni garage, ni indé. Mais essentiellement les One Direction.

Je n'avais pas fait ça par méchanceté.

J'avais fait ça pour que la mémoire lui revienne.

Tout à coup, j'étais là où je ne voulais pas être. Et, cette fois, ce n'était pas le lieu si proche si loin. J'étais

à

nouveau

dans

cette

voiture.

Qui, étrangement, avançait très lentement

Et en même temps si vite que c'était à vous en briser le cœur.

Maman tendait la main

pour caresser mes cheveux humides de sueur

en disant que j'étais un poète,

tandis que Griff bâillait, assoupi, ses écouteurs sur les oreilles,

et

que papa plaisantait avec maman ;

maman riait

et attrapait une mèche de mes cheveux roux,

et là

je voulais lui dire quelque chose de gentil,
que je lui aurais dit si j'en avais eu le temps,
mais
une chanson est passée à la radio.
The Story of my Wife. Ou *Life*. Un truc comme ça.

Et mon frère a écarquillé les yeux.

Là, tout ce que j'ai pu faire, c'est fermer les miens et ne plus bouger parce que je savais exactement ce qui *allait* se passer.

Dans une chambre d'hôpital du Queens, mon frère s'est redressé d'un coup sur son lit. Il a arraché les écouteurs de ses oreilles et il a hurlé :

– NOOOOOONNNNNN !

Plus tard, je ne sais pas quand exactement, car le temps ne passe pas toujours de façon rationnelle, Angel m'a conduit dans ce coin de la cantine de l'hôpital où on se rejoignait parfois.

– Bon, étape suivante. Eva a tout raconté à Griff. Il sait.

J'ai hoché la tête de façon mécanique en disant :

– Je sais.

5

La personne qui est venue nous récupérer à l'hôpital était Mrs B. Knowles, la principale de notre collège. C'était aussi la personne qui avait donné à mes parents le dernier boulot de leur vie.

Dans son dos, tout le monde l'appelait Beyoncé. Car, je ne vous apprends rien, Knowles, c'est aussi le nom de famille de Beyoncé. Pourtant, on ne peut pas vraiment dire qu'elle ressemblait à Beyoncé. Elle faisait bien plus intello.

Après avoir serré Griff dans ses bras, ce qui n'a pas manqué de nous surprendre, Griff et moi, elle a dit :

– On oublie Mrs Knowles, et tout ça. À partir de maintenant, je suis uniquement Blessing. (Et juste après, elle a ajouté :) On rentre à la maison.

On ne la connaissait pas très bien. Je ne lui avais parlé que deux fois. La première, quand elle était venue me souhaiter la bienvenue à mon arrivée au collège ; la seconde, quelques jours avant les grandes vacances. En cours de chimie, un réfrigérant de Liebig m'avait échappé des mains et s'était brisé en mille morceaux. Si vous ne savez pas ce que c'est qu'un réfrigérant de Liebig, estimez-vous heureux. Ma prof de physique avait pété un câble et m'avait envoyé chez Beyoncé pour qu'elle pète un câble à son tour. Mais quand j'étais arrivé dans son bureau et que je m'étais assis à la place des cancres, Beyoncé s'était contentée de me dire :

– Remplacer l'objet que tu as cassé va coûter trente dollars à la communauté. Alors, laisse-moi te donner un conseil, Dylan. La prochaine fois, fais plus attention à tes gestes.

Que répondre à ça ? Je m'étais contenté de soupirer et de regarder mes baskets en faisant un tout petit signe de tête pour montrer que j'avais compris.

Beyoncé, ou plutôt Mrs Knowles, ou plutôt Blessing, avait soupiré à son tour. Puis elle avait repris :

– Tu n'es pas un grand bavard, n'est-ce pas ?

Et c'est tout. En termes d'échange, on avait déjà vu mieux, et quand j'étais sorti de son bureau ce jour-là, j'espérais ne plus jamais avoir à lui parler. Alors, quand elle a surgi à l'hôpital en ce cinquième jour, ça a été un choc.

Ou presque.

Parce que j'étais au-delà de ça.

On était dans la salle de l'hôpital de jour. La télé était allumée, mais ni Griff ni moi, on ne la regardait. Griff était affalé dans un fauteuil et moi, juste à côté, je me faisais du souci. J'étais sur le point de craquer et de me réfugier dans le lieu si proche si loin quand j'ai entendu quelque chose d'improbable : quelqu'un chanter. C'était Eva qui faisait sa Beyoncé :

– Ouah oh oh
Oh oh oh oh oh !

Griff a ouvert les yeux et un semblant de sourire s'est dessiné sur son visage. Je pense que sur le mien aussi. C'était impossible d'ignorer Eva. Plus on était silencieux et déprimé, plus elle était taquine et chaleureuse. C'était comme si elle fonctionnait à l'inverse des autres.

– Attention, attention ! elle a dit. Quelqu'un de très spécial vient vous rendre visite.

Griff s'est tourné d'un centimètre pour voir qui c'était, mais je ne me suis même pas donné cette peine. Depuis que Griff avait retrouvé la mémoire, des tonnes de gens avaient défilé, et ça ne m'intéressait pas, parce que je n'avais rien à leur dire.

Absolument rien.

La police était venue nous poser des questions auxquelles je n'avais pas de réponses. Ainsi qu'un psy spécialisé en trauma, qui avait juste réussi à nous traumatiser davantage. Deux membres du consulat britannique pour nous demander le nom de tantes et d'oncles que nous ne connaissions pas. Il y avait aussi eu la visite d'une jolie dame dans un joli tailleur qui avait annoncé être envoyée par Dieu. Et Griff avait beau être débarrassé de son bandage à la tête et avoir meilleure mine, je voyais bien que ces visites lui faisaient autant de mal qu'à moi.

Angel a surgi de nulle part et il s'est assis près de moi.

– Hé ! Dylan ! il a dit. Celle-ci, c'est différent. Celle-ci, elle peut vraiment nous aider.

Alors j'ai accepté de tourner la tête. Et je l'ai vue. La principale du collège. Tout à coup, elle serrait contre elle mon petit frère, qui venait de fondre en larmes.

– Mrs… Mrs… Mrs Knowles, a sangloté Griff.

– On oublie Mrs Knowles, et tout ça. À partir de maintenant, je suis uniquement Blessing. (Et juste après, elle a ajouté :) On rentre à la maison.

Je ne pense pas avoir été aussi reconnaissant de toute ma vie. Je me suis levé, j'ai regardé Beyoncé, Mrs Knowles, je veux dire, et j'ai murmuré :

– Je vous remercie infiniment.

Le moment était venu pour nous de partir.

DEUXIÈME PARTIE

BROOKLYN

6

Je dois vous expliquer New York.

C'est une grande ville.

Mais pas seulement. Grande, en soi, ça ne signifie rien, tant qu'on ne sait pas à quel point grand, ça peut être grand.

Alors laissez-moi vous en donner une idée.

Regardez la pièce où vous êtes. Puis pensez au bâtiment qui contient cette pièce. Ça peut être une cabane, un bungalow, un appartement ou une maison de campagne.

Ajustez cette image mentale jusqu'à visualiser une maison de quatre ou cinq étages avec une volée de marches en pierre qui mènent à une porte d'entrée surélevée. La maison avec la pièce où vous vous trouvez n'est pas indépendante, mais mitoyenne à toute une rangée de maisons, chacune de la même taille, et toutes semblables. Certaines sont un peu mieux entretenues que d'autres, mais toutes sont vieilles. La plupart sont divisées en appartements. Beaucoup ont, sous leurs fenêtres, des climatisations grises, dont certaines laissent tomber des gouttes sur la tête des passants. Sur les trottoirs, de longues rangées d'arbres poussiéreux procurent un peu d'ombre et protègent des climatisations qui fuient. Mais la particularité de New York, c'est que toutes ces maisons sont en brique brune. Chaque rue de chaque quartier est remplie de maisons brunes, et peut-être que cent cinquante mille personnes considèrent l'endroit où elles vivent comme leur quartier. Et si on prend le métro, qu'il soit souterrain ou aérien (celui qui tonne sur ses rails depuis Franklin Avenue jusqu'à Prospect Park), eh bien, quand on ressort, on découvre un autre million de maisons en brique d'une teinte à peine différente. On entend de la musique qui s'échappe des fenêtres, on voit des gens assis sur des chaises pliantes devant chez eux et, à Prospect Park, d'autres gens qui allument des barbecues en écoutant de la musique très fort, des garçons qui font du skate, des chiens qui aboient et des bébés qui jouent avec leurs pieds en poussant des petits cris.

New York est aussi bruyant que grand.

Quand on quitte le parc pour revenir dans les rues, on aperçoit des artères toutes droites et de grands immeubles, au loin, avec la tour blanche de la mairie. Et si on allait à pied jusque-là, ce qu'on ne fait jamais parce qu'il fait soit trop froid, soit trop chaud et que, de toute façon, c'est trop loin, on découvrirait, derrière les immeubles de bureaux du centre et les bâtiments municipaux vieux et chics, après le centre commercial dont les sous-sols sont remplis de boutiques de vêtements de sport bon marché, plein d'autres petites rues avec plein d'autres maisons qui font comme un arc-en-ciel de marron.

Mais ça, ce n'est que Brooklyn. La partie de New York que je connais.

L'autre New York, celui que tout le monde voit dans les films, où l'on va passer un week-end et prendre des photos, de l'autre côté du pont, c'est Manhattan. Manhattan est grand, aussi, mais pas autant que Brooklyn.

Et il y a le Queens. C'est là que j'ai laissé ma mère et mon père, et que j'ai erré dans l'hôpital en attendant que Griff aille mieux. Enfin, pour finir, New York, c'est aussi Staten Island et le Bronx.

New York est vraiment grand, avec plus de huit millions et demi d'habitants.

Au milieu de tout ça, il y avait mon petit frère triste et en état de choc. Et juste derrière lui, moi. Qui faisais de mon mieux pour l'aider.

7

Blessing nous a ramenés chez elle dans sa géniale petite Porsche Boxster. Gris métallisé avec des jantes en alu, un becquet à l'arrière et pas la moindre place pour moi. Mais je m'en foutais. J'étais content que Griff soit à l'avant et je voulais qu'il parte le plus loin possible de l'hôpital. Pas parce que c'était un mauvais hôpital. Je voulais juste que mon frère retourne dans le monde ordinaire.

Le trajet a été cool. Griff se tenait aussi droit qu'un mannequin de crash test maintenu par sa ceinture de sécurité, et moi, je faisais craquer mes jointures à l'arrière. Une fois ou deux, Blessing a essayé de parler, mais elle n'a pas obtenu grand-chose comme réponse. Pour finir, elle a renoncé, et on s'est contentés de rouler en silence en pensant à je ne sais quoi.

Moi ? Je pensais à Angel. Ce qui changeait, pour une fois, parce que dans ma tête, sinon, il y avait ça :

Griff Griff Griff Griff Griff Griff Griff Griff Griff
Griff Griff Griff Griff Griff Griff Griff Griff Griff
Griff Griff Griff Griff Griff Griff Griff Griff Griff
Griff Griff Griff Griff Griff Griff Griff Griff Griff

Griff Griff Griff Griff Griff Griff Griff Griff Griff
Griff Griff Griff Griff Griff Griff Griff Griff Griff
Griff Griff Griff Griff Griff Griff Griff Griff Griff
Griff Griff Griff Griff Griff Griff Griff Griff Griff
Griff Griff Griff Griff Griff Griff Griff Griff Griff
Griff Griff Griff Griff Griff Griff Griff Griff Griff

Sans doute parce que je n'avais pas le courage de penser au reste.

Dans la voiture, je me sentais assez tendu. Le fait que ce soit une jolie Porsche Boxster n'y changeait strictement rien. Ça restait une voiture. Et ça, ça suffisait à me rendre nerveux.

Alors j'ai fermé les yeux et j'ai pensé à Angel, ce qui ne m'a pas vraiment détendu. Parce que, dans cet étrange nulle part qu'est l'hôpital, j'en étais venu à dépendre de lui, et l'idée de ne plus le voir me terrifiait.

– Ne t'inquiète pas trop, m'a conseillé Angel juste avant qu'on se quitte. Tu n'es pas tout seul. Il va y avoir plein de gens pour t'aider, aussi. Et parfois, tu obtiendras des coups de main de la part de personnes inattendues.

On se tenait dans le couloir devant la chambre de Griff. Griff était avec Blessing, Eva et un médecin qui lui faisait les derniers examens. Lorsque j'étais sorti de la chambre, le médecin parlait des points sur le crâne de mon frère, disant qu'ils se résorberaient tout seuls.

– Mais je *suis* inquiet, j'ai dit à Angel, au bord des larmes. J'ai peur de sortir d'ici. J'ai peur d'habiter chez ma principale. J'ai peur de chaque seconde où Griff va être triste et j'ai peur que tu ne sois plus à mes côtés.

Et là, je me suis mis à avoir vraiment peur, et je me suis senti mal, j'avais la tête qui tournait et envie de donner des coups de poing dans le mur.

– Dylan, a dit Angel, regarde-moi.

Je l'ai fait.

Il a plongé son regard dans le mien.

– Je ne peux pas venir avec toi. Tu le sais, non ? Ma place, c'est ici, dans cet hôpital. Parce qu'il va y avoir d'autres personnes comme toi qui arriveront bientôt. Des gens qui auront besoin de moi, eux aussi.

J'ai ouvert la bouche pour protester mais, après un regard à Angel, je l'ai refermée. Il avait raison. Comment pouvais-je sérieusement espérer qu'il me suive partout ? Je n'étais qu'un gamin paumé parmi tant d'autres.

Angel a caressé son bouc en fronçant les sourcils. Honnêtement, il avait aussi l'air très troublé. Je pense que, pour lui non plus, ça n'était pas facile. Pendant une seconde, il a semblé totalement perdu. Puis il m'a de nouveau regardé, il a haussé son sourcil barré par une cicatrice, ainsi que les épaules.

– Je sais que c'est difficile, il a dit. Et je sais que tu te sens plein de galimatias, mais…

– Quoi ? j'ai dit.

Angel a eu l'air gêné.

– Désolé, mon gars, il a dit. Ça fait trop longtemps que je fréquente ces couloirs d'hôpital. On y apprend toutes sortes de mots. « Plein de galimatias », ça voulait juste dire perdu, troublé.

J'ai hoché la tête.

– Mais ça va s'arranger, a repris Angel. Ça ne sera pas toujours comme ça.

Il a regardé la montre cassée sur sa poche de blouse et il l'a tapotée. Puis il a porté la main à son oreille et il a dit :

– Le temps passe. Écoute. Le temps passe.

J'ai secoué la tête en soupirant.

– Sans vouloir te vexer, Angel, t'es un peu bizarre, comme type.

Il a éclaté de rire.

– Je ne me sens pas vexé. Mais c'est vrai, ce que je dis. Même quand tu as l'impression d'être totalement coincé dans un moment, en fait, ce n'est jamais le cas. Les choses changent. « Le temps passe. Écoute. Le temps passe. » (Il a de nouveau porté la main à son oreille, avant d'ajouter :) Pour ton information, c'est Dylan Thomas qui a écrit ça. *Ton* poète.

Je lui ai lancé un regard ahuri. Je sais qu'il ne faut jamais avoir d'a priori sur les gens, mais je n'aurais jamais imaginé qu'il s'intéresse à la poésie.

Angel a dû lire dans mon esprit. Il a dit :

– Tu serais surpris par les gens que je connais, Dylan. Il y en a de toutes sortes. Et Dyl Thomas est *vraiment* génial.

La porte de la chambre s'est ouverte. Eva, Blessing et le médecin sont apparus.

– Griff va très bien, a déclaré le médecin.

– Tant mieux, j'ai dit.

– Il a des réactions oculaires, une élocution et des réflexes moteurs normaux. Il n'a plus besoin de rester ici. Il vaut mieux qu'il retrouve une maison. De toute évidence, il va lui falloir du temps pour récupérer.

– Je prendrai soin de lui, a dit Blessing.

– Moi aussi, j'ai dit.

Angel m'a lancé un regard en disant :

– Et n'oublie pas de prendre soin de toi, mon gars.

– Moi, ça va, j'ai dit. Je…

Mais j'ai perdu le fil de ma pensée. La porte s'est rouverte, et Griff est sorti. Il avait l'air différent. Il était habillé en Nike de pied en cap. Il avait même une casquette Nike pour cacher sa plaie sur le crâne.

– Ma sœur travaille chez Nike, a dit Blessing, presque sur un ton d'excuse. Tu as de la chance que ça ne soit pas à l'Armée du Salut.

– On dirait Kanye West, j'ai dit.

– Plutôt le petit frère d'Eminem, a ajouté Angel.

Et pour la première fois depuis des siècles, Griff a souri en disant :

– On dirait Kanye West, non ?

– Ah, ah ! j'ai lâché en regardant Angel d'un air de triomphe. 2 pour Kanye, 1 pour Eminem.

Elle était rétablie. Ma connexion cosmique avec Griff.

Angel a haussé les épaules. Blessing s'est contentée de sourire en disant :

– On rentre à la maison.

Un coup de klaxon a interrompu mes pensées.

– Hé, vous ! a crié Blessing par sa vitre baissée. C'est sur le *trottoir* qu'il faut marcher !

Deux gamins en plein milieu de la chaussée se sont retournés pour voir qui les engueulait. Je les ai vaguement reconnus. L'un des deux avait un ballon de basket et il portait un polo avec le numéro treize. Il a fait exprès de faire rebondir son ballon juste devant la voiture et il a rejoint le plus lentement possible le trottoir avec son pote.

– Petits cons, a dit Blessing tout bas. (Puis plus fort :) Je les reconnais. Ils sont en même année que toi, Griff.

Griff a fait :

– Mouais.

Avec un minuscule signe de tête.

Blessing a trouvé une place pour se garer.

– Et voilà, on est arrivés, elle a dit. Voilà où j'habite, ma maison est juste là. Celle-ci, elle a ajouté avec un signe de tête.

Griff et moi, on a suivi son regard. C'était une grande maison de quatre étages avec un escalier en pierre qui menait au perron et de grands murs en brique brune de Brooklyn. En d'autres circonstances, j'aurais été impressionné.

Griff a détaché sa ceinture de sécurité.

– Tu habites cette maison *toute seule* ?

Blessing a souri.

– Un jour, peut-être. Pour l'instant, je loue les deux étages du bas à Freda, une vieille amie à moi. Et moi, j'habite les deux du haut.

Je n'ai rien dit. Je me sentais… « plein de galimatias ».

– On est sur Jefferson Avenue, entre Bedford et Franklin. Il suffit de se rappeler ça pour ne pas se perdre.

J'ai failli rire et j'ai dit :

– Ah bon ? Trop tard. Je suis déjà *totalement* perdu.

Cette fois, c'est Griff qui n'a rien dit.

Blessing s'est gratté la tête. Puis elle a désigné les marches du perron. Elle a dit à mon frère :

– Va t'asseoir là-haut pendant que je sécurise la voiture.

On est sortis sous le puissant soleil de midi. Après la fraîcheur de l'hôpital, je m'attendais presque à cloquer, mais ma peau était sans doute aussi peu réactive que moi. J'ai cligné des yeux. Aussi loin qu'allait mon regard, il n'y avait que des maisons en brique brune de Brooklyn et des arbres poussiéreux de Brooklyn et des trottoirs abîmés de Brooklyn et des voitures partout le long de ces trottoirs. Ainsi que, sur un terrain de basket de l'autre côté de la rue, les garçons qu'on avait vus un peu plus tôt, qui s'entraînaient à mettre des paniers. À part les mots qu'ils échangeaient et le bruit du ballon qui rebondissait entre eux, Jefferson Avenue était plutôt calme. Sans doute comme presque toutes les petites rues de Brooklyn. Pourtant, là, j'ai entendu un tonnerre métallique, et mes yeux ont été tout à coup noyés sous les larmes. J'avais reconnu le bruit inimitable du métro aérien qui passait sur ses rails.

– Je connais cet endroit, j'ai dit. Je sais où on est.

Blessing, occupée à bloquer sa voiture avec un antivol et un sabot, a levé la tête. Un instant plus tard, elle a monté les marches du perron et elle a dit :

– Tout va bien se passer.

Mais on savait bien que non. Griff pleurait. Il essayait de le cacher, mais Blessing et moi, on l'a bien vu. Il s'est essuyé le visage sur la manche de son sweat Nike tout neuf, et il a demandé :

– C'est le métro de Franklin Avenue qu'on vient

d'entendre, non ? (Blessing a hoché la tête.) On le prenait tous les matins pour aller au collège, Dyl et moi, maman et papa. Depuis Park Slope, où on habitait.

– Griff, arrête, j'ai dit.

– On partait tous les quatre ensemble, a insisté Griff.

– *Je t'en supplie*, j'ai dit.

– On prenait le métro à Prospect Park et on descendait à Franklin Avenue, puis on marchait jusqu'au collège. Ça n'est pas long. Je veux dire, ça n'était pas long.

La voix de Griff s'est étouffée peu à peu. J'ai levé les bras, je les ai croisés sur ma tête et j'ai regardé par terre.

– Allez, on entre, a dit Blessing.

La maison de Blessing, en tout cas les deux étages qu'elle habitait, ne ressemblait pas du tout à ce qu'on avait pu connaître. Ma mère et mon père ne possédaient rien. « On est des pierres qui roulent, disait tout le temps maman, on n'a pas le temps d'amasser de la mousse. » Combien de fois, Griff et moi, on l'avait regardée mettre à la poubelle « des choses inutiles ». La certitude d'en avoir de nouvelles dans l'appartement suivant, dans la ville suivante, dans le pays suivant, apaisait notre tristesse. Mais la maison de Blessing était remplie. Sur tous les murs, il y avait des disques et des livres. Des rangées et des rangées de vinyles du sol au plafond sur deux pans du salon. Sur un troisième, des livres. Et dans les bibliothèques, plein de bibelots, de photos de gens souriants et de plantes en pot avec un feuillage qui faisait comme une échelle de verdure jusqu'à l'étagère du dessous. Et par terre, encore des livres sur des tapis en laine aux couleurs incroyablement vives, et des caisses à vin en bois retournées qui contenaient des bougies. Ainsi qu'une vieille et grosse télé presque cachée dans un coin. Sur un antique canapé en cuir, six ou sept coussins et un chat. Un énorme chat tout noir.

– Voici Pudders, ma chatte, a dit Blessing. Attention, c'est un vrai fauve.

J'ai voulu la caresser, mais elle a levé la tête en crachant. J'ai aussitôt retiré la main.

– Ouah ! a dit Griff. En effet.

– Allez, Pudders, a dit Blessing. Fais un effort, essaie d'être gentille, pour une fois.

Sans me quitter des yeux, la chatte a fait le gros dos, a triplé de volume, et on aurait dit qu'elle grognait. Puis elle a tourné trois fois sur elle-même et elle s'est recouchée sur le canapé en nous tournant le dos.

Blessing a haussé les épaules.

– Rien de personnel. Elle fait ça avec tout le monde. Sauf avec Freda. Je l'ai trouvée à moitié morte de faim sous le perron, un jour. Elle est devenue moins antipathique au fil du temps, mais ça ne sera jamais la reine des câlins. Marlon est bien plus gentil.

Le silence qui a suivi, c'était le bruit de Griff et moi qui nous demandions qui était Marlon.

– On va voir la chambre ? a dit Blessing. (On a acquiescé.) C'est parti !

On l'a suivie jusqu'au dernier étage, puis au bout du couloir. La situation était tellement bizarre et « pleine de galimatias » que j'avais du mal à me faire à l'idée que j'étais dans la maison de *ma principale de collège*.

Mais, de toute façon, plus *rien* n'était normal.

– La salle de bains est là, a dit Blessing qui marchait devant moi en désignant une porte. (Elle s'est arrêtée devant une autre porte.) Et la chambre, ici. C'est la chambre d'amis. Mais, tant qu'il le faudra, je ne recevrai pas d'amis.

On est entrés. C'était une chambre plus grande que toutes celles qu'on avait connues. Sur le lit à deux places, il y avait d'autres habits Nike tout neufs qui portaient encore leurs étiquettes.

– C'est juste pour quelques jours, a dit Blessing. Dès que possible, on ira chercher des affaires dans l'appartement de Park Slope.

– Merci, j'ai dit.

Puis je me suis rappelé que tout ce qu'on possédait ou presque se trouvait dans le coffre d'une voiture qui n'existait plus. J'ai regardé par terre et j'ai découvert une épaisse moquette qui semblait faite main.

Il y a eu un silence étrange. Puis Blessing a soupiré :

– Je sais que ça n'est pas idéal. L'idéal n'a rien à voir avec tout ça. Je donnerais tout pour que Meg et Steve soient ici et… et…

Elle a dégluti, elle a baissé la tête et elle s'est tue.

Tout à coup, je me suis rendu compte que je ne respirais pas. J'ai jeté un coup d'œil à Griff, et je suis presque sûr que lui non plus. Il était immobile. Et là, j'ai pris conscience que c'était la première fois que quelqu'un avait appelé nos parents par leurs prénoms. À l'hôpital, les gens nous posaient des questions horribles, avec des voix horribles, sur notre maman et notre papa, mais aucun d'entre eux n'en avait parlé comme d'une femme et d'un homme qui avaient eu une vie et une personnalité. Ça m'a rappelé que Blessing connaissait nos parents comme nous ne les connaissions pas. Comme des profs. Et des amis.

Elle a de nouveau poussé un soupir.

– Bref, j'imagine que tout ce que j'essaie de dire, c'est que je sais qu'être chez sa principale, ça n'a rien d'évident. Mais ce n'est que pour un petit moment. Jusqu'à ce qu'on trouve une solution.

J'ai glissé un regard à Griff. Il s'était assis sur le lit et regardait par terre, lui aussi. Sans lever la tête, il a demandé :

– Et qu'est-ce qu'il y a, comme solution ?

– Eh bien… une personne du ministère des Affaires étrangères est en contact avec une autre du consulat britannique. Mais pour l'instant, il n'y a rien de décidé, alors tu vas profiter un peu de Pudders et de Marlon.

J'avais envie de lui poser une autre question. J'avais envie de lui poser un milliard de questions, mais tout à coup, il y a eu du bruit dans l'escalier.

Blessing a souri.

– On dirait que Marlon vient faire connaissance.

Griff a eu l'air paniqué. Moi aussi. Je pense que ni l'un ni l'autre, on n'était prêts à rencontrer encore quelqu'un. Depuis quelques jours, les gens défilaient devant nous plus vite que le métro.

– Marl, je suis là ! a appelé Blessing.

Une seconde plus tard, un labrador chocolat lui sautait dessus pour lui lécher le visage. Blessing l'a serré contre elle.

– Salut, mon gars. Eh bien, tu dormais ?

Le chien a répondu en aboyant.

– Un chien intelligent, j'ai dit.

– Marlon est donc un chien, a dit Griff.

– Un chien intelligent, a complété Blessing en souriant.

Marlon s'est tourné vers nous. Il m'a d'abord regardé, puis il a regardé Griff, puis son regard est revenu vers moi. Il avait la langue qui pendait, on aurait dit qu'il souriait. Et mon cerveau avait beau être un bloc de glace, je lui ai souri. Marlon s'est contenté d'agiter la queue une seconde, puis il s'est approché de moi et s'est couché à mes pieds. Et, tout à coup, j'ai été plus heureux que vous ne pouvez l'imaginer.

Griff s'est laissé glisser du lit, il s'est accroupi près de la tête de Marlon et s'est mis à le caresser doucement.

Blessing a dit :

– Prenez le temps qu'il faut avant de me rejoindre, avec Marlon. Bienvenue à la maison, de la part de Marlon et moi.

Elle est sortie de la pièce et a fermé la porte. Marlon, qui agitait toujours la queue, a levé la tête en me regardant. Je me suis laissé glisser du lit pour m'asseoir par terre à côté d'eux. Marlon ressemblait à une saucisse prise en sandwich entre deux frères.

– Salut, Marlon, j'ai murmuré à son oreille. On est super-contents de faire ta connaissance. (Et même si je ne l'ai pas dit tout fort, j'ai ajouté quatre mots en silence :) Et moi, tout particulièrement.

Puis j'ai passé les bras autour de son cou, j'ai fermé les yeux et j'ai posé mon visage sur son pelage doux et chaud.

8

Cette nuit-là, Marlon a dormi sur le lit avec Griff. Je savais qu'en aucun cas je ne réussirais à dormir, alors je me suis installé dans le grand fauteuil et, pendant des heures, j'ai écouté la respiration de mon frère et de Marlon. Parfois le chien soupirait, parfois il poussait de petits jappements, parfois il s'asseyait d'un coup et se grattait la tête avant de se recoucher avec un soupir de satisfaction. Et comme je n'avais pas envie de perturber son sommeil de chien, et surtout pas celui de Griff, je n'ai pas bougé et j'ai attendu que le temps passe. À un certain moment, Marlon s'est mis à ronfler. Ça ne m'a pas dérangé. J'ai même trouvé ça réconfortant. Un peu plus tard, il a sauté du lit et il est venu s'asseoir près de moi en posant le museau sur mes genoux. Certains disent que les chiens ne pensent pas. Qu'ils se contentent de réagir. Moi, je dis que ce n'est pas vrai. Marlon m'a vu dans ce fauteuil et il a compris que j'avais besoin de compagnie. Il s'est dit que j'en avais autant besoin que Griff. Sans doute même plus. Peut-être qu'il avait raison.

Puis Marlon a de nouveau tourné son attention vers Griff, et j'ai dérivé. Vers un lieu si proche si loin. Et en un clin d'œil, mon fauteuil confortable s'était transformé en un

banc
en
bois
dur
avec une barre de sécurité.

Maman était assise au milieu ; j'étais à sa gauche et, de l'autre côté, il y avait une petite Allemande de cinq ans, du même âge que moi. On se trouvait dans un immense cygne. La petite Allemande faisait coucou à sa mère, qui lui répondait en prenant des photos. Le cygne montait le long d'un rail en pente ; son cou, devant nous, se dressait très haut. J'étais tout raide sur mon siège. Puis, comme le cygne avait atteint le sommet, j'ai demandé :

– On va pas tomber, hein ?

– Bien sûr que non, gros malin, a répondu maman.

La petite Allemande a éclaté d'un rire aigu et joyeux. On aurait dit le tintement d'un triangle de musique.

– *Das ist gut !* elle s'est exclamée.

Maman a lancé :

– Alors tenez-vous bien, c'est parti !

On a tous les trois poussé des hurlements d'excitation quand le cygne a plongé. À la fin du parcours, il a été ralenti par l'eau d'un bassin et il a aspergé la foule qui regardait, et nous avec. J'étais trempé. Mais je m'en moquais, parce que je m'amusais comme un fou avec maman et la petite fille au rire comme un triangle. Quand le cygne s'est arrêté, j'ai regardé la petite fille et je lui ai demandé :

– Comment tu t'appelles ?
Et la petite fille a répondu :
– *Ich heiße Matilda.*

Quand j'ai ouvert les yeux, le soleil brillait de l'autre côté de la fenêtre, et quelqu'un frappait doucement à la porte.

– Bonjour ! Tout le monde dort, là-dedans ? Je dois sortir Marlon pour sa promenade du matin.

« Marlon ? »

Un instant, Griff et moi, on a cligné des yeux dans cette chambre étrange. La lumière était si vive que je voyais la poussière tourbillonner dans l'air. C'était presque sinistre, mais heureusement, je n'ai jamais été du style à avoir peur de ce genre de vision. Une chose a sauté du lit avec un bruit sourd et jailli vers la porte. J'ai découvert sans comprendre un gros chien marron qui s'étirait, poussait un énorme bâillement et se secouait. Puis j'ai compris, et tout a repris son étrange place.

– Marlon, j'ai murmuré.

Griff n'a eu qu'une demi-seconde de retard sur moi.

– Marlon, il a dit.

– Hé ! a dit la voix de l'autre côté de la porte. Je peux entrouvrir juste pour le laisser sortir ?

– Bien sûr, a dit Griff, on est réveillés tous les deux.

Marlon a aboyé et s'est approché de la porte. Elle s'est entrebâillée, et Blessing a passé la tête.

– Oh ! il fallait baisser les stores. Ça fait mal à la tête de se réveiller dans ce soleil. Bien dormi ?

Griff a hoché la tête à moitié. Pas moi. Blessing

s'est agenouillée pour frotter la tête de Marlon entre ses mains. Puis elle lui a demandé :

– Tu as été gentil ? (Elle a ajouté :) Je vais le promener dans le quartier et en profiter pour prendre un petit déjeuner. Un volontaire pour m'accompagner ?

À nouveau un demi-hochement de tête de Griff, et rien du tout de ma part.

Blessing est restée perplexe. Elle a caressé Marlon derrière les oreilles, puis elle a dit :

– Je prends ça pour un oui. Alors j'attends en bas.

Et elle a refermé la porte.

Griff s'est rallongé un instant. Puis, dans un mouvement lent, il a mis sa tête dans ses mains et ses coudes autour de ses genoux, et il a murmuré :

– Je veux retrouver ma famille.

Et même si je suis presque sûr que ce n'était physiquement pas possible, j'ai cru sentir mon cœur se briser. Aussitôt, sans même réfléchir à ce que je faisais, je me suis agenouillé devant mon petit frère et j'ai posé mes mains sur les siennes.

– Griff, ça va aller. Je sais, pour l'instant, ce n'est pas le pied, mais ça va s'arranger. (Et ensuite, à court d'arguments, j'ai répété ce qu'Angel m'avait dit :) « Le temps passe. Écoute. Le temps passe. »

Griff ne bougeait pas. Comme s'il écoutait vraiment. Je l'observais sans respirer. Puis, à moi, à l'univers, à personne, il a dit :

– Allez, Griff Rhys, c'est parti.

Et de le voir combatif comme ça, ça m'a tout à coup rempli d'énergie.

– Oui ! j'ai hurlé. Allez ! Griffster, c'est parti ! Tu peux le faire !

Et j'ai sauté sur le lit et j'ai tourbillonné comme un fou.

Griff m'a regardé d'un air inquiet, ce qui était déjà un progrès par rapport à son air triste, et il a marmonné :

– Allez, courage.

Il a tendu la main vers un polo Nike, a retiré l'étiquette du prix et l'a enfilé. Il a fait pareil avec un short jusqu'à se métamorphoser en Kanye West.

En bas, Blessing buvait un café à la table de la cuisine avec une vieille dame qui ressemblait à tout sauf à une vieille dame. Elle avait de longs cheveux aux mèches doré et rose, et son visage, qui avait sans doute un jour été aussi blanc que le mien, était tellement bronzé qu'il était couleur noisette. Mais peut-être qu'en tant que poète, je devrais faire des comparaisons plus justes, parce qu'une noisette, c'est lisse ; or cette dame ne l'était pas du tout. On aurait plus dit une noix toute ridée qu'une noisette. Sur ses genoux, il y avait cette saloperie de chat qui s'appelait Pudders.

D'instinct, j'ai fait claquer mes doigts à l'intention du chat. Aussitôt, Pudders a craché, a bondi des genoux de la vieille dame et a filé, la queue basse.

– Comme tu voudras, j'ai dit, en essayant de ne pas me sentir vexé. Je voulais juste jouer.

– Hé ! Pudders ! a crié Blessing. Sois gentille ! (Puis elle a lancé :) Il ne faut pas faire attention à elle. C'est une vieille grincheuse. (Elle a désigné la dame en face d'elle :) Voici Freda. Qui habite en bas.

Freda a fait un signe de tête et a déclaré :

– Pudders et moi, on aime les gâteaux à la crème.

Puis elle nous a regardés, Griff et moi, et elle n'a plus bougé.

Ou alors, elle n'a regardé que moi ?

En tout cas, je me suis senti « plein de galimatias ».

Mal à l'aise, j'ai agité les pieds en ayant juste envie de disparaître.

Mais Freda ne me quittait pas des yeux. Je suis sérieux. J'avais l'impression d'être une cible lumineuse.

– Salut, a maladroitement dit Griff.

Freda a continué à nous regarder, par-dessus sa tasse de café. Ce qui, en soi, était déjà terrorisant.

Blessing a froncé les sourcils, et elle a demandé :

– Freda, tout va bien ?

Freda a fait un drôle de signe de tête et a soufflé sur son café.

En entrecroisant mes doigts, je les ai repliés et j'ai fait craquer les jointures. *Crac, crac, crac, crac !*

Griff a frémi et Freda a porté sa tasse à ses lèvres en déglutissant bruyamment.

– Eh bien, a repris Blessing, Freda est anglaise, elle aussi. Incroyable, non ? Ça vous fait déjà au moins un point commun.

Griff et moi, on a de nouveau regardé cette dame couverte de rides avec ses cheveux rose et doré.

– J'en doute, j'ai murmuré.

Ça avait beau être impoli, je me suis autorisé à le dire, parce que personne ne pouvait entendre.

Mais Freda s'est retournée d'un coup.

– Je n'ai peut-être pas l'accent anglais, je ne m'habille pas comme la reine Élisabeth ni l'actrice Julie Dench, mais je suis tout aussi anglaise qu'elles. Même si je suis arrivée à Brooklyn à l'âge de vingt-deux ans et que, depuis, je fais partie du paysage. Et que je ne voudrais pas vivre ailleurs qu'en Amérique.

– Je pense qu'en fait c'est *Judi* Dench, s'est interposée Blessing.

Freda a fait un geste énervé.

– Et j'ajouterais que jamais je ne vivrais dans un autre quartier que Bedford-Stuyvesant. La devise de ce quartier c'est : « Bed-Stuy, en être ou mourir. » *En être ou mourir* ! Va savoir ce que ça veut dire ! Bien sûr qu'on va tous mourir un jour, mais ça ne signifie pas pour autant qu'on cesse d'*être*. Pas si on croit à l'immortalité de l'âme, en tout cas.

Griff, Blessing et moi, on n'y comprenait plus rien.

– OnvapromenerMarlon, a dit Blessing bien trop vite et bien trop fort.

À peine eut-elle quitté son tabouret qu'elle a attrapé la laisse de Marlon accrochée à un clou au mur et a frappé sur sa cuisse pour le faire sortir de son grand panier placé dans un coin de la cuisine.

– De toute façon, moi aussi, j'y vais, a dit Freda. J'ai envie d'une cigarette. À plus tard. (Elle s'est tue, avant de faire un dernier drôle de signe de tête et de dire :) Il me tarde.

À la seconde où elle est partie, Griff a demandé :

– Euh... C'est moi, ou elle est bizarre ?

J'ai éclaté de rire. C'était un signe que Griff redevenait lui-même.

Blessing a fait un sourire d'excuse.

– Je suis désolée pour le « en être ou mourir ». Freda est gentille et totalement inoffensive. Disons qu'elle est juste... *originale*.

Griff a eu l'air sceptique.

– Originale ?

– Totalement cinglée, oui, j'ai dit.

Blessing a haussé les épaules avec un petit sourire :

– Disons un peu cinglée. Allez, ce chien a besoin de sortir.

J'étais inquiet à l'idée de quitter la maison. Cette peur m'a envahi comme un rhume de cerveau. Mais en fait, ça s'est bien passé. Je suis resté tout près de Marlon et, de temps en temps, quand on s'arrêtait à un carrefour ou bien quand il levait la patte contre une bouche d'incendie rouge vif ou inspectait le trottoir, je lui caressais l'oreille du bout du doigt, et il agitait la queue pour me remercier.

On dit que le chien est le meilleur ami de l'homme, et Marlon a vraiment été plus que génial. Mais ami ou pas, il faisait peur à voir. Il portait un bob et des lunettes noires. Comme un chien aveugle. Sauf que, normalement, c'est le maître qui est aveugle, pas le chien. Son bob était jaune avec deux trous pour ses oreilles marron. Rien qu'à le voir, ça donnait envie d'éclater de rire. Même Pudders, je suis sûr qu'elle a ri.

– C'est une toute nouvelle tenue, a expliqué Blessing. Il est vieux et il ne supporte plus le soleil.

Marlon trottinait aux côtés de Blessing, Griff et moi. Sans se soucier de l'effet qu'il faisait dans la rue. On a longé le terrain de basket, où les deux garçons de la veille se trouvaient déjà. À même pas neuf heures du matin, ils travaillaient déjà leur jeu. Ils se sont arrêtés pour regarder Marlon et ils ont éclaté de rire.

Blessing a protesté :

– On ne se moque pas de mon chien ! Vous voulez lui donner des complexes ou quoi ?

– Désolé, madame, a dit l'un d'eux.

Et l'autre a dit :

– Désolé, monsieur le Chien.

Puis ils sont repartis dans un fou rire, avant de reprendre leur entraînement – sans doute dans l'espoir de devenir les futures stars des New York Knicks.

On a pris à droite sur Bedford Street, plus bruyante et plus fréquentée, mais qui a étrangement été le moment le plus silencieux de cette sortie, parce que notre collège était tellement près qu'il suffisait de tourner la tête pour le voir. Ce que ni Griff ni moi ne voulions faire. C'était impossible de le regarder sans penser à papa et maman, et c'était impossible de penser à eux sans se sentir abominablement tristes. Et comme c'était impossible que je ressente quoi que ce soit, je me suis mis en *off* et j'ai imaginé qu'il n'y avait rien d'autre dans la poussière qui tourbillonnait dans l'air. Et j'ai continué à penser à ça jusqu'à ce qu'on atteigne le carrefour de Fulton Street. Parce que là, j'ai entendu crier :

– Madame, arrêtez de bavarder et faites votre boulot ; il y a un chien aveugle qui attend pour traverser ce carrefour !

Je suis revenu à la réalité. Sur le trottoir d'en face, la personne chargée de la circulation discutait, appuyée sur son panneau, avec une dame accompagnée de deux jeunes enfants. On l'a vue aspirer ses joues, tendre le panneau à son amie et se retourner lentement pour faire face, bras croisés, à la personne qui l'interpellait. À qui elle demanda :

– C'est à moi que vous parlez ?

Blessing a annoncé :

– Et voici une scène typiquement new-yorkaise.

Le râleur, un type avec une brosse à cheveux plantée sur la tête, a agité les bras en nous désignant :

– Pardon ? Il me semble que c'est le carrefour dont vous êtes responsable, et oui, c'est à *vous* que je parle ! Je suis en train de vous dire qu'il y a un chien aveugle qui a besoin que vous l'aidiez à traverser, et cela fait maintenant des *heures* qu'il attend. Alors faites ce pour quoi vous êtes payée !

– Il n'est pas aveugle, a rectifié Blessing. C'est juste qu'il ne supporte plus le soleil.

La personne chargée de faire la circulation et l'homme avec la brosse sur la tête se sont tournés vers nous. Un instant, on a cru que ça avait coupé le sifflet au type, mais il a repris en disant :

– Il y a là un chien qui ne supporte plus le

soleil et qui veut traverser. Vous allez l'aider, oui ou non ?

– Toi, ta gueule, a dit la dame chargée de la circulation.

Puis elle a repris le panneau à son amie et lentement, très lentement, elle s'est avancée jusqu'au milieu de la chaussée pour stopper la circulation et nous permettre de traverser. Le type a agité la tête, puis il est parti avec sa brosse sur la tête en grommelant. Un peu plus loin, on l'a entendu se disputer avec quelqu'un d'autre.

Un petit sourire a éclairé le visage de Griff.

– C'est joyeux, ici. Plus qu'à l'hôpital.

– C'est tout Bed-Stuy, ça, a dit Blessing. Ici, on ne fait rien à moitié. (Puis elle a ajouté avec un sourire :) Mais je pense qu'après quelques petites années au collège, ce n'est plus une découverte.

On a continué notre promenade le long de boutiques d'occasions, de bars douteux et de halls de prière. Il était encore assez tôt, mais il y avait déjà plein de gens dehors. Des marchands avaient installé leurs stands sur le trottoir, d'autres entreposaient tout dans des sacs. Une vieille femme vendait des trousses en tricot. Quand on est passés, elle s'est mise à agiter les hanches en chantant *All The Single Ladies*, comme Beyoncé, ou Eva le jour de notre départ. Penser à Eva, ça m'a fait chaud au cœur, parce que si on songe combien les gens peuvent être gentils parfois, on ne peut pas se sentir totalement mort en soi.

– Vous avez envie d'un film ? (On s'est tous arrêtés en même temps. Un type habillé en Adidas des pieds à la tête nous tendait un DVD.

Il en avait toute une pile derrière lui.) Le meilleur de Bollywood, il a précisé.

On a regardé le titre du film qu'il nous tendait. Ça s'appelait *Les Amours d'Hitler*. Blessing a fait un geste de refus en disant :

– Non, mon gars, c'est pas du tout mon truc.

L'homme a haussé les épaules jusqu'à ses oreilles en protestant :

– Comment vous le savez ? Vous l'avez vu ?

– Ce n'est pas nécessaire, a répondu Blessing sans se retourner.

On repartait déjà.

– J'en ai d'autres, il a insisté, mais on était déjà loin.

Et on a continué jusqu'à l'angle de Franklin Avenue, ce qui a ravivé notre tristesse, parce que, de là, on voyait le métro aérien qui, chaque matin, nous emmenait au collège avec nos parents. À propos, ils étaient profs d'anglais. Je ne sais pas si je vous l'ai dit.

On a marché jusqu'à un café qui s'appelait le Magnificent Muffin.

Blessing a demandé :

– Un muffin en guise de petit déjeuner ?

Je n'avais pas faim, alors je n'ai pas répondu. Griff non plus. Il n'a même pas fait son demi-hochement de tête. Il regardait les rails du métro.

Blessing a eu l'air de ne pas trop savoir quoi faire, alors elle s'est penchée pour caresser les oreilles de Marlon.

– Bon, je suppose que c'est un oui. Myrtille, chocolat, cannelle, framboise, caramel ?...

Griff s'est contenté de hausser les épaules, et moi, j'ai regardé mes baskets en soupirant.

Blessing s'est gratté la tête, avant de dire :

– D'accord. Eh bien, ça sera une surprise, alors. (Elle a mis la laisse de Marlon dans la main de mon frère en disant :) Tiens-le bien. Je reviens tout de suite.

Mais au moment où elle allait pousser la porte du café, celle-ci s'est ouverte devant elle. Et une toute petite bonne femme est apparue en disant :

– Si vous avez l'intention d'aller aux chiottes ici, bouchez-vous le nez, parce que ça pue !

Elle semblait vraiment hors d'elle.

J'ai jeté un coup d'œil à mon frère. Il a voulu retenir un sourire, sans succès.

– Merci, a dit Blessing à la dame. J'allais juste acheter des muffins.

Elle a attendu que la femme libère le passage pour se placer au bout de la queue.

– Ces chiottes puent ! a continué à hurler la bonne femme devant la porte. Puis elle a vu Marlon. Mais comme il est mignon, ce chien !

Et elle est partie. Si étrange que fût cette bonne femme, je me sentais mieux, parce qu'il n'y avait pas une once de méchanceté en elle. Elle voulait juste nous prévenir que les toilettes n'étaient pas propres, et ça avait fait sourire mon frère.

Griff a caressé la tête de Marlon en disant :

– Mais pourquoi tout le monde crie ? Ça me fait mal aux oreilles. (Il a passé le doigt sur celles de Marlon.) À toi aussi, sans doute.

– Et à moi donc ! j'ai ajouté.

Parce que, sans même parler des cris, il y avait

du bruit partout. Cette planète n'était qu'une cacophonie de sons tous bien trop forts. J'ai mis mes mains sur mes oreilles en espérant que Blessing ressorte bientôt avec les muffins, pour qu'on puisse regagner la maison de Jefferson Avenue et s'y réfugier au calme.

9

En fait, mon endroit préféré de la maison de Blessing n'a pas été le coin le plus calme, mais le salon avec tous ses disques. Il était frais et sombre, car les stores restaient baissés pour éviter que le soleil ne fasse fondre les vinyles.

– Certains ont beaucoup de valeur, elle a expliqué. J'ai une première édition d'Aretha Franklin de 1961 qui doit bien valoir cent vingt dollars. *Cent vingt dollars juste pour un disque !* Mais si je parle comme ça, j'ai l'air d'un didgeridoo, non ?

Griff et moi, on l'a regardée d'un air perplexe.

– Aretha Franklin, elle a répété.

J'ai regardé Griff en fronçant les sourcils.

– Je ne sais pas qui c'est, j'ai dit.

Griff a froncé les sourcils à son tour. Puis il a dit :

– Je ne sais pas qui c'est, mais je connais les Beatles, les Beach Boys, Oasis, Nirvana et Super Furry Animals. C'est la musique que papa écoutait.

Blessing a hoché la tête.

– J'ai aussi les Beatles et les Beach Boys sur cette étagère. À la lettre B. Tous les disques sont classés par ordre alphabétique. Mais c'est un grand trou dans une éducation que de ne pas connaître Aretha Franklin. C'est la reine de la soul.

Griff a haussé les épaules et a passé le doigt sur le bord des pochettes, l'air très vaguement intéressé. Moi, j'étais vraiment intéressé. Je me suis approché de la platine.

– C'est un tourne-disque, a déclaré Blessing. Il marche encore. Il faut juste avoir la main ferme, parce que la petite aiguille au bout du bras, c'est une pointe. Alors si on tremble comme un chien qui sort du bain au moment où on baisse la pointe sur le disque, il va se rayer, et il sautera à tout jamais. Compris ?

– Oui, a dit Griff.

Blessing a eu l'air dubitative.

– Je vais te montrer.

Elle a passé le doigt une seconde sur les pochettes jusqu'à trouver ce qu'elle cherchait, et elle a attrapé un disque. Aretha Franklin. Je me suis demandé si c'était celui qui valait de l'or. Elle l'a sorti de sa pochette, posé sur la platine, et elle a appuyé sur un bouton. Le disque s'est mis à tourner. Puis, avec beaucoup de précaution, elle a approché le bras mécanique du vinyle, abaissant l'aiguille. Il y a d'abord eu un craquement et des grésillements dans les haut-parleurs, puis la musique a jailli.

L'effet était incroyable.

Après des jours et des jours sans rien, j'ai eu l'impression que l'électricité passait tout à coup dans chaque fibre de mon âme.

J'ai écouté, totalement immobile, en retenant mon souffle, Aretha chanter. Je n'avais jamais entendu une chose pareille. Elle avait une voix forte et dramatique, assez chaude pour réveiller les morts. Certes, le son qui sortait des haut-parleurs n'était pas aussi limpide que celui que j'écoutais sur mon iPod, mais je préférais. C'était plus humain. Un peu comme si Aretha était devant nous dans la pièce.

Blessing a souri.

– C'est beau, non ?

– C'est hallucinant, j'ai dit.

Griff s'est contenté de hausser les épaules.

Blessing l'a imité et a conclu :

– J'imagine que toutes les musiques ne peuvent pas plaire à tout le monde.

Elle a soulevé l'aiguille du disque et a réappuyé sur le bouton de la platine. Le disque s'est arrêté d'un coup. Elle l'a rangé dans sa pochette, qu'elle a remise à sa place. Puis elle s'est retournée et elle a dit :

– Je vais faire des brownies. J'aurais bien besoin d'un coup de main.

Griff a encore une fois haussé les épaules, mais il a suivi Blessing à la cuisine. Pas moi. Je suis resté à regarder fixement le tourne-disque. Je voulais qu'il tourne à nouveau. Parce que je venais de comprendre quelque chose. Que la musique n'est pas *juste* de la musique, c'est aussi de la magie. Qui peut conjurer des émotions dont on ignorait jusqu'à l'existence, et faire naître à la vie des sentiments que l'on pensait éteints à jamais. Un peu comme un voyage dans le temps. La musique est capable de nous transporter à une autre époque, à d'autres endroits, avec une telle précision qu'on revoit les baskets qu'on n'a plus depuis longtemps, qu'on entend pépier des oiseaux envolés depuis longtemps et qu'on va jusqu'à sentir l'odeur de vinaigre des chips de l'été précédent. Et lorsque toutes ces émotions, tous ces souvenirs surgissent par le biais d'un *objet* concret, et pas seulement d'un MP3, eh bien, la magie est encore plus forte. J'ai regardé les disques dans ce salon, et ça m'a fait penser à mon père qui adorait la musique. Et j'ai eu envie de le revoir.

Je me suis avancé vers la paroi de vinyles ; là, comme Blessing un peu plus tôt, j'ai passé le doigt sur le bord des pochettes et j'ai commencé mes recherches. Mais à S, il n'y avait pas Super Furry Animals. Il fallait croire que Blessing n'était pas fan de rock gallois psychédélique et expérimental. Il n'y avait pas non plus Oasis. J'ai décidé de passer tout l'alphabet en revue. Pas de Nirvana. Mon doigt a sauté jusqu'au B pour Beatles. Blessing avait deux compilations de leurs plus grands hits. Mon père n'aimait pas les compilations. Il considérait que ça n'avait pas le goût de l'original. Pour lui, c'était comme des biscuits au chocolat sans le biscuit. J'ai regardé un peu plus sur la gauche et, pour finir, j'ai trouvé quelque chose qu'il aurait aimé : les Beach Boys. Blessing avait des tonnes de leurs disques. J'étais sur le point de les sortir, puis j'ai hésité, j'ai soupiré et j'ai laissé mes bras retomber. J'avais trop peur de les toucher. Depuis l'accident, je n'étais plus moi-même. Je me sentais sans substance, un peu comme une musique téléchargée. Je ne pouvais pas être sûr de ne pas trembler comme le chien qui sort du bain dès que je toucherais l'un des précieux vinyles de Blessing. Je ne pouvais pas être sûr que je n'allais pas les rayer ou les faire tomber et qu'ils se briseraient en mille morceaux. Comme le réfrigérant de Liebig. Alors je suis resté devant les disques, comme coincé dans le moment.

Mais le temps passe. Le temps finit toujours par passer.

Pourtant, je devais vraiment avoir envie de mettre de la musique. Parce que, quelques secondes après, la platine tournait, et des sons se déversaient doucement des haut-parleurs. Les Beach Boys.

Mon père était là, dans le salon. Il portait sa chemise noir et jaune préférée et ses lunettes de soleil faussement chères.

– Salut, mon chéri, il a dit. Je ne vais pas pouvoir rester longtemps.

– Papa, j'ai murmuré.

Et je me suis assis sur le canapé, parce que j'étais trop bouleversé pour rester debout.

Mon père a regardé le disque en souriant.

– Un bon choix. Les vieux morceaux, c'est toujours les meilleurs, Dylan. Je suis content que tu n'aies pas mis l'un de ces best of des Beatles. C'est comme la confiture sans le beignet.

– Je sais. J'étais sûr que tu dirais quelque chose comme ça.

Mon père a éclaté de rire, puis il a fait claquer ses doigts et il a chanté en même temps que le disque passait. Je n'ai pas quitté le canapé, parce que c'était vraiment un moment magique et que je ne voulais pas briser le charme.

Trop vite, mon père a cessé de chanter et de se dandiner. Il s'est planté devant moi. Il a pris mon visage entre ses mains et m'a demandé :

– Ça va ?

Je l'ai observé. Et, très lentement, j'ai secoué la tête et je lui ai dit la vérité :

– Non.

Mon père a paru dégoûté.

– Je suis désolé, fiston.

– Pas ta faute, j'ai chuchoté.

Mon père devenait de plus en plus difficile à voir.

– Écoute, Dylan, je l'ai entendu dire, tu t'en sors très bien. C'est génial ce que tu fais pour ton frère.

Je me suis redressé sur le canapé et j'ai cherché désespérément du regard. Mon père était toujours là. Je l'entendais très clairement. Pourtant, je le perdais déjà. La magie était *déjà* en train de se dissiper.

– Je t'en supplie, ne pars pas.

– Tu sais que je ne peux pas rester, a dit mon père de quelque part. (De très loin. Je ne le voyais plus.) Je reviendrai.

Je me suis levé. Il aurait dû y avoir un torrent de larmes sur mon visage, mais non.

– Quand ? j'ai demandé. Et *où* ?

Mais il avait disparu. Le seul bruit dans la pièce, c'était la musique qui se déversait des baffles. J'ai entrecroisé mes doigts et fait craquer mes jointures. *Crac, crac, crac, crac !* Puis j'ai posé la tête sur l'accoudoir et écouté le disque. Les Beach Boys avaient cessé de chanter, ils se contentaient de jouer. C'était un morceau uniquement instrumental. Un air étrange. Du genre doux et triste, et en même temps plein d'espoir. J'ai regardé le disque tourner sur la platine. L'aiguille avait presque terminé son voyage sur la face A. J'ai attrapé la pochette et j'ai regardé au dos comment s'appelait le dernier morceau. Je l'ai reposée sur le canapé en souriant.

Parce qu'il s'appelait *Le Lieu si proche si loin*.

Bien sûr.

– C'est juste *parfait*, j'ai dit.

À moi-même. À personne. Et je me suis blotti dans le canapé en fermant les yeux et en me laissant bercer par la musique.

Comme je m'en doutais, elle m'a emmené dans le lieu si proche si loin. Cette fois, c'était

un
bac
à
sable
dans
un
square.

– Bonjour.

J'ai levé la tête. Pour découvrir Matilda, la petite fille au rire qui tintait comme un triangle.

– Bonjour, j'ai répondu.

Elle a désigné le tas de sable près de mes genoux et elle a dit :

– *Sandburg ?*

J'ai souri. C'était l'un des seuls mots que je connaissais en allemand. J'ai secoué la tête en répondant :

– Non, ce n'est pas un château de sable. C'est une piste de course.

Matilda n'a pas compris. Alors j'ai levé les mains et j'ai fait comme si je tenais une petite voiture entre mes doigts. Puis j'ai fait *Vroum vroum* avec ma bouche.

Matilda a éclaté de rire. Elle s'est agenouillée près de moi et elle s'est mise à sculpter et à tasser le sable pour créer des routes sinueuses sur ces montagnes et ces collines.

Je l'ai regardée faire pendant quelques instants. Puis j'ai commencé à l'aider. Ensuite, on a chacun attrapé une petite voiture qu'on a poussée sur notre merveilleux circuit.

Alors qu'elle franchissait la ligne d'arrivée, Matilda m'a regardé avec ses grands yeux bleus et a dit :

– *Das ist gut, ja ?*

– Oui, j'ai dit. C'est bon.

Matilda a soulevé sa petite voiture, elle a soufflé pour chasser le sable accroché à ses roues et elle m'a souri. Là, j'ai compris que j'étais amoureux d'elle.

La porte du salon s'est entrouverte. Pendant un instant, j'ai cru qu'elle s'ouvrait toute seule. J'ai failli avoir peur. Puis j'ai baissé les yeux et j'ai vu Marlon. J'ai eu un sourire de soulagement, et Marlon m'a fait l'un de ses grands sourires de chien. Il est allé s'affaler au pied de la platine.

– J'écoute les Beach Boys, je lui ai soufflé, juste pour dire quelque chose. C'est mon morceau préféré, parce qu'il n'a pas de paroles.

Je ne sais pas comment l'aiguille avait pu reculer, ou bien si c'est moi qui l'avais soulevée sans m'en rendre compte, car *Le Lieu si proche si loin* passait toujours. Ce qui était impossible, parce que ce morceau ne durait que deux minutes quarante. Mais le temps ne s'écoule pas toujours de façon rationnelle.

– J'espère que je n'ai pas abîmé le disque de Blessing, j'ai ajouté.

Marlon a grogné puis a reposé la tête sur ses pattes en écoutant cet air qui ne finissait jamais, jusqu'à ce que je manque presque de m'endormir.

La porte s'est de nouveau ouverte ; Griff est entré. Du canapé, je l'observais en douce à travers mes paupières mi-closes. Mon frère avait du chocolat sur la joue gauche. Tout à coup, il s'est immobilisé et a regardé le tourne-disque. Puis Marlon. À qui il a demandé :

– C'est toi qui as mis ça ?

« Ah, ah. Si seulement. »

Mais ces mots sont restés dans ma tête. Je ne les ai pas prononcés. Je n'avais pas envie de prendre cette peine. Je pensais toujours à mon père et à Matilda.

Griff s'est essuyé la joue et a froncé les sourcils. Il s'est assis près de moi sur le canapé.

– Allez, courage, il a dit.

J'ai ouvert les yeux pour de bon et, à mon tour, j'ai froncé les sourcils.

– Oh ça va, je fais ce que je peux, j'ai dit. C'est à toi d'avoir du courage, aussi.

Marlon a aboyé tout bas ; il s'est rassis et nous a observés, Griff et moi. Comme s'il ne savait pas sur quels genoux il avait envie de poser la tête en premier. Mais j'imagine qu'il a repéré le chocolat sur la joue de Griff, parce qu'il s'est dressé sur son arrière-train, il a posé les pattes avant sur les épaules de mon frère et lui a léché le visage.

– Beurk ! a fait Griff.

Mais il souriait. Moi aussi. Marlon avait l'air heureux.

– Merci, Marlon, j'ai dit en lui caressant la tête. Je ne sais pas comment on ferait sans toi. Je ne sais pas pourquoi je me suis énervé. C'était débile.

– Tu es génial, a murmuré Griff. Tu es le meilleur.

Et à son tour, il a caressé la tête de Marlon. Lequel avait l'air d'être le chien le plus heureux du monde.

Griff a attrapé la pochette vide du disque posée près de lui et l'a regardée.

– Les Beach Boys, il a fait. C'est sans doute ce que papa est en train d'écouter.

Je me suis mordu la lèvre, mais je n'ai pas pu m'empêcher de sourire. Parce que je savais que Griff avait raison. Je ne lui ai pas dit que j'avais vu papa faire claquer ses doigts et même chanter sur un morceau. Comment on raconte quelque chose comme ça ?

La porte s'est ouverte pour la troisième fois, et Blessing est apparue.

– Je pense que ces brownies vont être délicieux, elle a annoncé. C'est l'une des choses que j'aime pendant les vacances : faire tout ce dont je n'ai pas le temps pendant l'année, comme des brownies. (Elle a regardé la platine, et elle a dit :) Alors, tu as trouvé comment faire ?

– Oui, j'ai répondu.

Griff a chatouillé la tête de Marlon.

– Je crois que c'est le chien qui a mis ce disque, il a lancé.

Marlon a levé la tête en agitant la queue. Avant de bondir pour rejoindre Blessing. Elle a ri en lui frottant la tête.

– Ça ne me surprendrait pas. Tu es très intelligent, n'est-ce pas, Marly ? Mais je n'aurais pas pensé que tu aimais cette musique. Je t'ai toujours imaginé plutôt hip-hop, comme chien. (Elle a désigné les baffles de la tête.) Quel est ce disque ?

– Les Beach Boys, on a répondu, Griff et moi, en même temps.

Blessing a réfléchi un instant, puis ça lui est revenu.

– Ah, oui ! je me souviens ! C'est le morceau instrumental à la fin de l'album *20/20*. Pas mal, non ?

J'ai hoché la tête en regardant Griff. Je pensais qu'il allait hausser les épaules ou ne rien dire, ou faire l'un de ses demi-hochements de tête, mais il m'a surpris. Il a répondu :

– Ouais.

Blessing l'a observé, et j'ai vu qu'elle était contente. Moi aussi. Elle a encore regardé Marlon et lui a de nouveau gratté la tête.

– Eh bien, c'est un bon choix. Qui n'a rien d'évident. Ce morceau ne passe jamais à la radio, il est à la fin d'un album dont personne ne parle jamais. Mais je l'adore. Il me fait penser à la musique qui clôt un film à faire pleurer dans les chaumières. Du genre doux et triste, et en même temps plein d'espoir.

– Ouah ! j'ai fait, et je l'ai regardée avec admiration. C'est quelque chose que Dylan Thomas aurait pu dire.

Bien sûr, je ne parlais pas de moi, mais du poète.

Griff a retiré ses Nike toutes neuves et a mis les pieds sur le canapé en position de sauterelle. Puis il a dit :

– Ouais, c'est cool.

Je ne sais pas s'il parlait du lieu si proche si loin, de la musique des Beach Boys en général ou de cette femme formidable que nous ne connaissions jusqu'à présent que comme notre principale de collège.

Peut-être un peu de tout ça.

Mais, à la fin de la journée, ça n'avait plus d'importance. J'étais juste content que Griff soit capable de trouver quelque chose cool.

10

J'ai réussi à éviter l'inquiétante Freda pendant six jours, avant qu'elle me coince. Je savais que ça allait arriver. Je m'y attendais depuis ce premier matin où elle m'avait paru si cinglée dans la cuisine de Blessing. Je sais qu'il ne faut pas se contenter d'une première impression pour connaître quelqu'un, mais elle m'avait vraiment foutu la trouille, et je n'avais guère envie de la revoir. Dès que j'entendais sa voix à travers le plafond, je l'évitais comme la mauvaise haleine. Mais je savais que je ne faisais que gagner du temps. Et parmi tous les jours possibles, elle a choisi le pire.

Le jour de… Vous voyez de quoi je parle. « Souviens-toi que tu es né poussière et que tu redeviendras poussière » et tout ça.

Mes parents n'avaient rien prévu pour leur enterrement. Ils n'avaient même pas de contrat d'obsèques. Comment leur en vouloir ? Qui a envie de s'assombrir la vie avec une pensée aussi sinistre ? Alors le gouvernement américain et le consulat britannique ont tout décidé à leur place. Ils nous ont dit qu'il y aurait une petite cérémonie. Très intime.

– Je ne veux pas y aller, a dit Griff entre ses dents serrées. Pas question. J'en suis incapable.

– Moi aussi, j'ai murmuré.

En croisant les bras au-dessus de ma tête pour apaiser mon cerveau qui partait en vrille. Parce que j'avais beau me comporter comme le grand frère responsable, là, c'était plus fort que moi. C'était trop. Trop bizarre, trop, tout court.

On était tous les trois à la table de la cuisine. Blessing a soupiré. Puis elle a posé un coude devant elle et elle a posé son menton dans sa main.

– Bon, elle a dit. Ce n'est pas mon rôle de dicter sa conduite à quiconque. Mais moi, j'y vais. Ça ne va pas être un moment facile, mais si je ne le fais pas, je ne pourrai plus jamais me regarder dans une glace. (Elle a redressé la tête en haussant tristement les épaules.) Cette décision est personnelle ; pourtant, j'apprécierais volontiers un peu de compagnie. (Elle a posé son menton sur son poing, elle a de nouveau soupiré et elle a ajouté :) Sinon, je demanderai à Freda de faire la baby-sitter.

Je lui ai jeté un coup d'œil inquiet, puis j'ai regardé Griff. Il était aussi furieux que moi.

– Pas besoin de baby-sitter, il a bafouillé.

Il était aussi rouge qu'une bouche d'incendie. Il essayait de ne pas pleurer. Je ne me sentais pas très bien moi-même.

Blessing s'est mordu la lèvre. Elle s'est redressée et elle a posé ses mains à plat sur la table. Très doucement, elle a dit à Griff :

– Je sais. Mais elle le fera pour *moi*. Je ne supporte pas l'idée de te laisser tout seul pendant que… je serai là-bas.

Griff s'est recroquevillé sur lui-même, il a croisé les bras sur la table et il a mis sa tête dessus. J'étais totalement immobile sur ma chaise. J'ai écouté le temps passer. Je voulais que ce moment s'en aille le plus vite possible. J'avais tellement peur d'y rester coincé.

Blessing a ajouté :

– Au moins, ça fera plaisir à Pudders et à Marlon de la voir. (Griff n'a pas eu de réaction. Moi non plus.) Ça ne durera pas longtemps. On y fait juste un saut. C'est promis.

J'avais beau ne pas voir son visage, je sentais que les résolutions de mon frère faiblissaient. Pas les miennes. Elles étaient plus solides. L'idée de participer à ce triste spectacle d'adieu, c'était plus que je pouvais endurer. Je n'aurais pas su l'expliquer. Ni à Blessing, ni même à Griff. J'étais incapable de parler, de pleurer, de respirer. Incapable de tout. Malgré tout ce que j'avais déjà traversé et tout ce que je traversais, là, c'était trop. J'étais tellement furieux que je me sentais capable d'attraper tout ce qui me tomberait sous la main pour le balancer dans la pièce. Mais j'ai réussi à me contrôler et à dire :

– Je suis désolé. Je suis incapable d'y aller.

La tête toujours sur ses bras, Griff a demandé :

– Qui sera là ? Mon grand-père ?

Blessing s'est de nouveau mordu la lèvre.

J'ai agité la tête d'un air furieux et j'ai demandé :

– Personne ne fait le déplacement depuis la Grande-Bretagne, c'est ça ?

Ce n'était pas vraiment une question, pourtant. Pas même rhétorique.

Blessing a déclaré :

– Il a été prévenu et il envoie ses condoléances par courrier, mais… il a soixante-seize ans, et il n'est pas en bonne santé. Il ne peut pas se permettre un tel voyage.

Pendant un moment, il n'y a pas eu d'autre bruit que le tic-tac de l'horloge dans la cuisine.

J'ai répété :

– Je ne peux pas. (Car là, j'étais vraiment en train de me laisser aller à la panique.) Désolé, Griff, je ne peux pas. Je peux tout encaisser, sauf ça. Si tu veux y aller, ça devra être sans moi. Je suis incapable d'assister à ça. Tout simplement incapable.

Puis, pour m'empêcher de donner un coup de poing dans la table, je me suis mis à faire craquer mes doigts. *Crac, crac, crac, crac !*

Griff a été parcouru d'un frisson ; il a relevé la tête. De toute évidence, là, je lui faisais plus de mal que de bien. Et certainement à moi aussi. Au bout de ce qui a paru être un millénaire, il a regardé Blessing et il a déclaré :

– D'accord. Je viens. Pour Dylan. (En s'essuyant le nez sur le dos de la main, il a reniflé.) Et bien sûr, pour maman et papa.

Blessing a hoché lentement la tête. J'ai senti son soulagement. Mais peut-être que c'était surtout le mien. Je sais que c'était lâche de ma part, mais j'étais content que Griff y aille. Tout autant que de ne pas y aller. Même si je savais que, où que je me cache, quoi que je fasse, une partie de moi serait *là-bas*, que je le veuille ou non. C'était inévitable. On n'échappe pas à ce genre de chose.

– Merci, j'ai dit à Griff. J'apprécie. Plus que tu ne peux l'imaginer.

Blessing a ajouté :

– Merci, Griff. Tu es un héros.

Griff, lui, n'a rien dit. Son visage semblait en cire tellement il était blême.

J'ai hésité, puis j'ai posé une main sur son bras.

– Griff, je suis désolé. Je sais que je suis un connard.

Là, Griff a craqué. Il a haussé les épaules et il a fait le plus minuscule des sourires.

– Je sais, il a dit.

Deux jours plus tard, Griff a enfilé un costume neuf. Encore un cadeau de Blessing, mais qui ne venait pas de chez Nike, cette fois. Il est parti dans la Porsche Boxster. Et moi, je suis resté là.

Avec Freda.

Je ne pensais pas qu'elle viendrait.

Je croyais échapper à la menace de la babysitter. J'avais décidé de rester sur le canapé à écouter des disques pour me perdre dans un lieu si proche si loin. En mode *repeat*.

Mais elle a surgi. Avec un gros paquet de bonbons tutti frutti, un sac de tricot encore plus gros et un sachet de friandises pour Marlon et Pudders. Dès qu'elle a ouvert la porte et qu'elle a passé la tête, j'ai été pris de panique. Alors j'ai plongé derrière le canapé.

Je sais que c'était stupide. Mais je n'ai pas réfléchi. Les Beach Boys jouaient. Très doucement, juste assez pour indiquer ma présence. Avant que je puisse me reprendre, Marlon est venu me rejoindre. Il devait croire que c'était un jeu.

Freda a crié :

– Coucou ! Il y a quelqu'un ? (Malgré la musique, j'ai entendu ses pas.) Ohé ! du bateau !

Marlon a remué la queue. J'ai posé le doigt sur son museau et je lui ai fait :

– Chut !

Juste à côté, j'ai entendu Pudders miauler, puis un bruit sourd quand elle a atterri sur le tapis depuis l'une de ses cachettes parmi les livres. Elle devait être contente de voir Freda, elle, parce que le miaulement s'est fait ronronnement et que Freda est devenue complètement gaga. Puis elle a demandé :

– Où est ton copain ?

Mais Pudders étant une chatte, elle n'a pas répondu.

Aussi immobile qu'une pierre, j'ai attendu que le temps passe. Une minute. Peut-être deux. Il y a eu un bruit, sans doute Freda qui ouvrait le sachet de friandises pour animaux. Comme si cette grosse chatte en avait besoin. Je l'ai entendue croquer le bonbon et ronronner plus fort que jamais. Et là, Marlon n'a pas pu résister. Il a bondi de sa cachette pour avoir droit à une friandise, lui aussi.

– Tu étais donc là, a lancé Freda. Et que faisais-tu derrière le canapé, espèce de gros malin de chien ?

Tout à coup, je me suis dit que le gros malin, c'était moi. Parce que lui, c'était juste un chien ; mais moi, j'étais un garçon de quinze ans. Rien ne pourrait changer ça. Alors j'ai dégluti. Puis, pour me donner du courage, j'ai fait craquer mes doigts. *Crac, crac, crac, crac !* Et, l'air crétin, je me suis redressé.

Pudders m'a aussitôt vu. Elle a fait le dos rond, a craché et a filé dans le couloir.

Freda tapotait la tête de Marlon. Elle a crié au chat qui disparaissait :

– Mais qu'est-ce qui te prend ?

Elle s'est retournée, et elle m'a vu.

Ses sourcils sont montés si haut qu'ils ont failli s'envoler.

Moi aussi, j'étais ahuri. Freda portait un legging en imprimé léopard et un haut bain de soleil doré. Ce qui, d'ailleurs, ne lui allait pas si mal.

Pendant une terrible seconde, on est restés face à face. La main de Freda en suspens au-dessus de la tête de Marlon. J'ai remarqué qu'elle tremblait ; je me suis dit que c'était vraiment stupide de faire peur à une vieille dame. Puis elle a fait son étrange signe de tête, ce qui m'a fait si peur, à mon tour, que j'ai oublié de me sentir désolé. Sa main s'est posée lentement sur la tête de Marlon et elle s'est remise à le caresser. Très calmement, elle a dit :

– Ah, c'est toi. Et j'imagine que tu es aussi celui qui a mis de la musique. Si ce n'est pas toi, c'est les fées, hein ? J'espérais que tu te montres pour que je puisse te dire bonjour. Tu es l'aîné, c'est ça ?

– Ouais, j'ai dit. Mais… qu'est-ce que vous faites ici ?

Bon, d'accord, en plus d'être stupide, j'étais impoli. Pour ma défense, ce n'était pas un jour facile. Même parmi des jours pas faciles.

Freda a continué à caresser Marlon avec un sourire pincé.

– Je pourrais te demander la même chose,

Dylan. Tu t'appelles Dylan, n'est-ce pas ? Qu'est-ce que *tu* fais ici ? Tu ne devrais pas être ailleurs ?

C'était une question logique.

J'ai baissé la tête d'un air honteux. J'ai alors senti la colère monter, et j'ai souhaité très fort que cette vieille bonne femme curieuse s'en aille.

Freda a froncé les sourcils.

– Oh ! je sais que tu n'es pas content de me voir ! Mais ne t'inquiète pas, mon ange. Je suis une amie. Quelqu'un à qui tu peux parler. (Elle a hésité, puis elle a repris :) Et de toute évidence, tu as besoin de parler. Parce que ça ne doit vraiment pas être drôle pour toi. De rester là. Tout seul.

– Oh ! ça va, Freda ! Vas-y, console-moi, je t'en prie !

Les mots ont jailli de ma bouche comme des balles de revolver. Mais c'était plus fort que moi. Cette vieille bonne femme me rendait dingue.

Freda a eu l'air choquée, et elle a levé les mains en signe de reddition. Ce qui lui demandait sans doute beaucoup de force, parce que les innombrables bracelets à ses bras devaient peser très lourd.

– Mon chéri, je suis désolée, elle a dit. Ce n'est pas une situation facile, n'est-ce pas ? Je vais être franche avec toi. Je ne sais pas quoi te dire. Vraiment.

Moi non plus, je ne savais pas quoi dire. Pendant un moment, on a maintenu une trêve silencieuse.

Elle a ajouté :

– Si tu veux savoir, Dylan, dans ce genre de conversations, et même en général, ce n'est pas moi qui parle. J'ai plutôt tendance à *écouter*. (Elle a reniflé, puis extirpé un mouchoir coincé dans l'élastique de son legging – ce qui expliquait l'une des bosses – et s'est tamponné les yeux avec.) Je suis quelqu'un qui écoute. Je viens d'une longue lignée de gens qui écoutent. Ma mère faisait ça déjà, et sa mère avant elle, et ça remonte sans doute à plus loin encore. C'est un don que nous avons. (Elle a souri fièrement.) Et je crois que je suis la plus douée, parce que moi, je sais aussi communiquer avec les morts.

Je suis resté là où j'étais, avec le canapé comme une barrière entre nous. J'avoue que j'étais terrifié par cette étrange sorcière aux cheveux doré et rose. De toute évidence, elle était totalement cinglée. Elle ressemblait à ces vieux bonbons anglais que notre père nous avait achetés lors de l'une de nos exceptionnelles visites chez notre grand-père. Je ne les avais pas aimés. Ils étaient durs et n'avaient pas vraiment de goût.

Freda a repris :

– Au lieu de me hurler dessus, si tu me considérais comme ton amie, on pourrait discuter tranquillement. Ça ne peut pas faire de mal, n'est-ce pas ? C'est mieux que de rester tout seul.

– Je ne suis pas seul, j'ai répondu, cette fois de façon plus douce. Je suis avec Marlon.

Car je ne pouvais en aucun cas prétendre que Pudders était, même de très loin, une compagne.

Freda a regardé Marlon, m'a regardé, et elle a souri.

– Bien sûr. Les chiens sont une merveilleuse compagnie. Je ne sous-estimerai jamais la compagnie d'un chien, Dylan. Ils voient et ils comprennent des choses qui échappent aux humains. Tout comme les chats. (Elle a regardé en direction du couloir en souriant de nouveau.) Mais les chats sont des êtres plus réservés et plus intéressés. Ils se lient d'amitié surtout avec ceux qui les nourrissent.

J'ai souri. Je commençais à me détendre un peu. Mais j'ai quand même dit :

– Je n'ai pas envie de parler. Ce n'est pas contre vous. C'est juste… la situation.

Freda m'a regardé bien en face, comme rarement quelqu'un l'avait fait. Puis elle a roulé des yeux et elle a dit :

– Comme tu veux, Dylan. Voilà ce que je te propose. Je vais me préparer une tasse de thé dans la cuisine, tu peux retourner derrière le canapé. Mais sache que tu perds une occasion en or. Pour toi, je ne suis sans doute qu'une vieille schnoque, mais il pourrait se passer longtemps avant que tu croises de nouveau quelqu'un capable d'écouter comme moi. (Elle a tapoté l'une de ses oreilles avec son doigt bronzé et ridé.) J'entends des choses. Le médecin appelle ça des « acouphènes ». Mais en réalité, ça se produit uniquement quand il y a trop de fréquences qui se battent pour obtenir mon attention.

Sur ce, elle m'a fait un clin d'œil, et elle est partie se préparer une tasse de thé.

J'avais beau avoir un peu moins peur, je n'étais tout de même guère rassuré. Un instant, un seul, j'ai regretté de ne pas avoir accompagné Griff et Blessing. Puis je me suis souvenu de ce que ça impliquait. Alors j'ai attendu que le temps passe. Et sans même me rendre compte de ce que je faisais ni de là où j'allais, j'ai glissé dans un ailleurs. Cette fois, c'était

dans
le
hall
d'un
aéroport.

J'avais six ans, et Griff quatre. J'ai cligné des yeux. Je n'avais pas envie d'être là. Ce n'était qu'un lointain et mauvais souvenir. Il y avait des gens qui couraient partout avec des sacs à dos, des attaché-cases ou des valises. Ma mère courait, elle aussi, en regardant sa montre, et mon père poussait un gros chariot chargé de bagages qui contenaient toutes nos possessions. Au sommet des bagages, il y avait nous : Griff et moi. On gloussait et on écartait les bras comme si on volait. On se prenait pour des avions.

Papa a dit :

– Vous voulez bien arrêter ? Ces valises sont empilées comme des Kapla. Si vous continuez à gigoter, vous allez tout faire tomber. Et je n'ai pas de temps pour ça. On a un avion à prendre.

Griff et moi, on a aussitôt replié les bras et regardé la distance entre le sol et nous.

Papa a arrêté de pousser le chariot en roulant des yeux.

– Bon, il a dit. On est en retard. Alors vous descendez, vous marchez près de maman, et pas de jérémiades, compris ? (Griff et moi, on l'a regardé sans rien dire. Qui était donc cet individu tout à coup désagréable et autoritaire ?) Allez, il a dit en m'attrapant par les aisselles et en me soulevant des bagages pour me poser par terre.

Puis il a fait pareil pour Griff.

J'avais envie de protester, mais j'ai gardé le silence. Griff, non. Il a montré papa du doigt.

– Pourquoi tu es en colère ?

– Bonne question, a fait remarquer maman.

Papa s'est gratté l'oreille. Puis il s'est agenouillé sur le sol carrelé et froid de l'aéroport.

– Je suis désolé, il a dit en déposant un baiser sur le nez de Griff. Je ne pensais pas qu'il y aurait autant de circulation. Maintenant, il n'y a plus de problème, et pourtant, je continue à me comporter comme un connard…

– Excuse-moi, est intervenue maman. Pourrais-tu éviter d'employer ce mot devant eux ?

– Désolé, a répété papa. (Puis, se tournant vers nous :) Je suis tendu et ça me rend… grognon. Mais on aura quand même notre avion si on marche aussi vite qu'on peut.

Griff a demandé :

– On va où, déjà ?

– À Shanghai, a répondu maman en lui prenant la main, puis la mienne et en se mettant en route derrière papa, qui filait déjà avec le chariot. Vous vous souvenez de ce qu'on a dit ? On va en Chine. Et on y va en avion parce que c'est très loin de l'Allemagne.

On marchait à toute vitesse. Je ne sais pas pour Griff, mais moi, je regrettais de ne plus être perché sur le chariot de bagages.

Griff a demandé :

– En Chine, il y aura Maxim ?

Maxim habitait au-dessus de chez nous. Il était un peu plus jeune que moi et un peu plus vieux que Griff. On jouait souvent avec lui.

– Non, a répondu maman.

Griff a demandé :

– Et Matilda, elle sera en Chine ?

Griff connaissait Matilda parce que Silke, sa mère, et notre mère étaient devenues amies après notre rencontre dans le parc d'attractions, et que Silke et Matilda venaient parfois nous rendre visite.

– Non, a répondu maman.

Je ne sais pas pour Griff, mais moi, mes genoux étaient sur le point de lâcher. Griff avait beau être essoufflé, il a demandé :

– Et on les reverra un jour ?

– Je ne sais pas, a répondu maman. Qui sait ? Avec un peu de chance, Silke et moi, on va rester en contact, alors… peut-être que oui.

Griff a continué :

– Et… ?

– Griff, tu n'arrêtes pas de poser des questions. Tu ne pourrais pas prendre un peu exemple sur ton frère ?

Elle m'a serré la main discrètement. J'ai levé la tête vers elle, je lui ai souri, et elle m'a rendu mon sourire.

– On y est, elle a dit. Apparemment, c'était moins une.

Et ça avait beau être un moment triste, parce que je n'avais pas envie de quitter Munich, Maxim et Matilda pour cet endroit si lointain appelé Shanghai, ce n'était pas mon pire souvenir. De loin. Parce que l'idée que je reverrais peut-être Matilda un jour, ça m'a fait découvrir ce qu'on appelle l'espoir.

Tout seul dans le salon de Blessing, j'ai cligné

des yeux et je me suis senti un peu mieux. Alors je suis sorti de ma cachette et je me suis laissé lentement dériver en direction de la cuisine. C'était comme si Freda était un champ de force qui m'attirait. Finalement, j'avais envie de me faire une nouvelle amie.

Après tout, pourquoi pas ? Freda avait raison. Ce n'est pas drôle de rester tout seul. On a tous besoin de parler à quelqu'un, parfois.

Et on ne peut pas dire que j'avais grand monde à qui parler, n'est-ce pas ?

Je l'ai trouvée en train de faire bouillir de l'eau dans une casserole. Elle a dû sentir ma présence, parce que, avant même de me voir, ses épaules se sont crispées, et elle a lancé :

– Ah ! te voilà. Tu en as mis du temps. C'est ma troisième tasse de thé. Bon petit gars. Je savais que tu viendrais parler à la vieille Freda quand tu serais prêt.

Je ne savais pas quoi dire, alors je me suis contenté de m'asseoir nerveusement à la table.

Freda a éteint la gazinière et a versé de l'eau chaude dans sa tasse. Elle a déclaré :

– Cela fait quarante-huit ans que je vis de ce côté-là de la mare aux canards, et je ne parviens toujours pas à me faire un bon thé sans bouilloire. Tu trouves ça normal, mon ange ?

J'ai bien aimé qu'elle m'appelle « mon ange ». Ça me rappelait Angel, et même si je n'aimais pas penser à l'hôpital, me souvenir de lui ne me dérangeait pas. Ça m'apaisait et me rassurait. Je ne savais pas du tout ce que Freda voulait que je lui raconte. J'ai posé mes coudes sur la table et j'ai mis le menton entre mes mains.

Freda a repris :

– J'ai une bouilloire chez moi. Une formidable Morphy Richards. Mais Blessing s'en fout. Comme tous les Américains. Eux, ils ne jurent que par leurs cafetières et autres percolateurs.

Je ne savais toujours pas quoi faire. Alors je me suis tu. À quoi bon parler pour ne rien dire ?

Freda a insisté :

– Mon chou, je t'enquiquine ?

On ne pouvait pas lui reprocher de ne pas être directe. Un instant, je l'ai regardée d'un air inquiet. Puis j'ai juste décidé de dire la vérité. De toute façon, elle allait me tirer les vers du nez.

– Un peu, oui, j'ai répondu.

Freda m'a regardé avec son étrange regard inquisiteur, avant d'éclater de rire.

– Dylan, tu me plais. J'aime les gens sincères. Et crois-moi, j'en ai rencontré, des gens, dans ma vie, je t'assure. Mais tu es un bon garçon. Il y a quelque chose de doux en toi. Quelque chose de rassurant.

Je me suis agité maladroitement sur mon tabouret, pourtant je me sentais un peu mieux. Les mots qu'elle utilisait me faisaient à nouveau penser à Angel.

Freda s'est assise à l'autre bout de la table.

– Alors, pourquoi tu es resté, mon chou ?

Je me suis mordu la lèvre et j'ai songé à regagner le salon.

– Je n'ai pas envie de parler de ça, j'ai dit d'une voix rauque. C'est personnel.

Freda a hoché la tête.

– Ce n'est pas faux, elle a concédé.

Elle a mis trois cuillerées de sucre dans son

thé, qu'elle a mélangées férocement, puis elle a bu une gorgée bruyante.

Je l'ai regardée avec envie. Mais elle ne m'avait pas proposé de thé et, de toute façon, ça n'avait aucune importance. Parce qu'on savait tous deux que je ne l'aurais pas bu.

Freda m'a observée par-dessus sa tasse.

– Alors, comment tu vas ?

J'ai souri et de nouveau opté pour l'honnêteté.

– C'est une question stupide.

Freda a souri à son tour.

– Ce n'est pas faux. (Elle a pris une autre gorgée de thé.) Tu as essayé de parler à ton frère ?

J'ai haussé les épaules.

– De quoi ?

Freda a roulé des yeux.

– Ah, vous, les garçons ! Vous avez du mal à vous livrer, hein ? De ce qui s'est passé, bien sûr ! Du fait que c'est son frère aîné qui veille sur lui, maintenant. Ce genre de chose !

J'avais beau, étrangement, apprécier cette conversation, je me sentais de plus en plus mal à cause de la direction qu'elle prenait. J'ai fait craquer sauvagement mes doigts. *Crac, crac, crac, crac !* Puis j'ai répondu :

– Nan.

Freda a proposé :

– Tu veux que je lui parle à ta place ? Je sais y faire. Je pourrais aborder le sujet de façon discrète. Pour qu'il se sente mieux. Pour qu'il sache que tu l'aimes.

Je l'ai regardée, affolé.

– Franchement, non, j'ai dit. Je vous en supplie, ne faites rien. Ça ne ferait que l'effrayer. De toute façon, ça va aller. Il le sait. Je suis sûr qu'il le sait.

Freda a eu l'air déçue.

– Bon, c'est comme tu veux.

– J'en suis sûr, j'ai insisté.

Et je l'étais vraiment.

On a entendu une voiture se garer. Puis des portières claquer. Je me suis dirigé vers la fenêtre.

– Les voilà.

Freda a dit d'un ton désapprobateur :

– Ça a vraiment été rapide, comme adieux.

J'ai haussé les épaules. Griff et Blessing étaient debout sur le trottoir en plein soleil et Blessing semblait serrer mon frère dans ses bras encore plus fort qu'à l'hôpital.

– *Merci*, j'ai murmuré.

Toujours assise à table, Freda a lancé :

– Tu dois t'occuper de lui, Dylan. Il va avoir besoin d'être choyé, aujourd'hui.

J'ai hoché la tête.

– Je sais. Il va avoir besoin d'être choyé, et pas seulement aujourd'hui.

11

Le temps s'est mis à passer à un rythme régulier. Les secondes se sont transformées en minutes, les minutes en heures, et les heures en jours.

Et Griff et moi, on traversait tout ça.

On emmenait Marlon faire ses promenades quotidiennes dans le quartier et, chaque fois, on croisait les mêmes personnes. Les individus qu'on avait découverts lors de notre tout premier jour à Bed-Stuy nous sont vite devenus familiers. La dame chargée de la circulation et le fou avec sa brosse dans les cheveux, la vieille dame qui vendait des trousses et chantait comme Beyoncé. On s'est habitués à d'autres visages, aussi. Comme la famille au coin de Jefferson et de Bedford qui passait toute sa journée assise dehors à jouer aux cartes en écoutant du Prince à tue-tête sur un ampli géant. De temps en temps, on embêtait Pudders. Ou alors, on passait en revue la collection de disques de Blessing. On s'était même aventurés du côté de ses livres. Parfois, Griff allait jouer au basket avec les deux garçons du premier jour. Il les connaissait un peu. Ils s'appelaient Kayland et Gregory, et bien qu'ils n'aient pas été ses copains avant, ils ont finalement mieux rempli ce rôle que nos soi-disant amis. Il n'y en avait pas eu un seul pour nous rendre visite. Peut-être qu'ils n'avaient pas envie de sonner à la porte de la principale, ou qu'ils se sentaient mal à l'aise à l'idée de fréquenter un camarade tout à coup orphelin ? Dans tous les cas, ça faisait d'eux des trous du cul. Mais Kayland et Gregory étaient cool. Et ils savaient manier un ballon. Ils ont montré à Griff comment faire des passes de rebond, des passes aveugles, comment marquer comme un pro, faire des fausses passes, des roulés sur les doigts et des feintes sous le panneau. Pendant ce temps, je m'installais sur une branche à l'ombre et je les regardais. Parce que le basket, ça n'avait jamais été mon truc. Alors pourquoi changer les habitudes de toute une vie ?

À d'autres moments, on ne faisait rien du tout. On traînait en attendant que le temps passe.

Malgré notre tristesse, Griff et moi, on n'était pas proches. C'est comme si on était déconnectés. Il était dans son univers, moi dans le mien, et je ne savais pas comment le rejoindre. Il était toujours près de moi et, en même temps, à des millions de kilomètres. J'imagine que c'est ça, le chagrin : le sentiment d'être totalement coupé d'une personne qu'on aime. Ou des personnes qu'on aime. Mais comment parler de quelque chose d'aussi douloureux ? Comment mettre des mots sur cette expérience ?

Par la suite, je me suis rendu compte que ce n'était pas nécessaire. Dylan Thomas s'en était déjà chargé pour nous. Là, bien sûr, je parle de mon homonyme. Aucune tragédie ne mérite que je parle de moi à la troisième personne. Dylan Thomas Taylor n'est pas un connard à ce point.

Griff, Marlon et moi, on se trouvait dans le salon. Blessing était chez nous, à Park Slope, pour récupérer des affaires. Cette fois, Griff n'avait rien voulu savoir, il avait refusé de l'accompagner, ce dont je lui étais reconnaissant. J'aurais été obligé d'y aller, moi aussi. Or, fouiller dans les reliques de mon ancienne vie me semblait au-delà de mes forces. Mais je n'aurais pas eu le choix. Car je n'aurais pas pu me défiler deux fois de suite.

Griff avait été inflexible, et Blessing s'était pliée à sa décision, si bien qu'il n'y avait pas eu de pression sur moi non plus. Alors pendant qu'elle allait faire le sale boulot à notre place, on est restés dans son salon à écouter les Beach Boys. Freda tricotait dans la cuisine en plongeant régulièrement la main dans un grand sac de chewing-gums, et sa présence ennuyait beaucoup plus Griff que moi. Mais j'imagine que je la connaissais mieux que lui, maintenant. Elle avait beau être cinglée, je savais aussi qu'elle était cool.

Et pour être honnête, j'étais ailleurs. À Munich, à Shanghai ou dans un autre lieu si proche si loin. J'étais partout et nulle part. Mais quand j'ai entendu la voix de mon frère, ça m'a remis sur orbite et je suis revenu dans le salon.

– J'aime bien ce morceau, il a dit tout doucement quand l'aiguille a atteint la dernière piste de la face A. C'est comme la musique de fin d'un film à faire pleurer dans les chaumières. Du genre doux et triste, et en même temps plein d'espoir.

J'étais assis sur le dossier du fauteuil, les pieds sur la tête de Griff. J'ai souri. Il était affalé dans les coussins et il regardait le plafond. Je ne pense pas qu'il avait pris garde à ce qu'il venait de dire. Mais c'était agréable qu'il se soit souvenu des belles paroles de Blessing. Et aussi, qu'il aime autant que moi cette musique.

Quand le disque s'est tu, il ne s'est pas levé pour le retourner. Il est resté sur le canapé, les bras croisés sur son visage. Le disque a continué de tourner dans le vide, à part quelques grésillements dans les haut-parleurs.

J'ai songé à aller le retourner moi-même. Puis j'ai dit :

– Griff, tu vas mettre l'autre face ?

Il n'a pas répondu. Je ne m'attendais pas à ce qu'il le fasse. Le disque a continué de tourner dans le vide. J'ai remarqué une grosse larme qui coulait sous son bras. Elle s'est écrasée sur le canapé. Une flaque s'est bientôt formée.

– Oh ! j'ai murmuré. Tu as le droit de pleurer, mon frère, tu sais.

Moi, si j'avais pu, j'aurais rempli le Nil de mes larmes.

D'une voix aussi faible que la mienne, Griff a dit :

– J'aimerais tant qu'ils soient encore là.

Je me suis mordu la lèvre. Puis je me suis penché et, très lentement, j'ai tendu une main tremblante pour caresser les boucles de ses cheveux.

– Je sais. Mais… même s'ils ne sont pas *là*, ils sont quelque part, Griff. C'est logique, non ? Toute cette… toute cette… *énergie*… Il faut bien qu'elle aille quelque part, n'est-ce pas ?

Je ne savais pas trop de quoi je parlais. Je regrettais tout à coup de ne pas avoir été plus attentif en cours de sciences, de religion ou allez savoir quoi.

Griff s'est redressé d'un coup, et il s'est furieusement frotté les yeux avec ses paumes. J'ai reculé en croisant les bras. On n'avait jamais été très câlins, et rien n'allait changer ça. En regardant fixement la bibliothèque, Griff a lâché :

– Tous ces mots. Il y en a des millions, là-dedans. Et je parie qu'il n'y a pas un seul livre qui parvienne à exprimer ce que je ressens.

Je me suis gratté la tête et, moi aussi, je me suis mis à regarder les livres. Puis là, juste comme ça, j'ai dit :

– Je suis sûr que si, Griff. Il doit bien y en avoir un.

Mais Griff avait déjà détourné la tête des livres. Il a soupiré, il s'est levé et il a éteint le tourne-disque. Puis il a sorti quelque chose de sa poche. Son téléphone. Celui qu'il avait eu pour son anniversaire. Je ne l'avais pas revu depuis l'accident, je ne savais même pas qu'il l'avait encore.

– C'est tout ce qu'il me reste, a soupiré Griff d'une voix un peu rauque. Ce putain de téléphone est la seule chose qui me reste d'eux. C'est trop nul.

J'ai placé l'ongle de mon pouce entre mes dents et je l'ai mordu. Comme c'était bon de l'entendre se livrer un peu. En même temps, je ne savais pas si j'allais le supporter.

Tout à coup, sans prévenir, Griff a jeté son téléphone de toutes ses forces. J'ai dû plonger pour l'éviter, il s'est écrasé contre la fenêtre dans un grand bruit. J'ai été étonné qu'il ne casse pas la vitre.

Marlon a aboyé et a posé les pattes de chaque côté de moi. Comme s'il utilisait son corps pour me protéger. J'adorais ce chien.

Dans la bibliothèque, il y a eu un terrible miaulement, un éclair de boule de poils, et une avalanche de livres. Pudders a jailli de sa cachette comme un esprit frappeur, puis elle a décampé.

– Griff, du calme ! Tu as fait peur à tout le monde !

– Oh, merde ! a dit Griff en courant à la fenêtre pour voir s'il n'avait pas abîmé le verre.

La porte du salon s'est ouverte, Freda est apparue. Elle a inspecté la pièce d'un air inquiet, elle a regardé Griff et m'a fait un petit signe de tête.

– Tout va bien ? elle a demandé.

J'ai haussé les épaules, l'air de dire : « Allez savoir. »

Griff est devenu tout rouge. Il a ramassé son téléphone et l'a montré à Freda.

– Euh... J'ai fait tomber mon téléphone.

Freda a dit :

– Ah bon, c'est tout ?

Elle n'avait pas l'air convaincue.

– Ouais, a marmonné Griff.

Freda a désigné la bibliothèque.

– Et quelques livres aussi, non ?

– Ça, c'est pas moi, c'est Pudders.

Freda a haussé les sourcils et m'a de nouveau regardé. J'étais toujours assis sur le dossier du canapé, et Marlon avait maintenant la tête sur mes genoux. Freda m'a demandé :

– C'est toi, le responsable de tout ça ?
– Non, j'ai répondu, furieux. Moi, je n'ai rien à voir avec ça.
Marlon a aboyé et battu de la queue contre mes jambes.
– C'est pas lui, a insisté Griff. C'est Pudders.
– Ah, je vois, a douté Freda. Donc le coupable, c'est uniquement le chat, c'est ça ?
– Euh… oui, j'ai dit. C'est elle qui a sauté de la bibliothèque et qui a fait tomber tous ces livres. Pas Griff. Et ce n'est pas moi non plus, si c'est ce que vous croyez.
Freda a hoché la tête. Elle a regardé Griff.
– Mais tu es sûr que tout va bien, mon cœur ? Il me semble avoir entendu un cri. Un cri de colère.
Griff est devenu encore plus rouge.
– Ça devait être le disque.
Freda a hoché de nouveau la tête, très lentement. Puis elle a conclu :
– Si jamais tu as envie de parler, Griff, je sais écouter. Vraiment.
– Et c'est vrai, j'ai renchéri.
Le visage de Freda s'est illuminé, et elle m'a souri.
Griff a dit :
– Nan, ça va. Merci.
Freda l'a observé en soupirant. Elle m'a lancé un regard ; je me suis contenté de hausser les épaules. Ce choix appartenait à Griff. Je ne pouvais pas l'obliger à parler à Freda. Pour finir, elle a levé les yeux au ciel.
– Ah, vous, les garçons ! Vous avez du mal à vous livrer, hein ?

– J'ai dit que ça allait, a répondu froidement Griff.

– Dans ce cas…, a lancé Freda. Mais il y a toujours une tasse de thé et une oreille bienveillante dans la cuisine si nécessaire.

Elle a refermé la porte et elle est partie.

– Vieille sorcière, a lâché Griff.

– Au moins, toi, elle t'a proposé une tasse de thé, j'ai dit.

– Elle peut le garder, son sale thé, a rétorqué Griff.

J'ai souri. Parce que, parfois, les choses sont drôles, même quand elles ne le devraient pas.

Griff a soupiré et il est allé s'agenouiller près des livres tombés par terre. Qu'il a entrepris d'empiler. Marlon a sauté du canapé pour voir ce qu'il trafiquait.

– Marly, tu me gênes, a dit Griff d'une voix très basse et très grognon.

Marlon a sorti la langue et s'est assis, l'air un peu triste. Je suis allé les rejoindre et je me suis installé près de Marlon pour lui gratter la tête.

– Ces livres sont vraiment ennuyeux, a marmonné Griff. (Malgré tout, il en a attrapé un. Il s'est laissé tomber sur les fesses et a crié :) Waouh, Dylan !

J'ai relevé la tête pour voir le livre que Griff tenait à la main. Une page s'était repliée en tombant par terre. J'ai tendu le cou. C'était juste un vieux recueil de poèmes.

– Qu'est-ce qu'il y a de si waouh ?

– Waouh ! a répété Griff.

Et là, elle était rétablie. Notre connexion cosmique. Elle était toujours là, seulement un peu désynchronisée par moments. Griff a placé le livre sur ses genoux pour lisser la page froissée.

– C'est pas possible, c'est un signe du destin, il a dit. Ça peut pas être autre chose.

J'ai remis mon ongle entre mes dents et je l'ai de nouveau mordu. Puis j'ai fait craquer mes doigts. *Crac, crac, crac, crac !*

Griff a levé la tête d'un coup. Il frissonnait.

– Désolé, j'ai dit. C'est une mauvaise habitude.

Mais il n'écoutait pas. Il n'était pas même conscient de ma présence. Il a replongé le nez dans le livre. Et quoi qu'il lise, ça devait vraiment être intéressant, parce que je n'avais jamais vu Griff aussi absorbé par un texte.

Marlon a gémi, roulé sur le dos et a mis son ventre en l'air pour se faire caresser.

– Chut, je lui ai soufflé. Pas maintenant, mon pote. (Puis j'ai tourné la tête vers Griff et j'ai demandé :) Qu'est-ce que tu lis ? Qu'est-ce que ça raconte ?

Griff n'a pas répondu. Il s'est contenté de continuer à lire.

Le temps a passé.

Puis il a posé le livre par terre et il a répété :

– Waouh !

Je l'ai regardé fixement :

– Waouh ?

– Juste waouh. (Il a serré ses genoux contre lui et il a murmuré :) Merci, Dylan.

Je ne comprenais pas. Je ne savais pas quoi dire. Je ne comprenais pas ce que j'avais fait.

Griff s'est frotté le nez, il a observé Marlon, et il a souri.

– Je me trompais au sujet des mots, il a

annoncé. Finalement, il y en a qui expriment ce que je ressens. Quand je pense qu'il n'avait que quatorze ans quand il a écrit ça. (Il a sauté sur ses pieds et il a secoué la tête d'un air éberlué :) *Quatorze ans !* (En claquant des doigts, il a ajouté :) Bon, je vais pas passer ma journée là ! On va la boire, cette tasse de thé ?

Marlon a agité la queue, lâché un gros aboiement et s'est levé d'un coup.

Pas moi. Ce que je veux dire, c'est que je ne me suis pas levé. Au lieu de ça, je me suis couché par terre, j'ai regardé vers le ciel et j'ai déclaré :

– Je passe mon tour. Mais vas-y, Griff. Et sois gentil avec Freda, d'accord ?

Griff m'a fait un petit sourire.

– Espérons que Mrs Sorcière ne fasse pas trop sa cinglée…

Puis il m'a enjambé comme si je n'étais pas là et il est allé à la cuisine avec Marlon.

Après leur départ, je me suis rassis. Je me suis approché du recueil de poèmes resté ouvert. En baissant les yeux, je n'y ai vu qu'un seul poème. Il s'intitulait *Clown sur la lune*. Je l'ai lu à toute vitesse. Ce titre était trompeur, car il ne parlait ni de clown ni de lune. En revanche, il parlait de chagrin. Les larmes du poète dégoulinaient à chaque vers. Mais ce qui m'a vraiment bouleversé, c'était ce qui était écrit *sous* le poème :

Dylan Thomas 1914-1953
(Ce poème a été écrit à l'âge de quatorze ans.)

« Quatorze ans ? »

Un an de moins que moi, un an de plus que Griff.

– Waouh ! j'ai fait, et j'ai caressé doucement la page.

Et je suis presque sûr que les mots se sont émiettés sous mes doigts. Ils étaient si tristes et si beaux.

12

Le temps a passé, fidèle à lui-même. Les secondes se sont muées en minutes, les minutes se sont converties en heures, et les heures sont devenues des jours. Et j'avais beau être incapable de me réchauffer le cœur, Bed-Stuy a continué à griller sous le soleil estival. Ce qui était normal. En juillet, Brooklyn est toujours brûlant.

J'aurais pu dire la même chose de Shanghai.

Même si la comparaison s'arrête là.

Shanghai ressemble beaucoup plus à Manhattan qu'à Brooklyn. En arrivant par la mer, on peut presque les confondre. Les gratte-ciel de Shanghai s'élèvent comme des géants le long d'une immense baie. Et même si, là-bas, l'eau ne s'appelle pas East River, Lower Bay ou Hudson, ça se pourrait. Et le plus haut gratte-ciel, si haut que ça fait mal de regarder son sommet parce que c'est comme regarder le soleil, c'est la tour Shanghai. À jamais entourée d'échafaudages, loin d'être achevée. En tout cas,

elle

le

restera

à

jamais
dans
mon
souvenir.

Parce que, quand j'avais huit ans, c'est comme ça qu'elle était. Le chantier était loin d'être terminé, il restait encore beaucoup de travail à faire.

On vivait en Chine depuis plus d'un an. On était en train de faire l'une de nos promenades du week-end. Je regardais un vieux bonhomme animer un pantin en bois. Il le faisait danser sur le trottoir devant lui grâce à un petit bâton relié à la marionnette par des fils. La façon dont le pantin dansait était presque trop parfaite pour être réelle. Le spectacle était hypnotisant. Un petit groupe s'était formé devant lui.

Mon père, qui me portait sur ses épaules, m'a tapoté la jambe, puis il a dit :

– Laisse tomber ce pantin idiot, et regarde ça, Dyl. (Il a pointé le doigt de l'autre côté de la rue.) Quand elle sera finie, ça sera la plus haute tour de Shanghai.

J'ai cligné des yeux en direction du ciel brumeux, mais je n'ai pu distinguer que la silhouette d'un immense bâtiment en construction. C'était comme tous les autres chantiers de la ville en un milliard de fois plus grand.

J'ai haussé les épaules et j'ai dit ce que je pensais :

– C'est pas intéressant.

Mon père a secoué la tête d'un air surpris. Puis il a levé les bras et m'a descendu de ses épaules pour me reposer par terre.

– Ton problème, c'est que rien ne te paraît bien.

Tu es en train de devenir un vrai pessimiste. Et je vais te dire autre chose, Dylan Thomas Taylor. Tu deviens bien trop lourd pour que je te porte sur mes épaules. Si tu continues à grandir comme ça, c'est bientôt toi qui me porteras.

Ma mère était à côté de nous, elle tenait Griff par la main. Elle a regardé papa et elle a lancé :

– Dyl devient lourd ? Tu veux plutôt dire que c'est toi qui vieillis, Steve. Souviens-toi quand on est allés au concert de Slipknot à Reading avant la naissance des enfants. Tu m'as gardée sur tes épaules pendant presque trois heures tout en dansant. Et je pesais bien plus lourd que ce petit garçon ! Par comparaison, c'est une plume. Tu vieillis, je te dis...

– Oh, ça va, Meg, j'ai compris, a fait papa d'un air vexé. Surtout, ne te gêne pas, attaque l'ego de ton homme !

J'ai tiré sur le bras de mon père en demandant :

– C'est quoi, un pessémiste ?

Pendant une seconde, papa a eu l'air de ne pas comprendre. Puis il a éclaté de rire et il a voulu répondre. Mais il n'a pas été assez prompt. Dans ma famille, quand on voulait parler, il fallait être très rapide.

– Un pessimiste, a corrigé maman. Même si un pessémiste, c'est plus poétique.

– Mais qu'est-ce que ça veut dire ?

– C'est quelqu'un qui passe son temps à se plaindre, à gémir, à grogner et à s'inquiéter. Comme ton père, a répondu maman.

– C'est pas vrai, a rétorqué papa. Et d'abord, ce n'est même pas la bonne définition.

– Si, a insisté maman.

Papa a poussé un soupir. Puis, en passant un bras autour de mes épaules, il s'est mis à ma hauteur et il a désigné le gros chantier sale et poussiéreux.

– À première vue, ça a l'air inintéressant, il a expliqué. Mais si tu regardes un peu plus longuement, tu comprends que, quand ça sera fini, ça fera vraiment une tour géniale qui va se détacher de façon incroyable sur le ciel. Tu peux voir ça ?

J'ai haussé les épaules en regardant la tour en travaux.

– Je sais pas. Sans doute.

Papa m'a ébouriffé les cheveux.

– Bien sûr. C'est parce que tu es, comme ta mère et moi, un optimiste. Nous, on voit toujours le bon côté des choses. Et être optimiste, c'est ce qu'il y a de mieux.

– Et moi ! a crié Griff. Moi aussi, je suis un automiste !

Et là, on a tous éclaté de rire. Même Griff, qui riait sans comprendre.

Un téléphone a sonné dans le sac de maman. Elle a demandé :

– C'est le mien ?

– Je pense, a répondu papa. À moins que tu aies recommencé à voler des portables sans m'en parler.

– Dans ce cas, je réponds, a dit maman en fouillant dans son sac. On ne sait jamais, ça peut venir de chez nous.

– J'en doute fort, a avancé papa.

Il avait raison. Ce n'était pas quelqu'un qui appelait d'Angleterre. Non qu'on y connût grand monde. Juste notre grand-père, oncle Dave, qui n'appelait que quand il avait besoin de quelque chose, et la lointaine cousine du nom de Dee qui nous envoyait des bons d'achat pour des livres qu'on ne pouvait jamais utiliser.

C'était bien plus excitant.

Sur le trottoir, dans la chaleur brumeuse de Shanghai, au milieu d'un demi-million de personnes et devant le pantin qui dansait, on a entendu maman dire :

– Silke ? Silke ! Oh, mon Dieu ! je n'en reviens pas ! Comment vas-tu ? (Long silence.) Quoi ? À Shanghai ? (Bref silence.) Depuis quand ? (Encore une pause.) Vraiment ? Mon Dieu, mais c'est génial ! (Long silence.) Oui, oui, bien sûr ! C'est formidable ! J'ai hâte de te revoir et que tu me racontes tout ça de vive voix. (Bref silence.) OK, OK. Oui, bien sûr. À très vite, alors. Au revoir, au revoir.

Elle a rangé son téléphone dans son sac et nous a regardés, éberluée mais heureuse.

– Devinez qui c'était.

– Silke, a répondu papa. Cent pour cent sûr. C'est mon dernier mot.

– Exactement ! s'est exclamée maman. Silke Sommer ! De Munich ! Mais devinez où elle est.

– Ici, a dit papa. À Shanghai.

– Exactement ! a répété maman. Quel hasard !

– En effet, a dit papa.

– Ils sont ici pour trois mois, a précisé maman. Silke m'a expliqué que Sven travaille pour une banque, maintenant. Mais comment est-ce possible ?

– Ah, ah ! s'est esclaffé papa. Sven le braqueur

de banques, ça sonnait bien mieux que Sven le *stock broker* !

– Ne sois pas injuste, l'a repris maman. Sven est un chic type. Il n'y peut rien s'il n'a pas d'humour. En tout cas, il travaille dans une banque à Shanghai, et Silke propose qu'on se voie. Je ne savais même pas qu'elle avait encore mon numéro.

– C'est une bonne nouvelle, a dit papa. (Il nous a regardés, Griff et moi.) Est-ce que ce n'est pas toujours comme ça que ça se passe ? Des demi-bonnes nouvelles juste au moment où on admire un chantier. (Il s'est de nouveau tourné vers maman.) Mais je t'en supplie, ne me demande pas de copiner avec Sven. Je suis sérieux. Ce type m'ennuie à mourir.

Maman a éclaté de rire en disant :

– Espèce de rabat-joie. (À Griff et moi :) Qu'est-ce que vous en dites, les garçons ? Vous avez envie de revoir nos anciens amis de Munich ?

– JE VEUX UN PANTIN ! a crié Griff.

– Eh bien, tu n'en auras pas, a rétorqué maman. (Elle m'a regardé.) Et toi, Dylan ? Tu te souviens de Silke et de Matilda ?

– Ouais, j'ai dit.

Rien de plus. Parce qu'à quoi bon parler pour ne rien dire ? J'ai gardé la bouche close et mes pensées pour moi. Et quand mon père m'a pris par la main et qu'on s'est remis en route, je me suis retourné pour jeter un dernier coup d'œil à la tour Shanghai en construction. Et là, elle m'a paru entièrement différente. Cette fois, je comprenais à quel point c'était un exploit de faire ça, et qu'il ne faudrait pas très longtemps avant que cette tour se dresse fièrement contre le ciel.

Le temps a passé à sa manière insignifiante. Les secondes se sont muées en minutes, les minutes se sont converties en heures et les heures sont devenues des jours. Un après-midi, Griff et moi, on était assis dans la fraîcheur du salon en train de regarder un documentaire sans intérêt sur le projet du nouveau World Trade Center de Manhattan. On n'avait rien d'autre à faire.

Et là, le téléphone a sonné. Je ne sais pas pourquoi – peut-être la façon dont il a sonné –, j'ai pensé qu'il apportait une bonne nouvelle.

Griff a coupé le son de la télé et on s'est tenus très tranquilles sur le canapé pour écouter Blessing qui parlait dans l'entrée. On l'a entendue dire :

– Allô ? (Bref silence.) Oui, c'est bien Blessing Knowles à l'appareil. (Bref silence.) Oui. (Encore un bref silence.) Oui. (Un autre.) Eh bien… d'accord… J'imagine que… c'est surprenant et en même temps, il faut bien que... (Un autre.) Oui. (Long silence.) Vraiment ? (Encore un long silence.) Définitivement ? (Silence immensément long.) Si vite ? (Bref silence.) Oui, bien sûr. Absolument. (Silence moyennement long.) D'accord, à demain, dans ce cas. (Court silence.) Au revoir.

On a l'a entendue raccrocher. Puis il y a eu une minute sans le moindre bruit. Ce qui m'a inquiété, même si j'espérais vraiment une bonne nouvelle. J'ai fait craquer mes doigts nerveusement. C'était plus fort que moi. J'imagine que c'est difficile de se débarrasser de ses vieilles habitudes. Près de moi, Griff a eu un petit frisson.

Blessing a passé la tête par la porte.

– Je viens de recevoir un coup de fil, elle a annoncé.

– *Sans déc'!* j'ai dit.

– *Sans blague*, a renchéri Griff.

Blessing a soupiré.

– Oh, ça va, les moqueries. « Le sarcasme est la forme la moins développée de l'esprit. » Quel écrivain a dit ça ?

– Dylan Thomas, a aussitôt répondu Griff. Cent pour cent sûr. C'est mon dernier mot.

Il avait l'air tellement convaincu d'avoir raison que je m'attendais presque à ce que Blessing dise : « Eh bien, oui ! »

Mais non. Elle a répondu :

– Un autre Anglais. Oscar Wilde. Mais peut-être était-il irlandais ? Bon, je m'éloigne du sujet. La personne qui vient d'appeler, c'est Alison, du consulat britannique. (Griff et moi, on s'est redressés d'un coup. Blessing a repris :) Elle est venue plusieurs fois à l'hôpital. Accompagnée d'un type qui s'appelait Dominic. (Ni Griff ni moi n'avons bougé le moindre muscle. Blessing a soupiré :) Aucun souvenir, vraiment ?

Griff a baissé la tête.

– Si, il a dit tout bas. Je crois bien que oui.

Blessing a acquiescé.

– Eh bien, Alison a des nouvelles. Et ce sont de bonnes nouvelles. Elle vient demain pour évoquer tous les détails. (Elle a marqué une pause, et j'ai regardé son visage se figer en un sourire un peu trop parfait. En prenant une grande bouffée d'air, elle a repris :) En gros, l'idée, c'est qu'on a une solution.

Griff et moi, on l'a regardée sans réagir. Dans

une quatrième dimension, je voyais toujours le World Trade Center à la télé. J'ai regardé fixement l'écran. La tour était à moitié finie. Même en étant optimiste, il restait beaucoup de choses à faire.

« Sois positif », j'ai pensé. Je ne l'ai pas dit tout fort, juste pour moi. Puis j'ai immobilisé mes mains pour m'empêcher de faire à nouveau craquer mes doigts.

Près de moi, Griff a demandé :

– Quelle solution ?

Deux petits mots.

Qui contenaient tant de questions.

Blessing a sursauté, avant de déclarer :

– Un endroit où aller vivre. Au pays de Galles. Le pays de votre mère. Elle a une cousine qui s'appelle Dee Ellis, n'est-ce pas ? Dee aimerait que vous veniez vivre chez elle.

Le temps s'est arrêté.

Mais le temps ne s'arrête jamais très longtemps.
Si l'on écoute attentivement, il continue
toujours à passer.

Blessing a dit :

– Dee n'est pas une inconnue, n'est-ce pas ?

– Elle nous envoie des cartes d'anniversaire, j'ai murmuré.

– Elle nous envoie des cartes pour Noël, a complété Griff. Et chaque année, des bons d'achat pour des livres qu'on ne peut jamais utiliser. Qu'on ne *pouvait* jamais utiliser, parce qu'ils ne sont valables qu'en Grande-Bretagne. Mais je ne l'ai jamais rencontrée. C'est juste une cousine de maman.

Pendant quelques instants, aucun de nous trois n'a su quoi dire. Pas étonnant. À quoi bon parler pour ne rien dire ? Puis Griff a frappé le canapé d'un air furieux et il s'est écrié :

– Je refuse d'aller habiter chez cette Dee ! En quoi aller vivre avec *Dee*, c'est une solution ?

Pendant une terrible seconde, Blessing m'a donné l'impression qu'elle allait vomir. Ou bien fondre en larmes. Ou les deux. Je m'en suis voulu, parce qu'elle n'avait rien fait d'autre qu'être terriblement gentille.

– Griff, arrête, j'ai dit. On sait très bien qu'on ne va pas pouvoir rester ici à jamais.

Blessing s'est gratté la tête. Puis elle a déclaré :

– La situation actuelle ne me pose aucun problème. Ce n'est pas ça du tout. Je suis heureuse de pouvoir aider votre famille. Mais Griff, tu es un citoyen britannique. Ce qui, selon le ministère des Affaires étrangères américain, ne permet pas que tu restes en Amérique. Dee, la cousine de ta mère, s'est proposée. Elle est de ta famille. Et la famille, c'est important.

À l'idée de déménager encore vers un endroit

totalement nouveau, j'ai eu le vertige. Je n'étais pas sûr d'en être capable. J'avais passé toute ma vie à déménager de ville en ville et, maintenant, j'avais l'impression d'être nulle part. De n'être que de la poussière qui dérive dans l'air.

Et là, j'ai paniqué.

La pièce s'est mise à tourner autour de moi. Je perdais pied.

Puis, sans savoir comment, le son de la télé, qui était coupé, a tout à coup jailli. Pudders a bondi de la bibliothèque en poussant un miaulement, Griff a sursauté et Blessing a froncé les sourcils.

– Le chat, on se calme, elle a dit. Tu as fait peur à tout le monde.

La queue basse, Pudders s'est figée au milieu de la pièce et elle nous a regardés, Griff et moi.

Moi, surtout.

C'était comme si elle lisait dans mes pensées.

– Oh ! ça va, Pudders, j'ai fait. Tu n'as pas à avoir peur, tu me connais, maintenant.

À ma grande surprise, Pudders a incliné la tête de côté et elle m'a regardé comme si elle m'écoutait vraiment.

– Ce chat m'a foutu les jetons, a dit Griff.

– Je m'excuse en son nom, a répondu Blessing.

Et j'ai répété :

– Tu n'as pas à avoir peur.

Pudders continuait à me regarder fixement, mais c'était surtout à moi que je parlais.

Je me suis senti plus calme. La pièce a cessé de tourner. Pudders a cessé de me regarder. Et, aussi bizarrement que le son avait surgi, la télé est redevenue muette. Pudders s'est léché paresseusement les pattes et dirigée lentement vers la porte.

On l'a tous regardée sortir du salon. Une fois que sa queue eut disparu, j'ai regardé Blessing et j'ai dit :

– Tu as raison. C'est bien, le pays de Galles.

Griff n'a pas bougé. On aurait dit une statue de sel. Blessing a secoué la tête et soupiré :

– Eh ! Griff ! ce serait terrible de rester ici à jamais. J'ai quarante-neuf ans, je vis seule. Je n'ai ni compagnon ni enfant, mon amie Freda te terrifie et mon chat est aussi accueillant que Godzilla. Et puis, il y a le collège. Dès la rentrée, je vais travailler *chaque* seconde du jour et de la nuit. Tu vivrais chez la principale de ton collège, et ça ne serait pas drôle du tout. Je serais de très mauvaise compagnie.

– Non, je suis sûr que non ! a protesté Griff.

Blessing a eu l'air triste. Elle s'est approchée de nous et s'est assise sur le canapé de l'autre côté de Griff. Elle lui a pris la main.

– Essaie de voir les choses de façon positive, Griff, et aussi d'être patient. Tu sais ce qu'on dit : « Patience et longueur de temps... »

Griff a courbé les épaules, s'est penché en avant et a regardé fixement ses pieds. Mais il a accepté que Blessing continue à lui tenir la main. Au bout de quelques secondes, il a reniflé et a lâché :

– C'est encore Oscar Wilde qui a dit ça ?

Un sourire d'excuse est apparu sur le visage de Blessing :

– Non. Cette fois, c'est un poète français : Jean de La Fontaine.

– Génial, a marmonné Griff.

Il avait l'air aussi triste, sarcastique et furieux que possible. Il a fermé les yeux très fort.

Je devais intervenir. C'est vrai que, le plus souvent, ça suffit, de se taire. Mais pas tout le temps. Il faut aussi faire entendre sa voix à certains moments. Parce que c'est un besoin incontrôlable, et parfois même *plus* que ça. Un devoir cosmique. Alors, j'ai pris l'autre main de Griff et je lui ai dit :

– Blessing a raison. Tu *dois* donner sa chance à Dee. Et tu *dois* rester optimiste. C'est ce que maman et papa auraient voulu, et c'est aussi ce que je veux. Pour l'instant, le pays de Galles, ça semble très loin, mais le temps passe, Griff. Peut-être que ça deviendra ton chez-toi plus vite que tu ne le penses.

Griff avait les yeux fermés. Un instant, il est resté immobile entre Blessing et moi, puis il a relâché un peu les épaules et s'est redressé, même s'il continuait à garder les yeux fermés. Blessing et moi, on lui tenait toujours les mains. Ça devait être un spectacle plutôt étrange. On aurait dit une guirlande de bonshommes en papier, sauf qu'on n'était pas en papier. Si l'horrible Freda nous avait vus, elle aurait sans doute allumé des bougies autour de nous et placé une planche de Ouija par terre. Mais mon frère s'en foutait. Il avait l'air tellement loin et perdu dans ses pensées que je crois qu'il ne se rendait même pas vraiment compte de notre présence. De celle de Blessing pas plus que de la mienne. En tout cas, pas de la mienne.

Mais peut-être que je me trompe. Parce que, tout à coup, il a souri.

J'ai regardé Blessing. Elle a eu l'air aussi surprise que moi.

– À quoi tu penses, Griff ?

Il a ouvert les yeux et aussitôt retiré ses mains des nôtres. Puis il a serré ses genoux entre ses bras.

– Je trouve Dylan Thomas beaucoup plus intéressant qu'Oscar Wilde.

Et aussitôt, un sentiment de soulagement m'a submergé. Parce que je voyais très bien ce qu'il voulait dire.

– En plus, il était gallois, j'ai ajouté.

– En plus, il était gallois, a murmuré Griff.

Connexion cosmique.

Rétablie.

Blessing semblait perdue. Mais un sourire était apparu sur son visage, et je voyais bien qu'elle aussi, elle était soulagée. Sans doute autant que moi.

– Tout va bien se passer, elle a dit. Je le sais. Une personne qui aime la poésie a toujours une longueur d'avance sur les autres. Crois-moi.

Et d'après la gratitude qui se lisait sur le visage de Griff, je sais qu'on la croyait tous les deux. Cent pour cent sûr. Notre dernier mot.

Marlon a surgi et nous a fait un aboiement amical. Puis il s'est affalé à nos pieds, a posé son museau sur ses pattes et il a fermé les yeux.

Griff a demandé :

– Tu as vraiment besoin de ce chien, ou bien je peux l'emmener au pays de Galles ?

– Griff, ce n'est pas juste, j'ai lancé, une seconde avant que Blessing réponde. Tu ne peux pas *sérieusement* espérer que Blessing abandonne son chien.

Mais je comprenais très bien ce qu'il voulait

dire. Si j'avais pu emmener Marlon sur la lune, je l'aurais fait. Malheureusement, ce n'était pas possible.

Blessing a répondu :

– Griff, je suis désolée, tu ne peux pas me prendre mon chien, mais si tu veux, mon chat est à toi.

J'ai ricané.

Griff a souri, lui aussi, et il a répondu :

– Non, merci.

Blessing a éclaté de rire.

– De toute façon, Pudders ne passerait même pas la frontière. Elle serait considérée comme une menace pour la sécurité du pays. (Elle a fait une petite caresse du bout du pied à Marlon.) Mais tu vas nous manquer, à Marlon et à moi, ça c'est sûr. Tu vas affreusement nous manquer *à tous les deux*.

– Vous aussi, vous allez me manquer, a grommelé Griff.

«À moi aussi», j'ai eu envie de dire. J'avais envie de le dire et surtout, de le *penser*. Mais je n'y parvenais pas. C'était impossible. Tout était trop différent, maintenant.

Moi, j'étais différent.

Les gens que je rencontrais à présent étaient des vaisseaux dans le brouillard.

Alors j'ai dit quelque chose de gentil. Quelque chose que j'avais déjà dit, mais qui avait besoin d'être répété :

– Merci. Blessing, merci, mille mercis.

Et là, j'ai souri. Parce qu'il n'y avait de toute évidence pas de plus belle personne qu'elle sur Terre.

Ce qui nous mène à…

13

Treize.

Qu'est-ce que signifie ce nombre ?

Le nombre de jours qu'on a passés à Bed-Stuy chez Blessing.

Un nombre sur un DVD à vendre sur le trottoir de Fulton Street : *Shanghai 13*. Un film sur les arts martiaux. Pas notre truc.

Le numéro sur le menu que Griff commandait chaque fois que Blessing nous emmenait prendre le petit déjeuner au Magnificent Muffin. Le « délice caramel et noix ». Il ne le disait pas, mais c'était son préféré.

Le plat que je prenais sur le menu chaque fois que nos parents commandaient par téléphone des plats chinois au Lucky Panda de Park Slope. Les samosas au curry. Excellents.

Le numéro sur le maillot que Kayland, de Kayland et Gregory, portait sur le terrain de basket.

Le numéro au dos du maillot de la superstar du foot Michael Ballack quand il jouait pour le Bayern de Munich. Celui qu'il portait partout où il jouait, d'ailleurs. Il devait vraiment aimer ce numéro.

Le nombre de côtés d'un tridécagone. Ne me demandez pas comment je sais ça.

Le nom d'un album de Blur que mon père adorait.

En gros, le montant en euros que nous aurions pu toucher à chacun de nos anniversaires au lieu d'un bon d'achat de dix livres. Et plus ou moins le nombre de dollars en liquide qu'on aurait eus contre huit livres cinquante.

Mon âge lors du premier des trois anniversaires que j'avais fêtés à New York, et le pire anniversaire de Griff, le jour où son univers avait basculé.

Pourtant, je ne dirais pas que treize porte malheur.

Vous voulez savoir pourquoi ?

Ce n'est qu'un nombre parmi d'autres. Il n'est pas plus capable de porter malheur que de faire des passes aveugles, de marquer comme un pro, ou bien de faire des fausses passes, des roulés sur les doigts et des feintes sous le panneau.

Treize, c'est juste le nombre entre douze et quatorze.

Rien de moins. Rien de plus.

TROISIÈME PARTIE

ABERYSTWYTH

14

Et voici le moment de vous parler d'Aberystwyth.

C'est un endroit très différent de New York.

Mais pas seulement. Différent, en soi, ça ne signifie pas grand-chose. Différent, ça peut vouloir dire n'importe quoi, si on ne sait pas ce que c'est vraiment que la différence.

Alors laissez-moi essayer de remettre ça en perspective.

Vous voyez New York avec ses gratte-ciel, sa brique brune, ses taxis jaunes, son métro aérien et ses échangeurs, ses sous-sols remplis de magasins de vêtements de sport bon marché, ses baffles qui hurlent, ses rues plates, ses artères toutes droites et ses marchands sur le trottoir, ses cinq immenses arrondissements et ses huit millions et demi d'habitants, y compris deux gamins qui veulent absolument intégrer l'équipe des New York Knicks, une vieille dame qui raconte qu'elle a un don et une femme qui s'appelle Blessing, qui est vraiment géniale et qui a un chien tout aussi génial qu'elle qui s'appelle Marlon.

Vous voyez le tableau ?

Bon.

Maintenant, on efface tout et on recommence. Le temps a passé, Kayland, Gregory et Freda doivent poursuivre leur route ; Griff et moi, la nôtre. Et si difficile que ce soit, nous devons quitter Blessing et Marlon. Ils ne seront bientôt plus que des souvenirs. Une voix et un aboiement au téléphone. Avec un e-mail réconfortant de temps à autre.

Ensuite ?

Fermez les yeux et imaginez-vous à cinq mille deux cent soixante-quinze kilomètres de Brooklyn. Imaginez une petite ville de l'autre côté de l'océan Atlantique, à l'extrémité ouest de la Grande-Bretagne. Quand on l'aperçoit pour la première fois la nuit, depuis le train qui s'arrête sur l'unique quai de l'unique gare, on dirait juste un halo de lumières. Et puis, quand le jour se lève le lendemain, on comprend que chaque maison ou presque est accrochée au flanc de trois collines très raides, qu'il n'y a pas la moindre rue plate ou droite. Ni gratte-ciel ni métro (surtout pas aérien), aucun risque d'apercevoir un bus à deux étages. En revanche, il y a une immense bibliothèque, une université, une plage et une petite rue principale très animée. Et un peu à l'écart de la ville, dans un centre commercial, il y a même un escalator qui emmène les clients du rayon femmes, au rez-de-chaussée, au premier étage, où se trouvent les vêtements pour hommes. Mais si jamais il prend au client l'envie de redescendre, il doit emprunter l'escalier, car il n'y a qu'un escalator. Et cet escalator est le seul à cent kilomètres à la ronde.

Ce n'est pas New York, ce n'est pas non plus

Barcelone, Shanghai, Munich ou Londres. Ça ne ressemble à aucun endroit où Griff et moi avions vécu. C'est Aberystwyth, avec une population de moins de quatorze mille habitants. Dont la plupart parlent gallois à longueur de journée. Ça s'appelle le cymrique. C'est une langue aussi différente de l'anglais que les pop-corn le sont des petits pois, une langue dont Griff et moi avions à peine entendu quelques mots dans la bouche de notre mère quand elle était submergée par l'émotion ou un peu pompette.

C'est là où on est arrivés. Et là, ça nous a paru être l'endroit le plus loin de tout.

15

Trois jours après le coup de téléphone chez Blessing, Griff et moi, on était sous la pluie devant une maison au bout d'une impasse sur le flanc d'une colline raide. Le numéro de la maison peint en blanc sur un bout de bois noir était le treize.

Je l'ai aussitôt repéré, de même que Griff. En posant la main sur son bras, j'ai dit :

– C'est juste un nombre, frérot. Ça doit pas te flanquer la frousse.

Griff a plus ou moins acquiescé. Comme si j'étais juste une voix dans sa tête. Puis il a pris son courage à deux mains, et il a déclaré :

– C'est donc là, la maison de Dee.

– Eh oui, a dit Alison d'un ton jovial.

L'Alison qui nous avait rendu visite à l'hôpital et à Bed-Stuy. Celle qui travaillait pour le consulat britannique de New York. Aussi trempée et encore moins couverte que nous. Il y avait une tache de café sur son chemisier à cause des turbulences dans l'avion, et des taches jaunes parce que Griff l'avait aspergée en perçant sa brique de jus d'orange avec sa paille. Elle nous accompagnait depuis notre départ de Bed-Stuy jusqu'à

Aberystwyth. J'espérais qu'elle aurait droit à quelques jours de repos, après ça.

Alison a regardé l'adresse sur son téléphone et elle a déclaré tout fort :

– Treize Pant-yer-Coad. Pas de doute, c'est vraiment une langue étrangère !

Puis elle a appuyé sur la sonnette.

Mû par un étrange instinct, j'ai tourné la tête vers l'obscurité et, là, j'ai vu ma mère.

Vraiment.

Comme j'avais vu mon père le jour où j'écoutais les Beach Boys sur le tourne-disque de Blessing. Elle était là. Sans doute juste pour quelques instants.

Elle a agité la tête. Puis, en levant les yeux au ciel d'un air furieux, elle a dit :

– Bien sûr que c'est une langue étrangère, espèce de crétine. Et pour ton information, ça veut dire « le fond des bois ». Et ça ne se prononce pas Pant-yer-Coad ! Ça se prononce Pant-air-Coyd.

J'ai lâché un petit rire et j'ai dit :

– Maman ?

Griff s'est retourné d'un coup. Un oiseau, une chauve-souris ou quelque chose comme ça a décollé d'une haie.

Une lumière s'est allumée dans l'entrée.

– C'est bon, a dit Alison. Il y a quelqu'un.

Maman a disparu.

La porte s'est ouverte, et une femme aux cheveux noirs coupés court nous a fait un petit sourire nerveux. Elle était un peu plus grosse et un peu plus vieille que sur sa photo de profil sur son Facebook.

Dee Ellis.
Travaille à ***Bonne Occase***.
A étudié à **LOL (je n'ai jamais fait d'études)**.
Habite à **Aberystwyth, pays de Galles.**

Elle a ouvert la porte en grand.

– Dieu du ciel, vous voilà enfin ! Entrez, entrez. Vous devez être épuisés. Vous avez voyagé toute la journée, n'est-ce pas ?

– Toute la journée et toute la nuit, a précisé Griff.

Dee a renchéri :

– Mes pauvres, vous devez être morts de fatigue.

Puis elle s'est mordu la lèvre et nous a regardés comme si elle venait de voir un fantôme.

J'ai haussé les épaules. On ne pouvait pas bannir à jamais le mot « mort », n'est-ce pas ? Et puis, elle avait raison.

Alison s'est avancée pour serrer la main de Dee. Elle a déclaré :

– Nous sommes très heureux de vous rencontrer et affreusement soulagés d'être ici. Ce n'est pas la porte à côté depuis New York.

– Entrez, a répondu Dee. Mon mari, Owen, a déjà mis la bouilloire sur le feu.

À strictement parler, seul Griff avait fait tout ce chemin depuis l'autre côté de l'Atlantique, avec Alison.

Je ne peux pas vraiment prétendre que moi aussi.

Parce que je n'avais pas été là à cent pour cent.

Si vous voulez vraiment savoir, l'avion m'a terrorisé. Trop de lumières, de gens et de bruit. Beaucoup trop de bruit. Tout de suite, j'avais eu envie de fermer les yeux et de disparaître dans une autre dimension. Alors, dès qu'on avait été dans le ciel, que le signal ceinture de sécurité s'était éteint, que tout le monde s'était mis à appuyer frénétiquement sur sa télécommande et à incliner son siège, j'avais fermé les yeux et j'étais parti dans un lieu si proche si loin. Et je m'étais retrouvé

de

nouveau

à

Shanghai.

Sur une promenade en bois au bord d'un bassin d'eau claire en compagnie de Matilda. Le bassin contenait des centaines de carpes géantes, comme les poissons rouges qu'on voit parfois dans les aquariums, sauf qu'ils étaient bien plus gros et que la plupart d'entre eux n'étaient pas rouges. Certains étaient orange vif, d'autres blancs avaient des taches ou des marbrures. On était dans le magnifique jardin de la cité interdite du vieux Shanghai, un endroit où, autrefois, se promenaient des empereurs. Et je m'y trouvais avec la fille que je préférais au monde ainsi qu'une poignée de flocons pour nourrir les poissons.

– C'est beau ici, a dit Matilda avec son adorable accent allemand. Ça me plaît beaucoup.

Je suis devenu tout rouge. Dès que Matilda parlait, je devenais tout rouge.

Elle a jeté quelques flocons dans le bassin et,

tout à coup, de grosses gueules de poissons ont surgi à la surface. Ce n'étaient pas les seuls à avoir faim. Un oiseau vert vif avec une crête jaune presque punk a plongé pour jeter un coup d'œil au menu, mais il est reparti, déçu.

Matilda a éclaté de rire. Ce rire qui tintait comme un triangle. Tout à coup, l'œil pétillant, elle a regardé autour d'elle, et je me suis rendu compte qu'elle cherchait à voir si on était seuls. Sous mon T-shirt, mon ventre s'est noué. Maman, Griff et Silke se trouvaient un peu plus loin sur la promenade en bois. Ils étaient, eux aussi, en train de nourrir les poissons. « Ne bouge pas, j'ai pensé. Ne bouge pas. » Mais je ne l'ai pas dit tout fort. Juste dans ma tête.

Matilda a demandé :

– Dylan, je peux te confier un secret ?

Je suis à nouveau devenu tout rouge. Et j'ai hoché la tête à toute vitesse.

Les yeux de Matilda ont filé vers l'endroit où se trouvaient maman, Griff et Silke, puis sont revenus sur moi. J'ai cru que mon cœur allait exploser. J'avais tellement envie de découvrir ce secret. Mais Matilda s'est contentée de se mordiller la lèvre, elle a gloussé et elle a secoué la tête.

– Quel secret ? j'ai lancé.

En écartant une mèche de cheveux blonds de ses yeux, elle a froncé le nez et les sourcils, comme si elle se demandait si j'étais digne de confiance. Puis elle a gloussé et a approché si près sa bouche de mon oreille que ça m'a chatouillé. Il avait beau faire chaud et humide dans le jardin Yuyuan, j'en ai eu la chair de poule.

Et là, elle a chuchoté :

– Je suis amoureuse de Li.

Mon cœur a plongé jusqu'à mes sandales. J'ai écarté mon oreille de sa bouche et j'ai dit :

– Quoi !

– Chut ! elle a soufflé.

Elle a regardé d'un air nerveux l'endroit où se trouvaient nos deux mères et elle a répété :

– Je suis amoureuse de Li. Tu veux bien lui demander d'être mon petit ami ?

J'ai répété :

– *Li* ?

En regardant le bassin en silence.

Je vous dois une explication. Li était mon ami. On était dans la même classe à l'école élémentaire internationale de Shanghai. Il était très bon en foot, au skate et à la batterie, et j'étais fier d'être son ami. Mais voilà que mon autre meilleure amie, Matilda, *ma* Matilda, m'annonçait qu'elle était amoureuse de lui.

– Li est un crétin, j'ai dit. Mais il n'aime pas les idiotes, et moi non plus.

Et d'un coup, j'ai jeté tous les flocons dans l'étang. Les bouches affamées des poissons ont été comblées.

Matilda semblait sur le point de fondre en larmes.

– C'est pas vrai, elle a protesté. Li déteste pas les filles, et toi non plus. Toi, tu m'aimes bien, non ?

– Non, j'ai dit. Je suis ami avec toi uniquement parce que ma mère et la tienne sont amies.

Matilda est devenue toute rouge, et moi, plus rouge que jamais.

Ma mère nous a décoché un regard, et elle a lancé :

– Eh ! tous les deux ! Qu'est-ce qui se passe ? Dylan, viens voir, il faut que je te mette de la crème solaire. Sinon, tu vas devenir rouge comme un homard.

– Non, je ne veux pas mettre de crème ! j'ai protesté.

– Dylan, a grondé maman, qui était déjà à ma hauteur et fouillait dans son sac. Tu ne me parles pas comme ça. Et je te mets de la crème, un point c'est tout.

À ma grande horreur, elle a sorti un flacon en plastique et s'est mise à me tartiner le visage. Devant tout le monde. Y compris Matilda.

– Arrête, j'ai dit en retirant ma tête des mains de maman.

– Ça suffit, Dylan, elle a dit tout bas, de façon que moi seul puisse entendre. *Paid â bod yn boen !*

C'était l'une des rares fois où elle parlait gallois : quand on commençait vraiment à l'énerver. Ça voulait dire : « Ne fais pas ton pénible. »

– Je fais pas mon pénible, j'ai rétorqué.

Maman m'a regardé. Ensuite, elle s'est penchée et a murmuré à mon oreille :

– Dylan, on est là pour passer une bonne journée, et toi, tu fais la même tête que si tu venais de laisser tomber ton beignet par terre. Alors reprends-toi, s'il te plaît.

J'ai regardé le caillebotis en bois sous mes pieds.

Comment tout ça était-il arrivé ? Comment étais-je passé, en l'espace de quelques secondes, d'un moment où je me sentais merveilleusement bien à un autre où j'étais totalement furieux ?

Maman a repris :

– Dylan, tu arrêtes tout de suite. Je ne sais pas ce qui se passe, mais ça suffit, compris ?

J'avais compris. Et, sans quitter la promenade des yeux, j'ai fait un minuscule mouvement de tête pour l'indiquer.

Maman a soupiré. Par-dessus ma tête, elle a lancé :

– Matilda, je suis désolée de l'attitude de mon fils. Quatre-vingt-dix-neuf pour cent du temps, c'est un ange, mais le un pour cent restant, c'est un vrai *puddy-pants*.

J'ai senti mon visage se consumer de honte, mais quand j'ai regardé Matilda, elle observait maman d'un air ahuri. Puis j'ai compris qu'elle ne savait pas ce que *puddy-pants* voulait dire. C'était une des expressions galloises bizarres de ma mère.

– Ah, ah ! je me suis moqué. Elle n'a pas compris ce que tu disais.

– Au moins, ça a eu le mérite de te dérider, a répliqué maman avec un clin d'œil. (Je me suis senti un peu mieux. Maman a fait un sourire et m'a dit :) Je peux te laisser, maintenant ? Tu me promets d'être gentil ?

J'ai acquiescé.

Maman a passé un doigt sur ma joue. Puis elle a rejoint Griff et Silke, qui nourrissaient toujours les poissons.

Matilda m'a annoncé :

– Dylan, je suis désolée.

J'ai haussé les épaules.

– De quoi ?

Matilda a haussé ses deux épaules dans une symétrie parfaite. On aurait dit le pantin en bois du vieux monsieur.

– Je t'aime autant que Li, elle a ajouté.

J'ai de nouveau baissé les yeux vers la promenade.

– Peu importe, j'ai dit.

– Vraiment ?

– Oui, j'ai dit en secouant la tête très fort.

Il y a eu un silence. Et tout ce que j'entendais, c'étaient les carpes dans le bassin, le pépiement de quelques oiseaux chinois et les voix de ma mère, de Griff et de Silke un peu plus loin.

Matilda a demandé :

– On est de nouveau amis ?

– Oui, j'ai répondu.

– Tu ne me détestes pas ?

J'ai relevé la tête.

– Non, je ne te déteste pas.

– Tu me le promets ?

– Je te le promets.

Et là, la fille que j'aimais le plus sur terre a souri, alors moi aussi.

Le salon de Dee était petit, surchauffé, encombré par un immense canapé et une monstrueuse télé. Cette personne qui aimait tant offrir des bons d'achat de livres n'en possédait pas un seul. Elle n'avait pas non plus de disques vinyle, juste quelques CD disposés sur une étagère métallique en forme de saxophone. Chaque surface libre de la pièce était recouverte de petites grenouilles en cuivre dans toutes les positions possibles. Certaines assises en tailleur sur le rebord de la fenêtre, certaines allongées, d'autres au bord du linteau en marbre, les jambes pendant au-dessus de la fausse flamme, comme si elles cherchaient à réchauffer leurs pieds palmés. Car il y avait du chauffage, même en plein été. Et pas le moindre grain de poussière nulle part.

– Excusez le bazar, a déclaré Dee. Owen et moi, on a rangé l'étage, n'est-ce pas, O ?

Owen, qui n'était pas très grand mais donnait l'impression d'être assez costaud pour porter à bout de bras un camion au-dessus de son crâne chauve, a hoché la tête en disant :

– Tout à fait.

Dee a ajouté :

– La chambre est rangée et toute propre.

Puis elle a fait un sourire anxieux dans notre direction, à l'autre bout du canapé bleu tout mou.

– Merci, a dit Griff, qui était « plein de galimatias ».

Je me suis contenté d'envoyer une onde de gratitude à Dee. Ce qui revenait au même.

Il y a eu un silence. Tout le monde a pris une gorgée de thé. Sauf moi. Je n'avais pas soif.

Alison a dit :

– C'est vraiment adorable de votre part.

Dee a reposé trop bruyamment sa tasse sur sa soucoupe et elle a déclaré :

– La famille, c'est sacré. Et je suis ravie. Vraiment. N'est-ce pas, O ?

Owen a acquiescé, puis il a tourné la tête vers nous.

– Vraiment, il a répété.

Il s'est éclairci la gorge, comme s'il était sur le point de dire quelque chose de très profond, mais il s'est contenté de plonger la tête vers sa tasse de thé.

Alison a demandé :

– Avez-vous eu le temps de rencontrer l'assistant social ?

– Oui, a répondu Dee. Alun. C'est un gentil garçon.

Alison a hoché la tête.

– Il restera en contact avec vous. Au moins pendant l'année à venir.

Griff a regardé par terre, et j'ai fait craquer mes doigts dans le silence qui a suivi. C'était plus fort que moi. *Crac, crac, crac, crac !* Une année, ça paraissait une éternité. Même dans ce moment où le temps ne signifiait plus grand-chose.

Griff a été parcouru d'un frisson.

Dee a proposé :

– Tu veux que je monte le chauffage, mon cœur ? C'est très joli, quand la flamme est au maximum.

– Non, merci, je n'ai pas froid, a dit Griff.

Alison a déclaré :

– Il se fait tard. Je vais y aller.

– Vous pouvez dormir ici, si vous voulez, a proposé Dee. Je peux déplier le canapé-lit.

Alison a répondu :

– C'est très aimable à vous, mais j'ai une chambre d'hôtel réservée sur le front de mer.

– Dans ce cas, assurez-vous de ne pas être au dernier étage, a déclaré Dee. (Puis, en se tournant vers Owen, elle a dit :) Il ne faudrait pas qu'elle soit au dernier étage, n'est-ce pas, O ?

– En effet, a renchéri Owen. C'est toujours les étudiants qui dorment là-haut.

– Tout à fait, a renchéri Dee. Et quand il y a des étudiants, il y a de la musique, des boîtes de pizza vides et une hygiène déplorable.

– D'accord, merci du conseil, je vais faire en sorte de ne pas me retrouver sous les combles.

Griff et moi, on est restés silencieux pendant qu'ils continuaient à parler un peu. Enfin, on s'est tous levés, on a regagné l'entrée, et là, ç'a été les adieux. Je n'entrerai pas dans les détails. Bref, j'y ai coupé court. Pour nous, les adieux étaient devenus aussi peu originaux que les carpes dans les bassins du jardin Yuyuan.

Après le départ d'Alison, on a tous regagné le salon surchauffé. À notre grande surprise, Griff et moi, il y avait un chat roulé en boule sur le canapé. Qui n'était pas là auparavant. Un chat noir et marron qui semblait profondément endormi. Pourtant, quand on s'est approchés, il a relevé la tête vers nous.

Je m'attendais à ce qu'il siffle et crache.

Mais ce n'était pas Pudders. Il nous a observés avec ses yeux orange, puis il a reposé la tête sur ses pattes et s'est mis à ronronner. Le vide en moi s'est empli d'un peu de douceur. Je me suis assis près de lui et j'ai tendu deux doigts pour lui caresser une oreille. Il m'a surveillé, mais sans cesser de ronronner.

– Toi, tu es gentil, j'ai soufflé.

Dee a regardé l'animal et lui a reproché :

– Je croyais t'avoir dit de te cacher ce soir. (Elle a fait un sourire d'excuse.) J'espère qu'elle ne va pas être un souci.

Griff s'est accroupi près de moi et il s'est mis à caresser la deuxième oreille du chat. Puis il a déclaré :

– J'aime beaucoup les animaux. Comment il s'appelle ?

– C'est une chatte, a répondu Dee. Elle s'appelle Bara Brith.

– Comment ?

C'est Griff qui avait parlé, mais ça aurait très bien pu être moi.

Dee a répété :

– Bara Brith. Le nom du cake aux fruits gallois.

Griff avait l'air encore plus perdu.

– Je ne crois pas qu'il y ait du cake aux fruits gallois à New York. Ni à Barcelone. Ni à…

Je me suis tu. C'était inutile de continuer.

Owen a fait un sourire amical.

– C'est un gâteau traditionnel. Excellent avec une tasse de thé. (Il a désigné le chat.) Un gâteau noir et marron. C'est pour ça qu'on l'a appelée Bara Brith, à cause de sa couleur.

Griff a voulu lui caresser l'autre oreille, si bien que j'ai retiré ma main. Il a demandé :

– Je peux me contenter de l'appeler Barry ?

Owen a de nouveau souri. Il avait vraiment l'air gentil. Ce qui m'a soulagé. Ça allait me faciliter la tâche, car je ne serais pas le seul à veiller sur Griff. Il a répondu :

– Je ne pense pas qu'elle s'en offusquera. Mais moi, oui. Je suis un ardent supporter des Seasiders, or l'équipe de Barry est l'une de nos plus grandes rivales. (Notre trouble est monté d'un cran. Il a repris :) Les Seasiders, c'est l'équipe d'Aberystwyth. Qui est bien devant Barry dans le classement, cette année. (Owen s'est gratté la tête.) Tu aimes le foot ?

– Un peu. Mais je le regarde juste à la télé. Je ne suis jamais allé dans un stade. Papa y emmenait parfois Dylan quand on habitait Munich, mais moi, jamais.

– C'est parce que tu étais trop petit, j'ai dit.

– Ça peut facilement s'arranger, a repris Owen. On a toujours besoin de supporters sur le terrain de Park Avenue.

Le visage de Griff s'est un tout petit peu illuminé.

– Ça serait la première fois que j'irais au stade. On devait aller voir jouer Barcelone au Camp Nou, mais on n'y est jamais allés.

Owen s'est gratté la tête. Puis il a conclu :

– Certes, ça ne vaut pas le Bayern ni même Barcelone, mais ça reste du beau football. Et cette saison, on est meilleurs que jamais.

Griff a repris un peu de couleurs. Il s'est écrié :

– Aberystwyth joue en première division ?

Owen a gardé le silence un instant. Il a répondu :

– Oui.

J'ai plissé les yeux. Je n'y connaissais rien en basket, mais je suivais un peu le foot. Comme Griff, ça m'était arrivé de regarder des matchs à la télé. J'aimais beaucoup le Bayern de Munich, Barcelone et les Red Bulls de New York. J'avais entendu parler de Chelsea, d'Arsenal et de Manchester United. Mais jamais d'Aberystwyth Town. Jamais.

Dee est intervenue :

– Owen, dis la vérité.

Owen a levé les mains en signe de protestation.

– C'est la vérité. Aberystwyth joue en première division… mais la division *galloise*. Pas celle qui retient toute l'attention de Sky Sports TV. Ça reste du bon football, mais… à la dimension du pays de Galles.

J'ai souri. Cet homme était un optimiste, de toute évidence. Griff a souri à son tour.

Owen lui a demandé :

– Tu viendras quand même les encourager dans les tribunes avec moi ? Même si, à vrai dire, on n'a qu'une seule tribune.

Griff a hoché la tête, et moi j'ai fait le plus grand des sourires.

Dee a dit :

– Owen, tu ne perds vraiment pas le nord. Au bout de cinq minutes, tu es déjà en train de recruter pour le football.

– Ça me va, a fait Griff. J'ai envie d'y aller.

Owen a souri, aux anges. Puis il a repris son sérieux et s'est éclairci la gorge.

– Dee est toujours en train de râler. Malgré tout, je dois dire que… (Griff et moi, on s'est figés sur place.) Malgré la situation, on est très heureux de cette arrivée impromptue.

J'ai jeté un coup d'œil à Griff. Il avait beau ne pas avoir dormi depuis trente-sept heures, il a paru se remettre enfin un peu de la séparation d'avec Blessing.

– Merci, il a dit.

Dee a insisté :

– Owen a raison. On est très heureux de faire ce qu'on fait là. (Elle s'est mordu la lèvre et a froncé le visage d'un air si triste que j'en ai eu un frisson jusqu'à l'âme. Elle a repris :) Ce qui s'est passé est terrible. Absolument terrible. Je n'arrive toujours pas à l'accepter. Mais puisque c'est arrivé, le pays de Galles comme terre d'accueil pour sa progéniture, je suis sûr que c'est ce que Meg aurait souhaité.

J'ai jeté un coup d'œil rapide à Griff. Il n'avait plus l'air aussi joyeux. En fait, il était au bord des larmes. Peut-être que ç'aurait été bien qu'il se laisse aller, parce qu'il voulait tellement être fort qu'il semblait presque aussi froid et détaché que moi.

Griff a dégluti péniblement, il a fait un hochement de tête très raide et il a soufflé :

– Merci.

Comme il l'avait dit un peu plus tôt, juste beaucoup plus bas.

Et parce que ça méritait d'être répété, je l'ai fait. Mais au lieu de le dire en anglais, j'ai utilisé l'un des seuls mots gallois que j'avais appris de ma mère :

– *Diolch.*

Et en ce lieu si proche si loin, je suis sûr que ça lui a fait plaisir.

16

Le jour s'est levé, accompagné du cri des mouettes. Un petit moment, je n'ai pas su ce que c'était ni où j'étais, puis j'ai été rattrapé par l'espace-temps, le monde s'est remis en place, et moi, j'ai repris la mienne. On était totalement ailleurs, mais sans aucune notion de la distance. Je me suis approché de la fenêtre de la petite chambre que je partageais avec Griff et j'ai regardé dehors. La pluie avait cessé de tomber ; le ciel restait chargé de nuages gris. Je n'avais jamais vu un ciel comme ça au mois de juillet. Au pays de Galles, c'était sans doute normal.

Barry s'est frottée contre mes jambes en ronronnant. Un instant, j'ai eu envie de l'attraper dans mes bras, mais je me suis ravisé. Un chat, ça prend vite peur. Alors je me suis contenté de lui caresser la tête en guise de bonjour. Elle s'est retournée pour me lécher la main. Son contact et sa chaleur m'ont été étrangement agréables. Comme quand on pense à un souvenir heureux en ayant l'impression qu'il est arrivé à quelqu'un d'autre, tellement ça paraît loin.

Griff s'est assis sur son lit en bâillant.

– Salut, j'ai dit.

– À l'aide ! s'est écrié Griff.

J'ai froncé les sourcils.

– Qu'est-ce qu'il y a ?

Griff a poussé un long soupir, puis il a secoué la tête avec un ricanement. Et il a murmuré :

– Je deviens fou. Je ne sais même pas où je suis, là.

– Tu es à Aberystwyth, j'ai répondu.

Barry m'a tourné le dos et s'est approchée de Griff, en quête d'une caresse. Je ne lui en ai pas voulu. Qu'avait dit Freda la Cinglée, déjà ? Les chats s'attachent à ceux qui les nourrissent. Or, elle avait beaucoup plus de chances d'obtenir de la nourriture de Griff que de moi.

– Oui, ça, je sais, il a dit, alors que Barry sautait sur son lit. (Il a tendu la main pour lui caresser la tête.) Je suis au pays de Galles. Et toi, tu es le chat avec un drôle de nom gallois.

J'ai incliné la tête sur le côté en croisant les bras. Et j'ai dit :

– Elle s'appelle *Bara Brith*. Ce n'est techniquement pas plus bizarre que Griff, non ?

Griff continuait à caresser le chat. Il s'est soudain figé, avant de déclarer :

– Après tout, Dylan aussi, c'est gallois. Même si ça fait longtemps que je n'y avais pas pensé.

– *Diolch*, j'ai fait.

Mon frère est resté quelques instants le regard dans le vide, puis il a poussé un long soupir. Il a de nouveau tourné la tête vers le chat.

– Dire que j'ai dû avoir plus de chambres dans ma vie qu'il n'y en a dans un Hilton…

Je l'ai regardé découvrir ce nouveau lieu. Il contenait un petit bureau avec une chaise pliante contre le mur du fond et, sur l'autre mur, une étagère vide. Bien plus intéressant, sur une petite table en verre, trônait une vieille chaîne stéréo qui semblait dater des années 1980. Avec un tourne-disque. Griff n'avait pas vraiment l'air enchanté.

– Sois patient, j'ai dit. « Patience et longueur de temps... »

Griff a attrapé Barry et l'a serrée contre lui.

– Ces murs ont besoin de posters, il a déclaré.

« Patience et longueur de temps... » Il n'empêche, Dee et Owen ont tout fait pour accélérer le temps en ce premier jour. Quand Griff et moi, on est descendus, ils attendaient tous les deux dans la cuisine.

– *Croeso*, a lancé Owen.

– Ça veut dire « bienvenue », a expliqué Dee. Bienvenue au pays de Galles. Alors, la nuit a été bonne ? (Griff a hoché la tête. Je me suis contenté de hausser les épaules. Être éveillé ou endormi ne changeait plus grand-chose pour moi, je n'étais même pas sûr de faire vraiment la différence.) Pour cette première journée, le patron d'Owen lui a donné congé. C'est gentil, n'est-ce pas, O ?

Owen a acquiescé :

– Alors on s'est dit qu'on pourrait prendre le petit déjeuner en ville pour goûter au fameux *bara brith*. Et en même temps, faire un petit tour. (Il a frotté son crâne chauve.) Même si j'imagine bien que c'est très différent de New York ou Shanghai. Je ne suis jamais allé là-bas, mais en aucun cas, ça ne peut ressembler à Aber.

– Ça, c'est sûr, a dit Griff.

– Ce serait une bonne idée de prendre un blouson, a annoncé Dee. Il ne pleut pas pour l'instant, mais ça ne va pas durer.

Griff est devenu tout rouge.

– Hum, je…

Il a serré ses côtes entre ses mains avec un air embarrassé.

Je me suis mordu la lèvre et, comme lui, j'ai eu envie de rentrer sous terre.

– Il n'en a pas, j'ai expliqué. Blessing lui a acheté tout le reste mais…

Je me suis tu. Je ne savais même pas pourquoi j'essayais de justifier ça.

– J'ai compris, ce n'est pas grave, a aussitôt lancé Dee. On trouvera tout ce qu'il faut à *Bonne Occase*. C'est là où je travaille. J'ai des réductions.

Je me suis tourné vers Griff sans pouvoir retenir un sourire. Je savais à quoi il pensait. La sœur de Blessing, elle, travaillait chez Nike.

– Merci, il a dit.

Je lui ai fait un signe de pouce pour le féliciter.

– Allez, c'est parti, a lancé Owen en tapant dans ses mains. Je ne sais pas pour vous, mais moi, je meurs de faim.

Il n'a fallu que quelques minutes en voiture pour gagner le centre ; la direction était évidente. Au bout de l'impasse, une rue plongeait comme dans des montagnes russes, et la ville s'étalait telle une miniature à nos pieds. Il y avait des petites maisons collées les unes aux autres au pied des trois collines, d'autres accrochées à leurs flancs. Et sur le quatrième côté, l'infini de la mer.

– On peut voir des dauphins par ici, a déclaré Owen tandis qu'on descendait la colline. Parfois.

Griff était très raide sur son siège. J'avais remarqué qu'il était toujours crispé en voiture. Moi aussi. Rien d'étonnant.

– On dit que ça porte bonheur de voir un dauphin, a ajouté Dee.

– Ça pourrait nous servir, j'ai fait remarquer.

Griff a approché la tête de la vitre.

– C'est quoi cette grande construction sur la mer ? il a demandé.

Owen a dit :

– Dans la mer ? C'est la jetée.

– Non, a répondu Griff. Près de la mer. Jaune avec les tours, et tout ça. On dirait un château de Disney.

– Ce n'est pas un château, a expliqué Owen. C'est l'ancien collège. Mais on a aussi un château. Qui, certes, est en ruine. Tu le vois ?

Il a lâché le volant d'une main pour le désigner.

J'ai vu Griff se figer et devenir tout blanc. J'ai posé une seconde la main sur son bras et j'ai soufflé :

– Ça va aller.

Griff a trituré sa ceinture de sécurité entre ses doigts. Puis il a regardé au loin et a dit :

– Oui, oui, j'ai vu.

Au pied de la colline, la route se divisait en trois. Les inscriptions sur les panneaux étaient imprononçables.

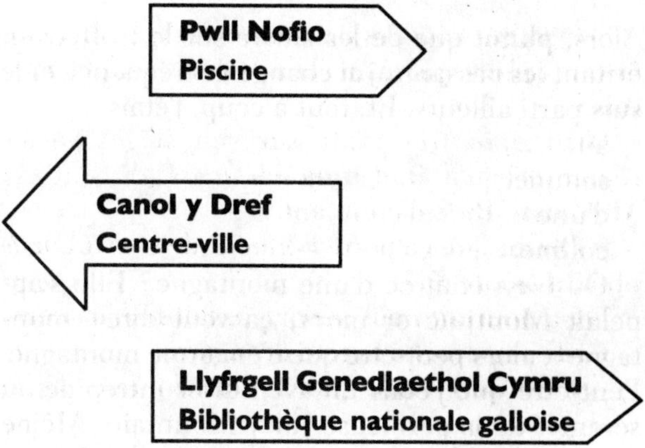

Malgré les traductions en anglais, tout cela sonnait très étranger. Au moins aussi étranger qu'à Shanghai. J'ai tourné la tête vers Griff. Lui aussi regardait fixement les mots en gallois d'un air perdu. J'imagine qu'il venait de comprendre à quel point il était loin de tout ce qu'il connaissait.

Mais je dois avouer que j'ai trouvé un point commun entre le centre-ville d'Aber et Brooklyn : il y avait autant de voitures.

– Voilà ce que je vous propose, a dit Owen, bloqué à un feu rouge. Vous descendez maintenant et vous vous installez à une table pendant que je me gare.

C'est ce qu'on a fait. Les portières se sont ouvertes, Dee et Griff ont sauté de voiture, et je les ai suivis. Mais je doute qu'ils aient vraiment prêté attention à moi. Parce que, dans cet étrange nouveau monde, je me sentais tellement « plein de galimatias » que j'étais aussi inconsistant que de la poussière qui tourbillonne dans le soleil.

Alors, plutôt que de les suivre sur le trottoir en évitant les passants, j'ai changé de fréquence et je suis parti ailleurs. Et, tout à coup, j'étais

au

sommet

d'une

colline.

Ou bien était-ce d'une montagne ? Elle s'appelait Montjuïc or mont, ça veut dire « montagne », alors peut-être que c'était une montagne. Peut-être que j'étais un aventurier intrépide au sommet de la périlleuse Juicy Mountain. Même si ça ressemblait davantage à une colline. Dans notre dos, il y avait un vieux château et, devant, la mer bleue, immense avec, à nos pieds, un port bruyant, et tout Barcelone. La vue était splendide. Mais je n'étais pas vraiment capable de m'en rendre compte parce que j'avais onze ans. J'étais avec maman, papa et Griff. On était en sueur, essoufflés et assoiffés.

– On a tout fait en verlan, j'ai dit.

Ils m'ont regardé sans comprendre. Puis papa s'est tourné vers maman et a dit :

– Tu as encore essayé de leur apprendre des mots de gallois ?

Maman a secoué la tête.

– En aucun cas ce qu'il vient de dire n'est du gallois.

J'ai éclaté de rire. On avait tellement voyagé à l'étranger qu'ils ne connaissaient pas ce mot. J'ai expliqué :

– Verlan, c'est à l'envers, *à l'envers*. Ce qu'on vient juste de faire. On aurait dû monter avec le petit train marrant et redescendre à pied. Mais évidemment, on est montés à pied et on prend le train pour redescendre. On fait tout en verlan.

– C'est trop cool, a dit Griff. Je vais sortir ça à l'école. Comment tu dis, déjà ? Verlan ?

– Verlan, à l'envers, j'ai souri, très fier de moi.

Un sourire a fleuri sur le visage de maman.

– Mais tu es en train de devenir poète, Dyl ! Je t'ai donné le nom d'un poète célèbre, et c'est en train de déteindre sur toi ! Tu joues avec les mots. Tu es mon petit Dylan Thomas à moi.

J'ai fait un sourire encore plus grand. En fait, c'était Ibrahim, un copain de classe, qui m'avait expliqué le verlan, mais ça, ma mère n'avait pas besoin de le savoir.

Maman a fait un clin d'œil, puis elle a regardé papa.

– Dylan Thomas dit juste. Pourquoi vient-on de gravir cette colline par plus de trente degrés, alors qu'il y a un petit train ?

Papa a retiré sa casquette et s'est essuyé le front. Il l'a remise en place avant de déclarer :

– Pour avoir un sentiment d'accomplissement, mon amour.

– Mais j'aurais eu le même sentiment d'accomplissement si on avait pris le petit train ! elle s'est exclamée.

Et maman a tendu le bras pour pincer la fesse de notre père. Griff et moi, on a éclaté de rire. Papa a riposté :

– Ne me mets pas la main aux fesses, c'est un geste sexiste ! Je refuse que nos fils apprennent ce genre de geste de ta part.

– C'est un geste sexiste en verlan, a dit maman en éclatant de rire.

– Tu es insupportable, a rétorqué papa. J'aurais dû te laisser à Shanghai.

Maman a incliné la tête sur le côté avec un sourire.

– Sérieux ?

L'air mécontent de papa a disparu.

– Non.

Puis il a passé les bras sur les épaules de ma mère, l'a attirée à lui et l'a embrassée.

Griff et moi, on a poussé des cris de protestation.

– Oh ça va, ça va, a fait papa en la libérant. Vous êtes vraiment terribles, tous les deux.

Il nous a attrapés chacun par un bras et il nous a obligés à nous asseoir sur un talus.

– Alors, qu'est-ce que vous dites de Barcelone, les garçons ? C'est mieux que Shanghai ?

– NON ! s'est exclamé Griff.

– Je savais que tu dirais ça, a dit papa. Et toi, Dyl, tu en penses quoi ?

J'ai roulé sur le ventre, j'ai contemplé la ville et j'ai haussé les épaules d'un air assez satisfait.

– Je ne sais pas. C'est différent. Moins pollué. C'est déjà pas mal. Alors oui, j'aime bien.

– On aime *tous* bien, a renchéri maman.

– Et ce n'est qu'à un petit vol d'avion de la Grande-Bretagne, si jamais on a besoin d'y aller, a déclaré papa.

– Ce qui, j'espère, ne sera pas le cas, a dit maman.

– Et ce n'est qu'à un petit vol d'avion de l'Allemagne, si jamais on a envie d'aller passer un week-end à Munich, a repris papa. (Il a tendu la main pour m'ébouriffer les cheveux.)

Comme ça, tu pourras aller rendre visite à ta petite amie.

– C'est pas ma petite amie ! j'ai protesté d'un ton furieux. J'ai pas de petite amie. Je pourrais en avoir une si je voulais, mais je veux pas !

Papa a éclaté de rire. Puis il a dit :

– Très bien. Désolé. Mais quand tu étais petit, tu étais amoureux d'elle. Vous étiez inséparables. C'était si mignon.

– Arrête ! j'ai crié en arrachant une poignée d'herbe pour la jeter sur mon père.

– Ça suffit, mon beau petit roux, a dit maman, puis elle m'a attrapé par les poignets pour me relever. Allez, venez, on va se rafraîchir avec une *helado*.

– Oh, oui ! je me suis exclamé, toute ma colère oubliée d'un coup alors qu'on tournait le dos à la vue sur Barcelone pour partir à la recherche d'une glace.

Mais ce n'est pas parce qu'on ne la regardait plus que cette vue avait cessé d'exister. Je sais qu'elle est toujours là. Et que Matilda est toujours quelque part, elle aussi. Rien que de penser à elle, ça a ramené le sourire sur mes lèvres.

Après la tasse de thé et le *bara brith*, Dee et Owen ont entrepris de faire un tour d'Aberystwyth. Ça n'a pas été long. Il y avait une rue principale en pente, la jetée et le château en ruine aperçu de la voiture, ainsi qu'une longue promenade en front de mer. Qui ressemblait à celle de Coney Island à Brooklyn sans la fête foraine, le soleil brûlant et les hot dogs en bretzel. Pourtant, là aussi, il y avait un attroupement. Autour de gens qui effectuaient une sorte de danse traditionnelle sur de la country. Même si ça n'avait pas l'air de beaucoup les amuser.

Griff s'est arrêté.

– Mais qu'est-ce qu'ils font ? il a demandé.

– Une danse de la pluie ? j'ai proposé.

– De la danse en ligne, a dit Dee. Ça a lieu chaque jour de l'été. On peut se joindre à eux, si on veut. Tout le monde a le droit de participer.

Dee a désigné de la tête une vieille dame au bout de la rangée qui frappait dans ses mains d'un air aussi sérieux que les autres, et parfaitement en rythme. Ça n'était pas plus étrange que ça, sauf qu'elle était dans un fauteuil roulant que poussait une fille de mon âge, ou à peu près. Ou de celui de Griff. La fille était la seule qui souriait.

Dee a demandé :

– Ça tente quelqu'un ?

Griff et moi, on a secoué vigoureusement la tête.

– Ouf ! a dit Owen.

Griff s'est retourné vers l'autre bout de la promenade.

– Oh ! il s'est exclamé. Regardez, il y a un petit train. Où est-ce que j'ai déjà vu un train comme ça ?

Dès que je me suis retourné, j'ai su. Un petit train qui montait tout droit sur le flanc d'une colline raide. Un fantôme de sourire est passé sur mes lèvres, et deux univers lointains se sont rapprochés.

– C'était à Barcelone, j'ai dit. On a escaladé Montjuïc à pied, on a mangé une glace, puis on est redescendus avec un petit train comme celui-là. Tu t'en souviens ?

Griff a claqué dans ses doigts.

– Barcelone ! il s'est écrié.

– Ça s'appelle un funiculaire, a expliqué Dee. Il permet de gravir Constitution Hill. Ça te dit de le prendre ?

J'ai jeté un coup d'œil à Griff. Il observait le petit train sur la colline. Au bout d'un moment, il a répondu :

– Non, merci, pas aujourd'hui. J'aimerais bien monter, mais ce jour-là, je préférerais le faire à pied. Pour avoir un sentiment d'accomplissement.

Dee a eu l'air d'hésiter. Puis elle a dit :

– D'accord. (Elle s'est tournée vers Owen en riant :) Eh bien, il n'aime pas la danse en ligne, mais il va quand même nous faire faire de l'exercice !

– D'accord, a lancé Owen.

– On pourra toujours prendre le train pour redescendre, j'ai proposé.

Tout à coup, il y a eu un grondement dans le ciel, et des petits ronds noirs ont commencé à se former sur la promenade. Des parapluies ont surgi, ainsi que des capuches, et la petite foule qui regardait la représentation de danse est partie se mettre à l'abri.

– Je savais que ça ne tiendrait pas, a déclaré Dee.

Owen a posé la main sur l'épaule de Griff.

– Allez, viens, mon garçon. Tu ne peux pas rester sans imperméable. Sans imperméable, on ne peut pas survivre au pays de Galles. On va te trouver quelque chose.

Griff a hoché la tête, et on a suivi les gens en direction de la rue principale et des boutiques.

Derrière nous, les danseurs ont continué. Je leur ai jeté un dernier coup d'œil. Ils tapaient dans leurs mains, avançaient et tournaient parfaitement en rythme sous la pluie. Tout au bout de la rangée, la vieille dame en fauteuil était sous un parapluie transparent et la fille qui la poussait levait la tête vers le ciel, l'air hilare.

17

Le temps a passé.

La fin juillet s'est transformée en début août.

Griff a accroché des posters aux murs de notre chambre. Les Beatles sur leur passage piéton, Kurt Cobain qui serrait sa guitare en fumant une roulée, Beyoncé terriblement sexy dans un justaucorps en cuir. Et, au milieu de tout ça, comme un intrus un peu fêlé, une photo en noir et blanc de Dylan Thomas.

Pas moi. Le vrai poète.

Lui et moi, on avait le même nom et les mêmes cheveux, mais c'étaient nos seuls points communs. Il portait des pull-overs sans manches de poète maudit, alors que moi, j'aurais préféré mourir plutôt que d'être vu là-dedans, et il regardait l'appareil photo d'un air aussi expressif qu'un poisson des grands fonds.

– C'est pour toi, Dyl, avait chuchoté Griff en l'accrochant avec de la patafix. C'est ton poète.

Et là, j'ai été tellement surpris que j'en ai oublié l'accoutrement étrange de mon homonyme et ses yeux exorbités. Cette carte postale était la plus belle image du mur. Alors j'ai murmuré :

– Merci.

Parce que, que dire d'autre ?

Le temps a passé.

Début août s'est transformé en mi-août.

Dans ses bons jours, Griff escaladait Constitution Hill en compagnie d'Owen et moi, ou bien il l'accompagnait dans la tribune de Park Avenue et faisait mine de s'intéresser au jeu des Seasiders, prenant un air déçu s'ils ne marquaient pas. Dans ses bons jours aussi, Griff proposait de faire la vaisselle, rangeait notre chambre de façon maniaque ou bien prenait le train avec Dee jusqu'à Shrewsbury pour aller acheter ce qui lui manquait. Lors d'un très bon jour, il était même allé à Birmingham et il en était revenu avec un iPad.

Mais certains jours, il se contentait de rester sur son lit à regarder les photos des Beatles, de Kurt, de Beyoncé et de mon poète. Ou alors à faire des câlins à Barry le chat en lui murmurant des paroles tristes à l'oreille et en pleurant des larmes secrètes dans sa fourrure. Ou bien, son iPad sur les genoux, à écrire de longs e-mails à Blessing, qu'il n'envoyait jamais.

Ces jours-là, je ne savais pas quoi faire. Une fois ou deux, j'ai songé à lui parler. Face à face, de frère à frère, comme Freda me l'avait recommandé. Mais chaque fois que j'ai voulu le faire, je me suis dégonflé. Ça me paraissait trop bizarre. Et puis, j'avais peur de le rendre encore plus triste et de compliquer inutilement la situation. Alors, au final, je l'ai laissé aller à son rythme. Et le temps a passé.

Mi-août s'est transformée en fin août.

Dee a commencé à parler du collège. Elle avait

acheté des classeurs, des stylos et des uniformes de rechange. Moi, ça m'était totalement égal, mais dès qu'on en parlait, le visage de Griff s'assombrissait et il courbait les épaules. Un jour, il a tout simplement dit :

– Je veux pas y aller.

Dee a eu l'air éberluée.

– Oh, Griff, mon chéri, je suis désolée, mais tu n'as pas le choix.

J'ai fait craquer mes doigts dans le silence qui a suivi. *Crac, crac, crac, crac !* Puis j'ai dit :

– Dee a raison. Tu n'as pas le choix.

– Alun t'a obtenu une place, a insisté Dee, qui semblait plus terrorisée à chaque seconde qui passait. Le collège t'attend.

Alun, c'était le type des services sociaux. Notre assistant social. On l'avait vu deux fois. Il était sympa. Mais sans la moindre personnalité.

Griff a eu l'air désespéré.

– Je ne peux pas rester ici ? Tu ne peux pas me faire l'école ? J'ai vu ça à la télé. Comment ça s'appelle, déjà ? L'école à la maison.

J'ai secoué la tête.

– Oh, Griff, j'ai murmuré, maman et papa n'auraient pas du tout aimé.

Dee a secoué la tête à son tour.

– Oh, mon cœur, je suis incapable de te faire l'école. Comment pourrais-je ? Je sais lire, écrire et compter, mais c'est tout ! Et puis, tu te lasserais d'être ici tout le temps avec moi.

Et, en passant la main sur ses cheveux courts, elle a de nouveau secoué la tête.

– Il faut que tu reprennes le cours de ta vie, mon chéri. Il faut que tu quittes cette maison chaque matin et que tu ailles étudier les sciences, l'anglais, les maths, tout ça. Que tu te fasses des amis, que tu joues au foot dans la cour, que tu passes des petits mots en classe et que tu te moques gentiment de ton professeur. Sans que je le sache, bien sûr… Il faut que tu aies ta vie à toi.

Griff n'a pas répondu. Il avait le visage gris comme un nuage d'orage, et il avait tellement haussé les épaules qu'on ne voyait plus son cou.

– Je sais que ça va très *vite*, tout ça, a dit Dee. Mais si tu ne commences pas à la rentrée, ça sera encore plus dur. Et ensuite, tu ne voudras plus *jamais* y aller.

Elle avait raison. J'ai hoché la tête pour appuyer ses propos, mais elle ne m'a pas fait le moindre signe. Elle avait juste l'air triste.

Griff s'est caché le visage entre les mains et, quand il a fini par parler, ses mots étaient étouffés :

– C'est trop *dur*.

– Je sais, a dit Dee.

Moi aussi, je le savais.

Je le savais au fin fond de mon âme.

Je me suis approché de mon frère, et j'ai fait quelque chose que je n'aurais pas fait en temps normal. J'ai passé un bras autour de ses épaules et je l'ai serré contre moi.

– Je serai là-bas avec toi.

Un instant, Griff n'a pas bougé. Puis il a retiré son visage de ses mains, il a entrecroisé ses doigts et il s'est mis à les faire craquer. *Crac, crac, crac, crac !*

– Ne commence pas à faire ça, j'ai dit en lui rendant sa liberté. C'est une mauvaise habitude.

Il a croisé les bras et a caché ses mains sous ses aisselles. Ses yeux étaient pleins de larmes. Puis, en soupirant et en haussant les épaules, il a marmonné :

– D'accord, j'irai.

Dee a lâché un long soupir de soulagement. Elle aussi, elle avait les larmes aux yeux. Au bout de quelques secondes, elle a conclu :

– Tu es très fort, mon garçon.

Là encore, elle venait de toucher en plein dans le mille.

Griff était vraiment très fort.

Mais Dee, elle aussi, était extraordinaire, ainsi qu'Owen. Il n'y avait pas plus gentil qu'eux. Je me demandais vraiment – et ce n'était pas la première fois – pourquoi Griff et moi, on avait grandi à l'écart de notre famille. Pour l'oncle Dave, le frère de papa qui n'appelait que lorsqu'il avait besoin d'argent, je savais. De même pour les parents de maman, nos prétendus grands-parents, qui avaient décidé de partir vivre en Australie quand elle avait seize ans en emmenant ses deux sœurs cadettes. Maman, elle, avait refusé de partir : elle voulait passer son bac. Alors ils l'avaient abandonnée. Elle avait dormi sur le canapé de sa meilleure amie pendant plus d'un an, et elle avait eu son bac avec juste la moyenne. Ce qui, vu les circonstances, était déjà une prouesse. Si seulement elle avait eu sa chambre et un peu de soutien parental, elle aurait fait beaucoup mieux. Maman ne s'est plus jamais souciée de ses parents. Et eux de nous. Après l'accident, ils se sont contentés d'envoyer une carte « Avec toutes nos condoléances ». Les salauds.

Mais on ne pouvait ranger Dee et Owen dans la même catégorie. Eux, ils étaient géniaux. Et maintenant, je regrettais que mes parents nous aient caché ça. Mais j'ai aussitôt balayé cette pensée. Parce que la mauvaise énergie, ça ne sert à rien. Surtout chez moi.

À quoi bon assombrir l'atmosphère ? Je voulais que Griff sente qu'ici, c'était chez lui. Je voulais qu'il se plaise à Aberystwyth.

Parce que sinon, où aller ?

Aber était notre seul espoir.

18

Dee se tenait sur le seuil, l'air inquiète.

– Tu es vraiment sûr que tu ne veux pas que je t'accompagne ?

– Oui, a dit Griff.

– Oui, il en est sûr, j'ai insisté. Qui va au collège accompagné par la cousine de sa mère ? Et puis, je suis là.

Dee s'est mordu la lèvre et elle a eu l'air peinée. Puis elle a acquiescé.

– Bon, d'accord. Bon courage pour la rentrée, alors. Et ce soir, on ira chercher un *fish and chips*. Avec de la sauce au curry. Et tout ce que tu voudras.

– 'Ci, a dit Griff.

– Au milieu de « sau » et de « sson », j'ai complété. Parfois, j'étais vraiment débile.

– Eh bien, bonne journée, a lancé Dee.

Avec un baiser. Griff est devenu tout rouge, il a baissé la tête, mais j'ai eu le temps de voir son petit sourire.

– Elle est vraiment gentille, j'ai dit. Je ne sais pas pour toi, mais moi, je lui ai totalement pardonné ces bons d'achat qu'on ne pouvait jamais utiliser.

Griff a mis la main sur son sac, il en a sorti des écouteurs et un lecteur MP3. Encore un cadeau de Dee. Il a allumé le lecteur et il a mis les écouteurs sur ses oreilles.

– Comme tu voudras, j'ai fait.

On est partis sans un mot. Au bout de l'impasse, on a pris à gauche et on s'est lancés à l'assaut de la colline. Il n'y avait que deux collèges à Aber. L'un en haut, et l'autre en bas. Les élèves du haut avaient mal aux jambes le matin ; ceux d'en bas, le soir.

À mesure qu'on grimpait, les trottoirs se remplissaient d'adolescents. J'ai jeté un coup d'œil à Griff, et je l'ai vu se crisper.

– Détends-toi, je l'ai encouragé.

Il avait toujours ses écouteurs. J'ai regardé le fil qui disparaissait dans la poche de son pantalon. Mais une seconde plus tard, il pendait.

Tiens donc.

Connexion MP3 interrompue. Connexion cosmique momentanément rétablie.

– Ça va aller, je l'ai rassuré en posant une main sur son épaule. Tu sais comment faire. Tu souris à tous ceux qui n'ont pas l'air crétin, tu te tiens à bonne distance des autres.

Griff m'a fait un sourire lointain. J'ai déplacé ma main pour lui tirer une mèche de cheveux. Mon frère avait besoin d'aller chez le coiffeur. On ne voyait même plus l'endroit où il avait été rasé pour être recousu.

– Si tu continues à te laisser pousser les cheveux, tu vas ressembler à un musicien de Nirvana.

Et là, sans penser à ce que je faisais, je me suis mis à chanter *Smells Like Teen Spirit*.

C'est une belle chanson, mais ce n'était pas ce qu'il fallait chanter à mon frère.

Il a sursauté et m'a chassé comme si j'étais une mouche. Puis il a sorti son MP3 de sa poche et a rebranché le fil.

« Je suis vraiment débile », je me suis dit.

J'ai secoué ma stupide tête et je l'ai bouclé.

Être le nouveau de la classe, c'était vraiment mon destin. Et celui de Griff. Mais jusqu'à Aberystwyth, il aimait bien ça. Il savait y faire aussi bien que moi. Notre truc, c'était :

Le premier jour, on ne parlait pas beaucoup, on essayait juste de ne pas se faire tabasser.

Une bonne chose de faite. Le plus dur était passé.

Le deuxième jour, on était déjà un peu moins nouveaux que la veille.

Le troisième jour, on savait se rendre aux toilettes et en revenir sans se perdre.

De jour en jour, on était moins nouveaux, les autres cessaient peu à peu de nous demander d'où on venait, quelle était notre équipe de foot/basket/base-ball préférée, et d'où on tenait cet accent si bizarre. Mais, à peine s'était-on intégrés que notre mère ou notre père en avait marre, et qu'on partait pour un autre pays.

Et là, il fallait tout recommencer.

C'était réglé comme du papier à musique.

Mais là, à Aberystwyth, c'était une tout autre histoire. Ce n'était ni la faute de la ville, ni celle des élèves ou des profs, c'était personnel. Et mon frère n'avait plus aucune envie de tout recommencer à zéro.

Quand on a atteint les bâtiments grisâtres du collège, on s'est dirigés vers l'accueil. Alun, l'assistant social, avait voulu venir, comme Dee, mais Griff avait catégoriquement refusé. C'est déjà assez dur comme ça d'être nouveau, pas la peine d'être accompagné d'un assistant social. Alors on était tous les deux. Griff et moi. Et après les formalités administratives, j'ai suivi Meryl, de l'accueil, jusqu'à la classe de Griff. Je n'aurais sans doute pas dû. J'étais sûrement déjà en train d'enfreindre le règlement. Mais j'y suis quand même allé, parce que je n'avais que faire du règlement scolaire.

– Et voilà, a annoncé Meryl en s'arrêtant devant une porte orange avec une petite fenêtre. C'est la salle 4a. (Elle a jeté un coup d'œil par la vitre.) Jamie est en train de faire l'appel. On va lui laisser une minute, puis je frapperai.

D'abord Meryl, puis Jamie. Je n'étais pas habitué à appeler les gens par leurs prénoms dans un établissement scolaire. À Brooklyn, c'était Monsieur ou Madame. Même si l'un d'eux se trouvait être notre mère ou notre père.

Griff a porté sa main à la bouche et s'est mordu l'ongle du pouce.

– Ne t'inquiète pas, mon garçon, l'a rassuré Meryl.

– Je suis pas inquiet, a protesté Griff en retirant sa main.

Et là, il a entrecroisé ses doigts et il a fait craquer ses jointures. *Crac, crac, crac, crac !* Je tremblais comme si quelqu'un marchait sur ma tombe.

– Il faut vraiment que t'arrêtes de faire ça, lui ai-je dit. Pour de bon. Ça me fout les jetons.

Meryl a jeté un nouveau coup d'œil, puis elle a souri.

– Je crois qu'il a fini. Je vais frapper maintenant. Jamie est très gentil, tu vas voir.

Griff a soupiré.

– Allez, mec, courage, je lui ai glissé.

La porte de la classe s'est ouverte. Un grand type un peu geek s'est avancé. Il avait des lunettes et les cheveux encore plus roux que les miens. Ça m'a fait plaisir. Le roux, en général, ça porte chance.

– Voici Griff. Le nouvel élève de ta classe, lui a annoncé Meryl.

Elle a lancé un coup d'œil à Jamie, genre « Tu te souviens ? ». Jamie a hoché rapidement la tête et il a tendu la main.

– Griff, enchanté de faire ta connaissance. Je m'appelle Jamie. Si tu as le moindre souci, tu en réfères à moi, d'accord ?

– D'accord, a répondu Griff en desserrant à regret ses doigts pour serrer la main de son prof principal.

– À plus tard, frérot, ai-je dit. Sois sage.

Puis, sans chercher à connaître la suite, j'ai tourné les talons et je suis parti dans le couloir. Comme si j'allais quelque part. À chaque pas qui m'éloignait de Griff, j'avais l'impression de le trahir. Pourtant, j'entendais les mots de Dee résonner dans ma tête. Ils me hantaient : « … que tu te fasses des amis, que tu joues au foot dans la cour, que tu passes des petits mots en classe et que tu te moques gentiment de ton professeur. Sans que je le sache, bien sûr… Il faut que tu aies ta vie à toi. »

Elle avait raison. J'ai poursuivi mon chemin.

Sauf que je ne savais pas où aller.

J'ai tourné à gauche dans un couloir et j'ai atteint un croisement. Sur le mur, il y avait ce panneau :

Mathemateg ↑
Maths

Saesneg →
Anglais

Gwyddoniaeth →
Sciences

Allanfa ←
Sortie

J'ai hésité et, un instant, j'ai vraiment songé à aller faire un peu de maths, d'anglais, de sciences ou allez savoir quoi d'autre avec les élèves de mon âge. J'aurais peut-être pu casser quelques tubes à essai, voire un réfrigérant de Liebig. Mais j'ai chassé cette idée stupide et j'ai rapidement tourné à gauche pour quitter le bâtiment. Et avant que je m'en rende compte, je flottais bien au-dessus des collines qui entourent Aberystwyth. J'étais de retour dans un lieu si proche si loin.

En
classe
de
sixième
à
Barcelone.

L'un des meilleurs jours de ma vie. Sauf qu'à onze ans, je ne le savais pas encore.

C'était la première heure de cours de la journée. Mme Lopez, la professeure principale, trempait des biscuits dans son chocolat chaud en faisant l'appel. À côté de moi, Ibrahim et Emilio se passaient des petits mots en douce sous leur table. Quand Mme Lopez est arrivée à Rosa Zambrano, elle terminait son dernier gâteau. La fumée du chocolat chaud faisait de la buée sur ses lunettes.

Rosa Zambrano a répondu :

– *Si, señora.*

Mme Lopez a acquiescé, puis elle a essuyé ses lunettes avec un petit chiffon et s'est levée.

– Excusez-moi un instant, elle a dit.

Elle s'est dirigée vers la porte, elle l'a ouverte et a parlé à des gens qui attendaient dehors.

Ibrahim s'est penché vers moi pour me souffler :

– Dyl, je viens juste d'apprendre « bite » en anglais à Emilio.

Je n'ai pas su quoi répondre. Heureusement pour moi, la porte de la classe s'est rouverte, ce qui a créé une diversion. Mme Lopez était accompagnée de quelqu'un. Une fille. Et là, ma mâchoire a failli se décrocher.

– Matilda, j'ai murmuré.

Elle avait maintenant les cheveux aux épaules et elle avait grandi, mais pas de doute, c'était *elle*.

Mme Lopez a déclaré :

– Puis-je avoir votre attention un instant, s'il vous plaît ? Aujourd'hui, nous accueillons Matilda Sommer, une nouvelle élève. Elle est originaire d'Allemagne, et elle nous fait le plaisir d'intégrer cette classe. À qui puis-je faire confiance pour l'accompagner en ce premier jour ?

Mme Lopez a balayé la classe du regard comme si elle suivait un match de tennis. Pour, finalement, arrêter son regard sur moi. J'étais assis aussi droit que possible, les bras croisés, l'air exemplaire. Je devais avoir un air de chien battu.

– Dylan, a dit Mme Lopez, puis-je te confier cette grande responsabilité ?

J'ai décroisé les bras et j'ai fait un sourire si grand que je suis étonné que mon visage ait pu le contenir.

– Oui, bien sûr, j'ai dit en me tournant vers Matilda pour lui faire un signe de la main.

Elle arborait sur le visage un sourire identique au mien. Elle m'a rendu mon signe de main.

Mme Lopez a hoché la tête en souriant à son tour. Puis elle a fait un clin d'œil à Matilda.

– Je vois que tu t'es déjà fait un ami.

Ce soir-là, pendant les frites à la sauce au curry, Dee a demandé :

– Alors, comment ça s'est passé ?

– Ça a été.

Je me suis contenté de hocher la tête et j'ai pensé aux cours de maths, anglais et sciences auxquels je n'avais pas assisté.

Dee a insisté :

– Les professeurs sont gentils ?

– Oui, a répondu Griff.

Moi, j'ai juste haussé les épaules.

Dee a poursuivi :

– Déjà des amis ?

Cette fois, Griff et moi, on a haussé les épaules en même temps.

Owen a plongé une frite dans une coupelle de sauce couleur caca d'oie. Puis il a dit :

– Arrête, Dee. C'était le premier jour. Ce genre de choses prend du temps. Le jour de la rentrée, il faut juste rester en retrait et éviter de se mêler aux connards.

Griff et moi, on n'en revenait pas qu'il sache ça, mais Dee lui a décoché un regard furieux.

– Pas de « connard » à la table du dîner, elle a protesté. Owen, un peu de tenue, s'il te plaît.

Puis elle a trempé une dernière frite dans la sauce, l'a avalée, et s'est massé le ventre.

– Je n'en peux plus, elle a déclaré. Quelqu'un a envie de finir ma part ?

Pas moi. Alors Griff et Owen se sont partagé ses frites. Et moi, je suis resté au milieu de cette scène ordinaire à regarder ces gens ordinaires faire des choses ordinaires. J'aurais presque pu croire que je me fondais dans le tableau.

19

Matilda et moi étions
assis
sur
un
banc
dans la cour. Il y avait du soleil, mais il ne faisait pas encore très chaud, c'était juste le mois d'avril. Je portais un sweat-shirt sur mon polo d'écolier et pourtant, j'avais froid, alors que Matilda était en manches courtes. Ses bras à elle étaient lisses, sans la moindre trace de chair de poule.

Je lui ai demandé :

– Comment tu fais pour ne pas avoir froid ?

Matilda a secoué la tête en souriant et elle m'a répondu :

– Il fait tellement chaud ici, par rapport à Munich.

J'ai hoché la tête et j'ai répondu :

– Mouais.

Puis j'ai essayé de me souvenir de Munich, mais je n'ai vu que le bac à sable du jardin d'enfants et le parc d'attractions.

Matilda m'a donné un coup de coude.

– Pourquoi tu souris ?

– Comme ça, j'ai répondu.

Et, en croisant les doigts, je lui ai posé la seule question qui comptait pour moi :

– Alors, tu es là pour combien de temps, cette fois ?

– Trois mois. Comme à Shanghai. Mon père travaille toujours pour la banque qui l'envoie en détachement.

J'ai hoché la tête, même si je n'avais aucune idée de ce qu'était un détachement. Tout ce que j'ai retenu, c'est *trois mois*. Et d'une certaine manière, ça me paraissait très long. Mais d'un autre côté, ça me paraissait si court. Alors j'ai décroisé mes doigts.

– On peut de nouveau être amis, si tu veux, a dit Matilda.

– Si tu veux, j'ai répondu en essayant de cacher mon sourire béat.

– D'accord, elle a répondu avec son tintement de triangle en guise de rire.

Là, un ballon de foot s'est immobilisé à mes pieds. Matilda et moi, on a relevé la tête. Ibrahim et Emilio se tenaient à quelques mètres et nous observaient. La boule au ventre, j'ai attrapé le ballon et je le leur ai lancé.

Ibrahim m'a crié :

– Tu viens jouer ?

J'ai regardé Matilda. Ensuite mes amis.

– Je dois rester avec Matilda, j'ai dit.

Ibrahim a lancé :

– Quoi ?

Puis, en faisant rebondir le ballon, il s'est approché.

– Je dois rester avec Matilda, j'ai répété.

La deuxième fois, ç'a été encore plus dur à dire que la première. J'avais l'impression de mentir doublement. Du coin de l'œil, j'ai vu Matilda froncer les sourcils.

– Tu n'es pas *obligé* de rester avec moi, elle a protesté.

Comme je ne savais pas quoi dire, j'ai gardé le silence. Ibrahim a dit :

– Ça, c'était hier. Tu n'es pas obligé de rester avec elle tout le temps. Allez, viens jouer au foot.

Emilio a dit :

– Attends, peut-être qu'il veut rester avec sa petite amie.

– Ce n'est pas ma petite amie, j'ai protesté. Je la connais depuis très longtemps, c'est tout.

Matilda s'est levée.

– Qu'est-ce que tu fais ? j'ai demandé. Je suis supposé m'occuper de toi.

– Va jouer au foot. Je ne veux pas être un poids pour toi, elle a répondu.

– Mais tu n'es pas un poids !

Matilda s'éloignait déjà. Un instant, j'ai songé à courir après elle, mais avant que mes pieds aient reçu le message, un groupe de filles l'accueillait déjà dans ce monde secret qui leur est réservé.

Ibrahim m'a lancé :

– Bon, maintenant qu'elle est partie, on va jouer.

Emilio a dit :

– Tu peux nous remercier de t'avoir secouru.

Un œil encore sur Matilda et l'autre sur le ballon, je me suis levé. Ibrahim et Emilio se sont écartés, ils ont commencé à se faire des passes et je me suis joint à eux avec mauvaise volonté.

Quand, enfin, j'ai réussi à m'emparer du ballon, je me suis retenu de le leur envoyer à la figure.

Septembre s'est transformé en octobre. Un soir, par-dessus des pâtes à la bolognaise, Dee a demandé :

– Alors, comment ça s'est passé au collège, aujourd'hui ?

– Bien, a répondu Griff.

J'ai soupiré en secouant la tête. Ce n'était pas vrai. Griff avait aussi peu d'amis au collège que moi.

Dee a dit :

– Raconte-moi tes amis.

– Ils sont sympas, a répondu Griff.

J'ai secoué de nouveau la tête en lâchant :

– Menteur.

Dee a posé sa fourchette et elle a déclaré :

– J'ai discuté avec Mavis qui travaille avec moi chez *Bonne Occase*. Elle m'a raconté que son petit-fils est inscrit aux scouts. Il adore ça. Ils partent camper, ils font du sport, plein de choses dans ce genre. Cela pourrait être une activité, non ? Ça a lieu le jeudi. Cela pourrait te plaire.

– Non, merci, a répondu Griff.

Owen s'est resservi de pâtes.

– Laisse tomber, Dee, il a conseillé.

Griff a repoussé son assiette en déclarant :

– Je peux sortir de table ? Je n'ai pas faim.

Dee a eu l'air déçue.

– S'il te plaît, mon chéri, elle a dit, termine ton dîner. Je regrette de t'avoir parlé de ça.

Mais Griff s'était déjà levé. Un instant, j'ai songé à lui courir après. Comment l'aider ? Mon frère semblait de plus en plus dériver vers un endroit solitaire et secret. La seule personne à laquelle il parlait vraiment n'était pas une personne, mais Barry le chat. Alors je me suis contenté de regarder Dee et Owen boire leur thé en silence. Et il m'a fallu rassembler toutes mes forces pour ne pas rendre l'atmosphère encore plus triste.

20

Octobre s'est transformé en novembre et novembre en décembre. Noël est arrivé, puis passé. Dee et Owen ont offert un VTT à mon frère.

– Ça, ça rattrape tous les bons d'achat pour des livres, j'ai dit.

Mais le cadeau l'a à peine fait sourire, et il n'a pas quitté le garage.

– Laissons-lui du temps, a dit Owen. Ça ne guérit pas, mais en général, ça aide.

Alors on a laissé du temps à Griff et on a croisé les doigts, parce qu'il n'y avait pas grand-chose d'autre à faire.

À cette époque, j'ai commencé à assister aux cours de Griff. Pas toujours. De temps en temps. Une heure de vie de classe par-ci, un cours d'anglais par-là. Ça n'avait l'air de déranger personne, du coup je faisais comme bon me semblait.

Un matin, alors que je squattais le cours de vie de classe, Jamie, le prof principal, a apporté une chaise supplémentaire à notre table et s'y est installé. Puis, en passant une main dans ses cheveux roux, il a dit :

– Je peux te parler ?

Je me suis montré du doigt d'un air surpris et j'ai demandé :

– Moi ?

Pile en même temps, Griff a demandé :

– C'est à cause du gallois ? (Il y a eu un instant de confusion. Puis Griff a ajouté :) Parce que si c'est à ce sujet, je ne fais pas mes devoirs car je n'y arrive pas, je n'y comprends rien.

Mon frère venait de reprendre son petit côté insolent. Jamie s'est adossé à sa chaise, l'air aussi inquiet et surpris que moi.

– Non, il a dit en secouant la tête. Ce n'est pas au sujet du gallois. Mais si tu as des difficultés en gallois, tu dois en parler à ton professeur. En fait, je voulais savoir ce que tu fais le mercredi après-midi.

Je me suis détendu. Ce n'était donc pas moi le problème. Ouf !

Griff a roulé des yeux en soupirant. Au bout d'un instant qui a duré si longtemps que ça confinait à l'impolitesse, il a répondu :

– Du rugby.

Jamie a hoché la tête.

– Et ça te plaît ?

– Non, a répondu Griff.

Jamie a de nouveau hoché la tête.

– Dans ce cas, tu pourrais peut-être arrêter le rugby et t'inscrire à l'ARA.

Griff a froncé les sourcils. Moi aussi. Il a répété :

– L'ARA ?

– C'est un programme que j'ai monté et dont je suis assez fier. Ça veut dire « Accueil et Rencontres Amicales » – ARA. Ça existe depuis quelques années maintenant, et ça marche très bien. On a même reçu un prix, l'an dernier.

Griff a de nouveau roulé des yeux. Il avait l'air si peu intéressé que j'ai commencé à me sentir mal pour Jamie.

– Arrête, Griff, j'ai soufflé. Tu exagères vraiment, là.

J'ai voulu lui filer un coup de pied, mais je n'ai pas réussi à entrer en connexion avec lui.

Griff a répondu :

– Je n'ai pas envie de faire des rencontres amicales.

Jamie a fait un petit sourire et il a ajouté :

– C'est *précisément* pour cette raison que tu devrais venir.

Griff a froncé les sourcils et a levé les yeux vers moi.

– Ça sert à rien de me regarder, j'ai dit. Il a raison. (Puis j'ai grogné et lâché un petit rire triste.) De toute façon, tu n'en fais qu'à ta tête.

Griff s'est tourné vers Jamie, qui s'est mis à lui expliquer :

– C'est un programme basé sur le bénévolat. Voilà l'idée : tu vas rendre visite à une personne qui a des difficultés à se déplacer, mais qui serait ravie de te rencontrer.

J'ai observé mon frère. Il avait le visage tellement froncé qu'il en était presque totalement ratatiné. Il y a eu un silence, puis il a demandé :

– Et pourquoi j'aurais envie de faire ça ?

– Pour avoir un sentiment d'accomplissement, a répondu Jamie. Pour sentir que tu comptes pour quelqu'un dans cette communauté. Qu'on a besoin de toi ici. Que tu es important pour quelqu'un.

Griff l'a regardé sans rien dire. Mais il faisait juste son caïd. On savait tous les deux combien la solitude, c'était dur.

Jamie s'est penché vers Griff pour lui souffler :

– Et même si ça ne te convient pas, au moins, ça t'aura permis d'arrêter le rugby.

Il y a enfin eu une étincelle dans les yeux de mon frère.

– Je vais y réfléchir, il a répondu.

Jamie s'est levé et il a dit :

– On a une réunion aujourd'hui à la pause-déjeuner. Ça pourrait être pour toi l'occasion de rencontrer les élèves qui participent au projet. Tu veux te joindre à nous ?

– Allez, Griff, j'ai dit. Tu peux au moins aller à la réunion.

– Je vais y réfléchir, a répété Griff.

Il est allé à la réunion.

Il n'avait pas le choix. Je l'ai obligé.

Quand la cloche a sonné à l'heure du déjeuner, Griff avait déjà rangé ses affaires dans son sac et il filait vers la sortie. Je me suis senti totalement désespéré. Parce que je savais ce qu'il allait faire. Descendre la colline pour se rendre sur la promenade. Là-bas, il échangerait l'argent de son déjeuner contre des jetons, qu'il introduirait dans ces machines débiles qui poussent des pièces jusqu'au bord, et où on espère toujours qu'elles tombent. Et il glisserait ses jetons dans la fente jusqu'à ce que le gérant de la salle de jeu le chasse. Puis il irait s'asseoir sous le kiosque à musique jusqu'à ce que ce soit l'heure de rentrer chez Dee et Owen. Et là, Dee lui demanderait si sa journée s'était bien passée, et il répondrait un mensonge : oui.

Je le savais, parce que ça faisait des semaines que ça durait. Ne croyez pas que je l'espionnais. Je veillais sur lui, c'est tout.

Mais, cette fois, j'ai décidé que ça suffisait. Alors, quand mon frère a tourné le dos à la cafétéria, comme d'habitude, j'ai couru, j'ai atteint la porte le premier et je la lui ai claquée à la figure. Puis j'ai tracé avec les doigts sur le verre avec les gouttes de pluie un seul mot :

AЯA

Griff me regardait à travers la fenêtre maculée de gouttes de pluie. Il était livide.

– Oh, ça va ! Je suis désolé si je t'ai fait peur ! j'ai crié à travers le verre. Je ne voulais pas écrire en verlan ! (Puis j'ai haussé tristement les épaules et j'ai ajouté :) Mais c'est si difficile de te parler, Griff. Personne ne sait par où s'y prendre.

Je ne sais pas s'il m'avait entendu. Pourtant, il a dû se passer quelque chose en lui. Parce qu'il a tourné les talons et il est reparti en sens inverse. J'ai rouvert la porte, je l'ai rattrapé, on a rejoint ensemble la salle de Jamie.

Griff a hésité devant la porte en regardant par la vitre. Moi aussi. À l'intérieur, Jamie parlait à un groupe d'élèves. Une dizaine. Quelques-uns avaient l'âge de Griff, mais la plupart semblaient un peu plus âgés, plutôt comme moi.

– Ils ont l'air OK, j'ai dit.

Griff a gardé le silence un instant. Puis, tout bas, il a dit :

– C'est qui, celle-là ?

J'ai suivi son regard et j'ai vu une fille assise au fond. Elle était plutôt jolie. Elle avait de longs cheveux bruns attachés en une queue-de-cheval lâche. Plus ou moins de mon âge. Ou de celui de Griff. J'étais presque sûr de ne jamais l'avoir vue. Et pourtant, je la reconnaissais. C'était bizarre, non ?

Griff a de nouveau murmuré :

– Mais qui c'est, cette fille ?

À cet instant, il y a eu un coup de tonnerre, et la pluie s'est mise à tomber encore plus dru. Elle tambourinait sur les verrières du couloir. Un vague souvenir a commencé à se former dans mon esprit. Mais avant qu'il devienne plus précis, la porte de la classe s'est ouverte, ce qui nous a fait sursauter, Griff et moi.

– Ravi que tu sois là, a dit Jamie à Griff avec un grand sourire. La réunion est presque terminée, mais il vaut mieux tard que jamais. J'espérais vraiment que tu viennes. Entre.

On l'a suivi. Griff est resté planté là d'un air gêné. Moi aussi, pour tout dire.

– Ne reste pas debout, a dit Jamie. On était en train de constituer des binômes. Un nouveau avec un bénévole qui a plus d'expérience. Ça fonctionne mieux comme ça.

Griff a hoché nerveusement la tête, et j'ai commencé à me sentir mal. J'avais entraîné mon frère dans ce traquenard, avec mon mot écrit en verlan et tout ça.

– Je suis désolé, j'ai chuchoté.

Mais Griff ne m'écoutait pas. Il ne quittait pas Jamie des yeux. Quand je me suis à mon tour concentré sur Jamie, il disait :

– Griff, tu iras avec Harry. Un vieux monsieur du nom de Powell Roberts a demandé à intégrer notre programme. Powell réside à la maison de retraite où Harry rend déjà visite à quelqu'un. Alors vous pourrez y aller ensemble mercredi prochain. Vas-y une fois et on en discute, d'accord ?

Griff a hoché la tête d'un air mal assuré. Jamie a lancé :

– Harry, ça te va ?

Quelque part derrière nous, l'élève qui s'appelait Harry a dû acquiescer. Jamie a tapé dans ses mains.

– Bon, tout est réglé. Je vous transmettrai des enveloppes avec des badges à votre nom et toutes les informations nécessaires. N'oubliez pas d'accrocher votre badge et de toujours vous présenter au référent à votre arrivée. N'entrez pas sans prévenir de votre présence. Le système de badges, c'est une sécurité pour tout le monde. (Les élèves ont attrapé leur sac. Jamie a conclu :) Et surtout, n'oubliez pas qu'il n'y a pas de façon plus utile de passer votre mercredi après-midi. Vous êtes des gens bien. *Diolch yn fawr.*

J'ai vu Griff rougir, et j'ai su qu'il se sentait coupable, parce qu'il avait une autre raison d'être là.

– Ce n'est pas parce que ça te permet de sécher le rugby que tu n'es pas quelqu'un de bien, je lui ai glissé.

Mais Griff ne m'écoutait pas. Il s'est levé pour partir.

– Griff, une seconde, a dit Jamie. Viens d'abord faire la connaissance de Harry.

Quelque part dans notre dos, Jamie a fait signe à Harry.

Griff s'est retourné pour voir qui était Harry. Moi aussi.

Sauf que ce n'était pas un garçon, mais une fille. La fille qu'on avait repérée un peu plus tôt, celle qui nous rappelait quelque chose.

Elle a fait un signe de main avec un sourire. Puis elle a dit :

– Je comprends. L'horreur ! En fait, Harry est une fille ! Mais ça s'écrit Hari, avec juste un « r » et un « i » à la place du « y ». Et ce n'est pas le diminutif de Harriet, mais d'Angahrad.

Hari était tout sauf timide. Griff lui a fait un drôle de sourire. Puis il a dit :

– Moi, c'est Griff. (Il s'est tu un instant avant d'ajouter :) Aussi avec un seul « r » et un « i ».

– Bien joué, Griff, elle a dit, et moi, j'ai donné une tape dans le dos de mon frère.

Il s'est illuminé.

– Je sais où je t'ai déjà vue ! il s'est tout à coup exclamé. C'est il y a longtemps. Tu faisais la danse en ligne sur la promenade l'été dernier.

– Bravo, Griff, j'ai dit. Je ne te savais pas si malin avec les filles !

Il a levé les yeux au ciel. Hari a protesté :

– Oh non, ce n'était pas moi ! C'était Enid, ma

vieille dame ! Moi, je la poussais, c'est tout. On est vraiment obligés de parler de ça ?

Mon frère est devenu écarlate. Cette fois, il ne savait plus quoi dire.

– Dans ce cas, garde le silence, je lui ai conseillé. Tu n'es pas obligé de parler pour ne rien dire.

Mais Griff a ignoré mon avertissement. Il a lancé :

– J'ai un chat qui s'appelle Barry. Presque comme ton nom, hein ? Sauf que Barry, ça a deux « r » et un « y. » (Là, il est devenu encore plus rouge. Il s'est éclairci la voix avant de marmonner :) Et ça commence par « b » et... de toute façon, c'est pas vraiment son nom.

J'ai mis ma main sur ma bouche pour m'empêcher de gémir.

Mais Hari a éclaté de rire.

– C'est cool, elle a dit en attrapant son sac. Je meurs de faim. Je vais me chercher un sandwich avant que la cafèt ferme. Tu viens ?

Griff semblait muet. Puis il a trouvé la réponse appropriée :

– Ouais.

À son tour, il a attrapé son propre sac et il a emboîté le pas à Hari sans me regarder.

Stupéfait, je les ai regardés disparaître ensemble. Puis je me suis retourné et j'ai vu que Jamie les observait, lui aussi. Il faisait un petit sourire, le genre de sourire qu'Einstein avait peut-être eu le jour où il avait découvert la théorie de la relativité, ou bien John Lennon quand il avait trouvé l'air d'*Imagine*, ou Dylan Thomas quand il écrivait. Et là, je me suis dit que Jamie était tout autant un génie que ces types-là. Il avait réussi à faire *parler* mon frère. Je lui ai fait comme un check. Puis j'ai donné un coup de poing dans l'air et, à mon tour, j'ai disparu par la porte.

Ce soir-là, devant un plat de poisson pané accompagné de frites et de petits pois, Dee a demandé :

– Alors, comment ça s'est passé au collège, aujourd'hui ?

– Bien, a répondu Griff.

Owen a lancé un regard d'avertissement à Dee. Elle a tout de même insisté :

– Avec qui tu as parlé, aujourd'hui ?

Griff a hésité, la fourchette à hauteur de sa bouche. Puis il a répondu :

– J'ai discuté avec une fille qui s'appelle Hari.

Il a souri et il a continué son repas.

21

Le mercredi est arrivé si vite qu'on aurait dit qu'il était poussé par le vent des montagnes. En revanche, la matinée paraissait interminable. Je suis allé chercher Griff. Je n'ai pas mis longtemps à le trouver. Il était à la cafétéria en train de dévorer un sandwich jambon-salade. Il a essuyé les miettes sur sa veste et il a filé rejoindre Hari.

Elle l'attendait dans la cour. Elle portait une parka verte et un bonnet jaune, si bien qu'on ne risquait pas de la rater. On aurait dit un oiseau chinois du jardin Yuyuan. À notre arrivée, elle a fait un signe de la main. Puis elle a lancé :

– Salut, Gryffondor ! Tu as pensé à prendre l'enveloppe de Jay-Z ?

Griff a eu l'air perdu.

– Je m'appelle pas Gryffondor, juste Griff. Et qu'est-ce que Jay-Z vient faire là-dedans ?

– Elle parlait de Jamie, j'ai dit.

– Je parlais de Jamie, elle a dit.

– Ah ! s'est exclamé Griff en sortant l'enveloppe de sa poche pour l'agiter sous les yeux de Hari.

– Cool, a fait Hari. Et tu as ton badge, aussi ?

– Ouais.

Hari a mis son sac sur une épaule, puis elle a croisé les bras et elle a dit :

– Super. Tu as aussi des tonnes de sourires, ta meilleure paire d'oreilles et tes manières les plus parfaites ?

Elle aurait pu ajouter le sens de l'humour, ce dont Griff était totalement dépourvu depuis des mois. Il a froncé les sourcils en demandant :

– Tu te prends pour ma mère ou quoi ?

Aussitôt, il a eu l'air triste et tout misérable, et il a baissé la tête.

J'ai levé les yeux au ciel. Ça commençait mal.

Hari a tendu un bras devant elle, puis repoussé son bonnet dans un signe de protestation :

– Désolée ! elle s'est exclamée. Je disais juste ça parce que c'est ta première fois, que tu es en quatrième, moi en troisième, mais promis, j'arrête. T'es vraiment un *puddin'-pants*, toi !

Puis elle a tourné les talons et s'est dirigée vers la grille.

Griff ne bougeait plus. Il regardait fixement son dos. Puis il a répété :

– *Puddy-pants*, c'est pas ça que disait maman ?

– Non, là, je crois qu'elle a dit *pudding-pants*, j'ai précisé. Ça veut dire que tu es susceptible. Et elle a raison. (J'ai effleuré son bras.) Allez, arrête de bouder, frérot. Rejoins-la.

Il est resté immobile quelques secondes. Puis il a rangé son enveloppe dans sa poche et il s'est lancé à sa poursuite.

J'ai attendu quelques secondes à mon tour, puis je lui ai emboîté le pas. Je n'aurais sans doute pas dû, mais ce n'était pas comme si j'avais vraiment autre chose à faire.

Hari était déjà sortie du collège. Elle marchait vite en balançant les bras, ce qui lui donnait une drôle de démarche. Elle aurait été parfaite à Bed-Stuy, où on voyait les choses les plus loufoques. Mais dans une rue paisible d'Aberystwyth, ça faisait bizarre. Pourtant, cette fille me plaisait bien. Ça changeait du pas traînant de mon frère.

Et du mien.

Hari a tourné la tête vers lui.

– Ça va ? elle a demandé.

– Ouais, a répondu Griff. Je suis désolé. Comment tu m'as appelé, déjà ?

– Gryffondor. Comme dans *Harry Potter*. Ne me dis pas qu'il n'y a pas *Harry Potter* aux États-Unis ! Parce que tu es américain, non ? Tu as l'accent, en tout cas.

– Non, c'est pas vrai, il est pas américain, j'ai dit dans un souffle.

– Techniquement, je suis anglais, a répondu Griff. Techniquement, je suis même gallois. Mais j'habitais New York jusqu'à l'été dernier. Et avant, à d'autres endroits.

– Un vrai globe-trotter, a dit Hari. Tu fais partie de la jet-set, ou quoi ?

Elle agitait toujours les bras en marchant. Griff aussi, du coup. Ça devait être à cause de la raideur de la pente. Ce n'est pas facile de descendre une colline sans se laisser entraîner par son propre poids.

– Bien sûr qu'il y a *Harry Potter* aux États-Unis. Mais cet autre truc que tu as dit, *puddy-pants* ? C'est quoi ?

Hari a éclaté de rire.

– Je suis désolée. C'est un truc gallois. Ça me vient de Nan.

Griff et moi, on l'a regardée sans comprendre. Griff a dit :

– De quoi ?

Hari a agité la tête.

– Pas de doute, t'es vraiment pas d'ici, toi. Nan, ma grand-mère.

Griff s'est mordu la lèvre.

– Je ne me ferai jamais à cet endroit.

– Mais si, j'ai dit.

– Mais si, le jet-setter, a dit Hari. Donne-toi juste un peu de temps.

J'ai souri. C'est ce qu'on lui répétait depuis le début. Angel, Blessing, Dee et surtout Owen. Et maintenant, cette fille avec cette démarche étrange. Pour une fois, Griff avait l'air d'écouter.

Il a répondu :

– C'est bizarre de t'entendre dire *puddy-pants*, parce que c'était une expression de ma mère.

J'ai tourné la tête vers lui. Il était un peu blanc, mais sinon, ça avait l'air d'aller. Pendant quelques secondes, on est tous restés silencieux, on a continué à dévaler la colline à une allure périlleuse. Hari agitait toujours les bras de façon désordonnée, mais j'ai remarqué qu'elle avait moins d'allant. Au bout d'une minute, elle a jeté un petit coup d'œil à mon frère et elle a glissé :

– Et elle t'appelait « mon chou », aussi ?

Griff a fait signe que non. Hari a fait un petit sourire.

– Eh bien, elle aurait dû, parce que c'est très gallois, ça aussi. Et tu es vraiment chou quand tu n'es pas *puddin'-pants*.

Puis elle s'est mise à agiter les bras encore plus fort et elle est repartie de plus belle sur le trottoir.

– Elle t'aime bien, j'ai dit à Griff.

Il s'est contenté de se mordre la lèvre en souriant.

Et là, sans même le vouloir, je me suis rendu compte que je dérivais loin de lui. Cette fois, Matilda et moi, on était allongés l'un à côté de l'autre

dans
un
hamac
qui
se
balançait
sous
le
ciel
bleu
de

Barcelone. Le hamac se trouvait sur la terrasse de l'appartement des parents de Matilda. C'était un endroit avec une terrasse bien plus chic que tout ce que j'avais jamais connu. Ils avaient même une piscine. Je n'avais jamais vu d'appartement avec piscine. Mais il faut dire qu'aucun de mes parents n'était banquier. Ils n'avaient pas le niveau de vie de Sven le braqueur de banques.

– C'est trop cool, j'ai dit. Tu dois avoir le plus bel appartement de Barcelone. Je parie que même la maison de Messi n'est pas aussi belle.

– N'importe quoi, a rétorqué Matilda. Il a sans doute un hamac bien plus grand et un toboggan dans sa *Schwimmbad*. (Et là, elle m'a donné un coup de coude dans les côtes.) Mais on retourne bientôt à Munich, alors t'as intérêt à en profiter.

J'ai arrêté de balancer le hamac.

– Regarde ce ciel bleu, j'ai dit. Tu as *vraiment* envie de rentrer à Munich ?

J'aurais aimé qu'elle réponde non. Matilda a mis un bras derrière sa tête et, au passage, m'a donné un coup de coude à l'oreille.

– Oui, elle a répondu.

Je me suis redressé d'un coup. Ce qui a dangereusement fait tanguer le hamac.

– Attention ! elle a crié. Tu vas nous faire tomber.

J'ai écarté les pieds pour stabiliser le hamac. Puis j'ai dit :

– Sérieusement ? Tu as *vraiment* envie de rentrer ?

Matilda a cligné des yeux.

– Oui. Oma et Opa me manquent. (J'ai eu l'air perdu.) Ma grand-mère et mon grand-père, elle a expliqué.

– Ah.

J'ai hoché la tête avec un haussement d'épaules. Mes grands-parents ne m'avaient jamais manqué. De toute façon, je n'en avais pas vraiment.

Matilda a posé sa tête sur son bras et m'a regardé. Elle clignait les yeux de cet air effronté que je lui connaissais bien.

« Oh, non ! Qu'est-ce qu'elle va dire, maintenant ? » j'ai pensé.

– Au moins, quand je serai partie, tu n'auras plus besoin de faire semblant de me détester au collège.

J'ai bondi sur mes pieds. Le hamac a fait une embardée mais je l'ai rattrapé pour que Matilda ne tombe pas. Quand elle a arrêté de crier de peur, j'ai répliqué :

– Je n'ai jamais fait semblant de te détester !

– Si, a rétorqué Matilda. Tout le temps ! Tu me parles à peine. Et si Emilio et Ibrahim sont dans les parages, c'est comme si je n'existais plus. Comme par hasard. Maman trouve ça mignon, elle.

J'étais paralysé. Dans ma tenue de foot de l'équipe de Barcelone, je l'ai dévisagée. J'étais sous le choc.

– Tu as parlé de ça à ta *mère* ?

Matilda a gloussé en se mettant la main devant la bouche.

– Oui. Et tu veux savoir ce qu'elle a dit ?

– Non ! j'ai crié en cherchant dans ma poche mon téléphone portable minable. (Qui n'avait pas d'accès Internet, et avec lequel je pouvais juste envoyer des SMS. Je voulais demander à ma propre mère de venir immédiatement me chercher.)

Matilda a continué malgré tout :

– Maman pense que tu fais semblant de me détester au collège pour que tes amis ne devinent pas que tu es amoureux de moi.

J'ai mis mes mains sur ma tête d'un air horrifié.

– Ta mère se trompe ! Ta mère est cinglée !

Derrière moi, j'ai entendu quelqu'un tousser.

– Bonjour, Dylan.

Mon sang n'a fait qu'un tour.

Silke, la mère de Matilda, était devant moi avec un plateau sur lequel étaient posés deux verres de Coca. Elle a dit :

– Oh, mon chéri. C'est une situation un peu gênante, non ?

– Je… je ne voulais pas…

Je l'ai regardée d'un air désespéré. Parfois, quand on ne sait pas quoi dire, il vaut mieux juste se taire.

– Tant mieux, a dit Silke. Parce que sinon, je serais obligée de te pousser dans la piscine.

Matilda a gloussé. Le regard de Silke allait d'elle à moi.

– Matilda t'embête ? Elle peut être très chipie, parfois. Dans ce cas, il faut l'ignorer.

Matilda a eu l'air furieuse. Je n'ai pas pu retenir un petit sourire triomphant. Silke a posé le plateau sur la table de jardin. Puis elle a dit :

– Je suis donc pardonnée pour m'être trompée ? Je ne suis pas trop cinglée ? On est toujours amis ?

– Oui, j'ai dit avec un grand sourire.

– Parfait, a dit Silke. Et ne prête pas attention à ce que te raconte Matilda, Dylan. Continue à être ce que tu es. Tout simplement.

Elle m'a souri, a fait mine de frapper Matilda pour rire, et elle a disparu.

Je ne savais pas ce que Silke avait exactement entendu de notre conversation. Peut-être tout.

Matilda a quitté le hamac, elle est allée prendre un verre de Coca et elle s'est assise au bord de la piscine, les pieds dans l'eau. Elle a demandé :

– Alors, tu es amoureux de moi *ou pas* ?

Je l'ai observée un instant, exaspéré. Puis j'ai cédé, et j'ai répondu :

– Un petit peu. Mais pas beaucoup.

Et là, j'ai fait ce que je rêvais de faire, je l'ai poussée dans la piscine.

À Aberystwyth, au pied de la colline, on a tourné à gauche, puis à droite, puis on a pris de nouveau à gauche et on a traversé un parc jusqu'à un bloc de bâtiments.

– On y est, a annoncé Hari.

Griff et moi, on a regardé tout autour de nous.

– Ça ne ressemble pas vraiment à une maison de retraite, a dit Griff.

– C'en est pas vraiment une, a expliqué Hari. Ce sont juste des appartements reliés à un service d'urgence. Les personnes qui habitent là sont encore capables de vivre seules. Elles ont juste besoin d'être aidées en cas de problème. Bon, on va signaler notre arrivée à Hev.

Hev? Ou bien avait-elle dit *Heth*?

Griff a demandé :

– Comment tu as dit?

Hari a levé les yeux au ciel.

– Hedd. Ça signifie «paix». Mais ça se prononce Hevth.

Elle a mis la langue contre ses dents et elle a fait cet étrange son qui était à la fois un «v» et un «th», mais pas exactement non plus.

– C'est du gallois, elle a précisé, au cas où on en aurait douté.

Elle a sonné. L'interphone a grésillé, et une voix féminine a dit quelque chose d'incompréhensible. Puis elle a ajouté en anglais :

– Qui c'est?

– Hari Parry, a annoncé Hari.

– Mais c'est un nom génial! je me suis exclamé.

Griff a de nouveau souri.

– Griff Taylor, le nouveau, est avec moi, a ajouté Hari dans l'interphone.

– Venez, mes chéris, je vous ouvre.

Il y a eu un bourdonnement, et Hari a poussé la porte.

Hedd nous attendait devant chez elle, juste après l'entrée du rez-de-chaussée. C'était une version blonde de Dee : petite, cheveux courts, la cinquantaine, souriante.

– Bienvenue, mes chéris. Bienvenue, Griff. C'est tellement gentil à toi de te porter volontaire. Désolée, c'est une formalité, mais je suis obligée de vérifier ton identité. Juste pour aujourd'hui.

– Bien sûr, a dit Griff en ouvrant son manteau pour exhiber son badge.

– Je suis son frère, j'ai ajouté. Je serai discret.

– Parfait, a répondu Hedd en déchiffrant le badge de Griff. C'est parfait. Hari va te montrer où habite Powell, qui est en fait le voisin d'Enid. Je les ai prévenus, leur porte est ouverte. Tu veux que je t'accompagne pour la première fois, Griff ?

– Non, ça va aller, il a répondu.

– Dans ce cas, montez, a proposé Hedd. Si vous avez besoin de quoi que ce soit, il vous suffit de tirer sur l'un des cordons rouges. Il y en a un dans la cuisine et un dans les toilettes. Powell a aussi un bip autour du cou, mais ça, il vaut mieux le laisser s'en occuper. D'accord ?

– D'accord, madame, a dit Griff, et il est aussitôt devenu tout rouge.

Hari et moi, on s'est tournés vers lui.

– Tu n'es plus à New York, tu sais, j'ai dit.

Et Hari a répété :

– *Madame* ?

– Tu es adorable, a dit Hedd. Mais je t'en prie, appelle-moi Hedd.

Ce bon sang de nom imprononçable.

– D'accord, madame, il a dit en devenant plus rouge que jamais.

Quand elle est rentrée chez elle, pendant qu'on montait les marches, Griff a dit :

– C'est dommage qu'elle n'ait pas un nom facile à prononcer comme Griff ou… Dee. J'ai encore plus de mal avec le gallois qu'avec le chinois.

Hari a haussé les épaules.

– Mais Dee, ce n'est pas un *vrai* nom, si ?

– Si, a dit Griff d'un air blessé. J'en connais une ! C'est ma…

Il s'est tu. Car il ne savait que dire.

– Ta tutrice, j'ai dit.

Hari a repris :

– Ta quoi ?

– Ça n'a pas d'importance, a fait Griff.

Puis il a désigné d'un signe de tête les deux portes ouvertes sur le palier et il a murmuré :

– Allez, c'est parti pour une heure d'ARA, histoire d'être tranquille ensuite.

Il a frappé à une porte avec une étiquette en carton où était écrit Powell Roberts.

Hari a hésité.

– Tu es sûr que ça va aller ?

– Non, a dit Griff. Mais je ne vais pas passer la journée sur le palier, si ?

Il a frappé un peu plus fort.

De l'autre côté, une voix a crié :

– Entre, mon garçon.

– On se retrouve dans une heure, a lancé Hari. Bonne chance.

Griff est entré d'un pas nerveux. Je l'ai suivi. On n'a pas eu le temps de faire deux pas que le vieil homme a surgi. Il avait fière allure avec sa masse de cheveux blancs, même s'il s'appuyait sur une canne. Il a dit à Griff :

– Alors comme ça, c'est toi qui viens me tenir compagnie ?

Griff a haussé deux fois les épaules.

– Oui. Je m'appelle Griff.

– Et moi, c'est Dylan, j'ai ajouté. Juste comme ça.

Sans lâcher sa canne, l'élégant vieux monsieur a tendu sa main libre pour se présenter.

– Moi, c'est Powell. (Et il a fait une poignée de main vigoureuse à mon frère en ajoutant :) Viens, j'ai préparé du thé.

Il avait un accent étrange. Gallois, même s'il avait autant l'air gallois que Griff et moi, on avait l'air anglais. Ça faisait une drôle d'impression.

Quand on a suivi Powell dans le couloir, j'ai vu que chaque pas était une souffrance pour Griff. C'est comme s'il avait des semelles de plomb. Je me suis senti mal. Peut-être que ce n'était pas une idée de génie, finalement, l'ARA. De quoi mon frère et ce vieux bonhomme allaient bien pouvoir parler pendant une heure ?

Dans le salon de Powell, on a eu une très bonne surprise. Ce salon était rempli de vieux disques. Un mur en était couvert, et sur les autres, il y avait plein de photos encadrées. Dans un coin, un vieux tourne-disque protégé par son caisson en bois ciré et, dans un autre, une grosse télévision. Presque comme chez Blessing.

– Oh, vous avez des disques ! s'est exclamé Griff, et son visage s'est illuminé d'un coup.

– Cool, j'ai dit, et tel un papillon de nuit attiré

par la lumière, je me suis aussitôt approché pour regarder.

Powell a souri. Ce qui l'a rendu un peu moins intimidant.

– Alors comme ça, tu aimes les vieux disques ? il a lancé. (On a tous les deux hoché la tête.) Et moi qui croyais que les jeunes ne faisaient plus que partager des fichiers. Cela montre qu'il ne faut pas se fier aux apparences, n'est-ce pas ?

J'ai passé le doigt sur le dos des pochettes. Powell avait beaucoup de musiques différentes, plus anciennes que les Beatles et les Beach Boys, toutes rangées par ordre alphabétique, ce qui est indispensable. J'ai incliné la tête pour lire les noms imprimés en tout petit. Frank Sinatra. Matt Monro. Tom Jones. Buddy Holly. *Plein* de disques de Buddy Holly.

Derrière moi, j'ai entendu Griff demander :

– Vous avez du Kanye West ?

Finalement, mon frère n'avait pas perdu tout son sens de l'humour.

Powell a répondu :

– Non, mais j'ai le dernier album de Jay-Zed.

Je l'ai regardé d'un air ahuri.

– *Pour de vrai* ?

Powell a mis ses deux mains sur sa canne, il a rejeté la tête en arrière et il a éclaté de rire.

– Non, je plaisantais !

Donc lui aussi avait le sens de l'humour. Un bon point. Griff a fait un sourire gêné.

– Plus sérieusement, vous avez les Beatles ou les Beach Boys ?

– Les deux, a répondu Powell. Sinon, ma discothèque ne serait pas complète, n'est-ce pas ?

Griff a fait un nouveau petit sourire.

– En effet.

Il s'est mordu la lèvre, et j'ai vu les rouages de son cerveau tourner à la recherche de quelque chose à dire.

« Si tu ne sais pas quoi dire, garde le silence. » Pas tout fort. Juste dans ma tête.

Mais je n'avais pas à m'inquiéter. Mon frère se débrouillait très bien.

– Et Aretha Franklin ? C'est la reine de la soul.

Powell a regardé mon frère avec attention.

– Je connais Aretha Franklin, mon garçon.

Il s'est approché des disques et de moi. Je me suis poussé et je l'ai regardé passer le doigt jusqu'à la lettre F. Puis il a sorti une pochette.

Griff a demandé :

– C'est l'album original de 1961 ? Parce que si c'est le cas, il vaut une fortune, vous savez ?

J'ai secoué la tête. Le voilà qui frimait, maintenant.

Powell a déclaré :

– Je te trouve de plus en plus intéressant, mon garçon. En toute franchise, je n'attendais pas grand-chose de ce programme. Je craignais de récupérer un petit écervelé, le nez rivé sur son téléphone. (Ses yeux ont pétillé, et il a conclu :) C'est pas mal, les rencontres IRL finalement, non ?

– En tout cas, ça prouve que l'habit ne fait pas le moine, a renchéri Griff.

Et pour la première fois depuis des siècles, j'ai vu ses yeux pétiller.

Ce soir-là, devant de délicieuses boulettes de viande avec des haricots, Dee a demandé :

– Ça s'est bien passé, aujourd'hui ? Avec le vieux monsieur ?

– Ouais, a répondu Griff.

– Et la fille, Hari ? Elle était là, elle aussi ?

– Mouais, a marmonné Griff. (Il a repoussé une boulette au bord de son assiette, et il a ajouté :) Dee, je peux te demander quelque chose ?

Dee s'est immobilisée, sa fourchette à la main, l'air surpris. Ses yeux sont allés d'Owen à Griff.

– Bien sûr, mon chéri. (Puis, avant même que mon frère ait eu le temps d'ouvrir la bouche, elle a ajouté :) C'est *personnel* ?

Owen a levé les yeux au ciel en enfournant une bouchée de haricots.

– Euh… Sans doute que oui, a dit Griff.

J'ai levé les sourcils et je me suis redressé, tout ouïe.

Dee a posé sa fourchette et s'est essuyé la bouche sur une serviette en papier.

– Dans ce cas, mon chéri, elle a dit, je vais te simplifier la tâche. Si c'est au sujet de ta présence ici, je veux que tu saches qu'on est *ravis*, n'est-ce pas, O ?

Owen a hoché la tête en continuant à manger ses haricots.

Griff a repris :

– En fait…

Dee s'est penchée vers lui.

– Et je vais te le dire très simplement, mon garçon. Owen et moi, on n'a pas d'enfants parce que j'ai eu des kystes aux ovaires et que les spermatozoïdes d'O n'étaient pas très costauds. C'est comme ça. Malgré tout, on a toujours été très heureux ensemble. Quand on a appris la triste nouvelle, tout a changé. Mais ne t'imagine jamais que tu es un poids. C'est totalement faux.

Owen et Griff regardaient tous les deux fixement Dee. Je ne sais pas lequel des deux était le plus rouge.

Le temps a passé, mais difficilement.

Griff a répondu :

– Euh... merci. C'est très gentil. Mais... ce n'était pas ça, ma question.

Owen a agité la tête avec un petit rire.

– Bon, je crois que je vais aller me chercher une bière, il a dit en se dirigeant vers le frigo.

Dee a toussoté dans sa serviette. Puis, après s'être éclairci la voix, elle a repris :

– Qu'est-ce que tu veux savoir, mon chéri ?

Griff a déclaré :

– Je me demandais juste si Dee était ton vrai nom, ou le diminutif de quelque chose ?

– Oh !

C'était au tour de Dee d'être toute rouge. Derrière elle, Owen a ouvert une canette de bière et le petit bruit du gaz qui s'échappait a ressemblé à s'y méprendre à un soupir de frustration. Puis Dee a éclaté de rire.

– Moi et mes grandes idées ! elle s'est exclamée. Je devrais apprendre à mieux écouter, n'est-ce pas ?

– En effet, a répondu Owen.

– Je suis désolée, elle a dit. (Puis elle a haussé les épaules à l'intention de Griff et elle a souri.) Si tu veux savoir, Dee est le diminutif de Doycelee. Un nom gallois.

Au moins, celui-là paraissait prononçable.

Griff a froncé les sourcils en demandant :

– Et comment tu l'écris ?

– Comme ça se prononce, a répondu Dee : D-w-y-s-l-i.

Griff a secoué la tête d'un air perdu.

– Je ne me ferai jamais à cet endroit, il a soupiré.

– Mais si, a dit Owen.

– Donne-toi juste un peu de temps, j'ai ajouté.

Dee a fait un grand sourire.

– Il a raison.

Et Griff a réussi à sourire de nouveau, malgré les larmes dans ses yeux.

– Je sais, il a soufflé.

22

Le lendemain matin, je ne suis pas parti à pied au collège avec Griff, parce qu'il a enfourché son VTT. Je l'ai regardé d'un air ahuri se mettre en selle sur le vélo qu'il était allé chercher au garage et commencer à pédaler.

– Salut! j'ai crié alors qu'il disparaissait au bout de l'impasse. Sois prudent!

Je ne croyais pas qu'il m'entendrait. Pourtant, juste après, il est revenu vers moi, il s'est arrêté devant la maison, il a posé le vélo par terre et il est rentré dans le garage. Il en est ressorti une minute plus tard avec un casque de skate sur la tête.

Parfois, les voix portent plus qu'on ne le pense.

– Tu ressembles à un soldat de troupe d'assaut, j'ai dit.

Griff s'est penché pour se regarder dans le rétroviseur de la voiture et il a eu l'air satisfait de son reflet. Il a repris le vélo, il est remonté dessus et il est parti en pédalant comme un fou. Je l'ai coursé comme j'ai pu, puis je me suis arrêté pour le regarder lutter dans la colline. Il était debout sur ses pédales, les fesses bien au-dessus de la selle. J'ai secoué la tête d'admiration. Il en fallait, du courage, pour s'attaquer à une côte pareille, mais mon petit frère en avait à revendre. Je ne l'ai pas quitté des yeux jusqu'à ce qu'il disparaisse au loin, et j'ai attaqué la colline seul, à pied.

Mais au bout de quelques pas, je me suis arrêté.

Parce que, en fait, je n'avais nulle part où aller.

C'était comme si j'étais sur un vélo et que je pédalais à un million à l'heure dans le vide parce que la chaîne était cassée.

C'était inutile, totalement inutile.

Je suis resté sur le trottoir sans savoir quoi faire. Puis, très lentement, j'ai pivoté à trois cent soixante degrés. Quel que soit l'angle, le monde était immense, gris et vide.

« Allez, Dyl, je me suis dit. Tiens bon. »

J'ai fermé les yeux, j'ai tendu les bras et j'ai tourné à nouveau. Plus vite, cette fois. « Reste optimiste. Tu ne vas pas rester coincé dans ce moment. »

Et là, la mauvaise énergie a commencé à s'éloigner.

Sans rouvrir les yeux, j'ai tourné de plus en plus vite.

– Le temps passe, j'ai crié. Écoute, le temps passe !

J'ai tourné de plus en plus vite jusqu'à ne plus être qu'une spirale de poussière, je me suis évadé et me suis retrouvé de nouveau

à

Barcelone.

Cette fois, j'avais douze ans et j'étais à la plage sur un vélo. Mais je n'allais pas vite. À quelques centimètres de moi, Ibrahim soufflait en pédalant de toutes ses forces, et son vélo faisait des embardées sur le sable à cause de notre poids. Mais je m'en moquais. Je m'accrochais à sa taille en hurlant de rire.

– Allez ! je criais. Sinon, il va gagner !

– Vous n'allez pas assez vite ! a lancé Emilio. Vous êtes aussi lents que des… (Il n'a pas su quoi dire, alors il s'est contenté de pédaler. Puis il s'est retourné et nous a crié en espagnol :) *tortugas !*

Là, sa roue avant s'est ensablée, et il est tombé.

– Ah, ah ! j'ai crié alors qu'Ibrahim le doublait en franchissant péniblement en premier la ligne d'arrivée tracée sur le sable. *Las tortugas han ganado !* Les tortues ont gagné !

Ibrahim a cessé de pédaler, et on est tombés. On était tous les trois sur le sable, maintenant. Emilio hurlait pour faire croire qu'il s'était blessé, Ibrahim était hors d'haleine, et moi, je continuais à rire.

– Sérieusement, a dit Ibrahim, il faut que tu aies un vélo, Dyl. Tu pèses une tonne.

– Non, c'est pas vrai, j'ai répliqué, mais j'étais quand même vexé.

– C'était pas une course honnête, a insisté Ibrahim. Celui qui a quelqu'un sur son porte-bagages perd toujours.

Je me suis redressé en protestant :

– C'est pas vrai, on vient de gagner !

– Juste parce que j'ai été un gros naze, a précisé Emilio.

J'avais beau être encore vexé par la remarque d'Ibrahim, j'ai souri. Parce que Emilio venait de dire un mot que je lui avais appris.

– Je suis sérieux, a insisté Ibrahim en s'asseyant

et en me donnant un coup de poing dans le bras. Demande à tes parents de t'acheter un vélo. (Puis, avec un sourire narquois, il a ajouté :) T'as qu'à leur dire que c'est la seule façon de te consoler, maintenant que Matilda est repartie à Munich.

J'ai répliqué avec un coup de pied.

– Aïe ! il a crié. Tiens, j'avais raison.

J'ai baissé ma casquette de base-ball sur mes yeux en fronçant les sourcils. Pas à cause de Matilda, que j'avais déjà oubliée, mais parce que je n'avais pas de vélo. Je n'en avais jamais eu, et ce n'était pas faute d'avoir essayé. À Shanghai, tout le monde avait un vélo. Un jour, j'avais demandé si je pourrais en avoir un, moi aussi. Mais maman m'avait répondu :

– Dylan, pourquoi tu n'as pas demandé ça plus tôt ? On part en Espagne le mois prochain. On ne va quand même pas emporter un vélo dans nos bagages, non ?

À notre arrivée en Espagne, je n'y avais plus pensé. Je me contentais d'en emprunter un ou de me mettre sur le porte-bagages.

Je me suis levé et j'ai annoncé :

– Je vais demander tout de suite à mes parents. Et dès qu'ils auront dit oui, je vous battrai tous les deux.

Je suis rentré chez moi, bien décidé à poser la question sans attendre et à ne pas me contenter d'un refus. Mes parents étaient sur le balcon avec une bouteille de vin. Griff buvait un Coca. Ça avait l'air d'être la fête.

– Tiens, te voilà, a dit maman. Va te chercher un soda, Dyl, on a une nouvelle.

– Mais tu devineras jamais quoi, a ajouté Griff.

Je refusais de changer de sujet. J'ai croisé les doigts dans mon dos et j'ai déclaré :

– S'il vous plaît, est-ce que je peux avoir un vélo ? Emilio en a un, Ibrahim aussi, je suis le seul de mes amis à ne pas en avoir.

Maman et papa ont échangé un regard. Papa a soulevé ses lunettes de soleil et il a fait une grimace.

– Tu as eu deux ans pour demander un vélo. Pourquoi tu ne l'as pas fait plus tôt ?

Et là, maman a renchéri :

– Mon chéri, on part pour New York le mois prochain. Et il est hors de question que tu fasses du vélo là-bas !

23

J'ai compris que le VTT était une invite à ce que je cesse d'accompagner Griff au collège. Pourtant, chaque mercredi après-midi, je continuais à le suivre en ville avec Hari. C'était soit ça, soit écouter l'horloge égrener les heures.

Car le temps passait, que je l'écoute ou non.

Janvier s'est transformé en février. Powell a commencé à sortir les photos de sa famille.

– Ça, c'est mon fils, Leon, il a dit en désignant un homme d'une cinquantaine d'années au milieu d'un groupe. Il habite à Londres. Il est avocat. Je ne le vois pas beaucoup. (Puis il a montré un portrait.) Ça, c'est ma fille, Julia, avec sa famille. Ils habitent à Varsovie, alors je les vois encore moins souvent.

Griff a répété :

– Varsovie ? C'est où, ça ?

– En Pologne, a expliqué Powell.

– Je n'y suis jamais allé, a dit Griff. Mais j'ai été partout ailleurs.

Powell l'a regardé en souriant.

Je me suis penché vers un cadre posé sur le buffet. C'était la photo d'une femme bien plus jeune que Powell ; elle avait la cinquantaine, guère plus. Elle avait des cheveux gris coupés court et des yeux pétillants très bleus.

Powell a attrapé la photo et il a déclaré :

– Et ça, c'est ma femme, Shirley. Elle n'est jamais très loin de moi.

Griff a balayé la pièce du regard, puis il a demandé :

– Et où elle est, là ?

– Ici, a dit Powell en désignant son cœur.

Il a embrassé ses doigts ridés et les a pressés sur le verre qui protégeait la photo. Puis, avec beaucoup de soin, il a reposé le cadre exactement à la même place.

Griff a eu l'air mal à l'aise, et il a fait craquer ses doigts. *Crac, crac, crac, crac !*

– Ne fais pas ça, j'ai chuchoté.

Griff a aussitôt désigné une autre photo.

– Et là, c'est toi ?

Powell et moi nous sommes retournés d'un coup. La photo que montrait Griff était un vieux cliché en noir et blanc qui semblait appartenir à une époque totalement différente. On aurait pu l'imaginer dans un musée. Un petit garçon de six ou sept ans nous regardait. Il avait une raie très nette au milieu du crâne et sa bouche n'était qu'une fine ligne, comme s'il se retenait de pleurer.

Powell a observé la photo en soupirant.

– Oui, il a répondu. C'est moi, petit garçon. Mais c'était il y a très, très longtemps. (Il a sorti un mouchoir de sa poche et il s'est mouché bruyamment. Puis il l'a rangé et il a demandé :) Et toi, mon garçon ? Tu me racontes quelque chose sur *ta* famille ? Tu es une vraie forteresse. Tu ne me dis jamais rien.

Une seconde, Griff a eu l'air surpris.

– J'ai une chatte adorable qui s'appelle Bara Brith, il a dit. Mais je l'appelle Barry.

J'ai secoué la tête, et le temps a passé.

Février s'est transformé en mars, et Powell nous avait fait écouter tous ses albums de Buddy Holly.

– Oublie Elvis, il disait. Le vrai génie, c'était Buddy Holly.

– Ouais, mais ensuite, il y a eu Kurt Cobain, a un jour rétorqué Griff.

Et aussitôt, sa bouche est devenue une fine ligne, comme le petit garçon sur la photo.

Alors j'ai ajouté :

– Et Kanye West, aussi.

Juste pour rire.

Powell a secoué la tête en marmonnant :

– Il faut savoir accepter nos différences.

Le temps a passé.

Mars s'est transformé en avril. Un mercredi, alors qu'on allait rendre visite à Powell et Enid, on a fait un détour par le magasin de musique pour que Hari puisse s'acheter des cordes de guitare.

– Je ne savais pas que tu jouais de la guitare, a dit mon frère.

Qui avait vraiment l'air impressionné.

– Il y a beaucoup de choses que tu ne sais pas sur moi, elle a répliqué. (Puis elle a remis une mèche de cheveux sous son bonnet jaune avant d'ajouter :) Et il y a encore plus de choses sur toi que je ne sais pas. Ça fait des mois que je te fréquente, et je ne sais rien. Tu ne me parles jamais de rien. Qui sont exactement Dee et Owen, pourquoi tu habites chez eux ?

Griff s'est mordu la lèvre, et il est devenu vert.

Pendant une seconde, j'ai eu peur qu'il vomisse sur le trottoir.

– Allez, arrête, Griff, j'ai fait. C'est pas un sujet tabou. Raconte-lui. Parle de nous. Je t'en supplie.

Mais Griff a juste dit :

– On peut avoir cette conversation un peu plus tard ?

Hari a haussé les épaules.

– OK, monsieur Mystérieux.

Elle a ouvert la porte de la petite boutique et elle est allée acheter ses cordes. Phosphore bronze pour acoustique avec revêtement nanoweb. Allez savoir ce que ça voulait dire.

Quand on s'est remis en route, Griff a demandé :

– Alors, ça fait combien de temps que tu joues de la guitare ?

– Depuis que j'ai six ans, a répondu Hari. Regarde le bout de mes doigts. On dirait du cuir.

Elle a tendu l'une de ses mitaines, paume vers le haut, et elle a caressé la joue de mon frère.

Mon frère est passé de vert à tout rouge.

– C'est bon, je te crois, il a fait.

Mais je voyais bien qu'il se retenait de sourire. Je peux me tromper, mais je suis presque sûr que c'était la première fois qu'une fille caressait la joue de mon frère.

On a marché un moment en silence. Puis Hari a demandé :

– Tu ne sais vraiment pas du tout jouer de la guitare ?

– Non, a répondu Griff.

On a continué notre chemin. Hari a repris :

– Si tu veux, je peux t'apprendre.

Griff a failli se décrocher la mâchoire.
– Vraiment ?
– Ouais, pourquoi pas ?
– Oh, oui ! s'est exclamé Griff.
Et cette fois, il a fait un vrai sourire, et j'ai vu sur son visage une expression de joie que je ne lui connaissais plus.
– Bien joué, Hari, j'ai dit.
J'étais tellement content pour mon petit frère que je ne lui en voulais même pas de me sentir exclu.
Le temps a passé.
Avril s'est transformé en mai. Un jour, Griff et Hari ont sorti Powell et Enid sur la promenade en fauteuil roulant.
– Vous devriez faire la course, j'ai dit, juste comme ça.
Griff a tapé sur l'épaule de Powell et il lui a dit :
– On fait une course. Toi et moi contre Hari et Enid.
– Non, je plaisantais ! j'ai fait en me mettant les mains sur la tête, tout à coup inquiet.
Mais Hari criait déjà :
– À vos marques… Prêts… Partez !
Griff et elle sont partis au petit trot tandis que Powell et Enid poussaient des cris de joie. Je me suis assis sur le muret et je les ai observés en riant. Parce que c'était la course la plus lente que j'avais jamais vue. Mais aussi la plus tendre.
Le temps a passé.
Mai s'est transformé en juin. Un jour, je ne suis pas monté avec Griff chez Powell. Je ne sais pas pourquoi. Peut-être parce qu'il se débrouillait très bien tout seul. Quand Hedd, la directrice, a

ouvert à Hari et Griff, je ne les ai pas suivis. À la place, je suis allé dans le jardin qui se trouvait juste derrière. C'était un joli jardin. Bien sûr, pas aussi beau que le jardin Yuyuan, mais ça restait un endroit agréable : une grande pelouse avec des bordures en arceaux verts, des fleurs, un pommier au fond et, sous le pommier, un banc. Il n'y avait personne sur le banc, parce qu'on n'était qu'en juin. À Barcelone, Shanghai et Brooklyn, en juin, il fait très chaud, mais pas à Aberystwyth. Surtout pour une personne âgée. Pourtant, il y avait une dame dans le jardin. Elle portait un jean large de grand-mère, une veste molletonnée, et elle coupait les fleurs mortes qu'elle mettait dans un panier en osier. Je me suis assis sur le banc et je l'ai observée. Je n'avais rien à faire d'autre. Au bout d'un bon moment, elle s'est retournée et elle m'a souri. Ce qui m'a surpris.

– Bonjour, mon chéri, elle a fait.

Je l'ai regardée d'un air étonné. Puis je me suis montré du doigt, et j'ai dit :

– C'est à moi que vous parlez ?

La dame a regardé à gauche. Puis à droite. Puis derrière moi.

– Je ne vois personne d'autre.

– Euh… en effet, j'ai répondu.

La dame m'a souri. Elle avait un regard bleu intense et des cheveux gris coupés court. Je savais que je l'avais déjà vue, mais je n'aurais su dire où.

– Je te connais, elle m'a dit.

Je me suis à nouveau désigné du doigt.

– Moi ?

Elle a hoché la tête.

– Je te vois tous les mercredis. On te repère à

un kilomètre, mon chou. Tu portes toujours le même short et le même T-shirt, quel que soit le temps.

J'ai baissé les yeux vers ma tenue. C'était vrai. Je portais des vêtements qui convenaient à un été brûlant à New York. Et je n'en avais jamais changé. Je l'ai regardée en fronçant les sourcils. Elle, elle portait une énorme veste, comme en plein hiver. Tous les deux, on avait tout faux.

– Tu accompagnes toujours Griff, elle a repris. Tu es son frère, c'est bien ça ?

J'ai acquiescé et je me suis demandé comment elle connaissait le nom de mon frère. Est-ce qu'elle avait un don, comme cette cinglée de Freda à Bed-Stuy ? Puis j'ai observé de nouveau ses yeux bleu intense et, tout à coup, j'ai compris. Elle n'était pas comme Freda la Cinglée. Elle était comme Angel et moi.

– Vous êtes l'épouse de Powell, n'est-ce pas ? j'ai demandé avec un sourire. J'en suis sûr !

Elle a hoché la tête, elle a posé son sécateur dans son panier et elle est venue s'asseoir près de moi sur le banc.

– Eh oui, elle a dit. Je suis Shirley. Je te vois, tu te tiens toujours à distance, mais je n'ai jamais su ton nom.

– Je m'appelle Dylan, j'ai répondu.

Shirley s'est redressée d'un coup.

– Dylan ? Comme Dylan Thomas ?

– *Exactement* comme Dylan Thomas, j'ai dit. Je tiens même mon nom de lui.

Shirley a fermé les yeux, et quand elle s'est remise à parler, sa voix était plus galloise et plus belle que tout ce que j'avais pu entendre :

– « N'entre pas sans violence dans cette bonne nuit », elle a déclamé. (Elle a rouvert les yeux en demandant :) Tu connais ce poème ?

J'ai hoché la tête. Je le connaissais très bien. Il parlait de la mort. De toute façon, c'était le poème le plus connu de Dylan Thomas.

– « N'entre pas sans violence dans cette bonne nuit », elle a répété avec un sourire qui était à moitié soupir. (Elle a ensuite dit :) À ce propos, tu ne ferais pas mieux d'être ailleurs ?

J'ai baissé les yeux.

J'ai entendu un nouveau soupir, puis elle m'a tapoté le bras.

– Ne le prends pas mal, mon chéri. Tu n'es pas le seul. Moi aussi, je suis partout et nulle part. Ça fait tellement longtemps que je hante ces lieux que je m'étonne de ne pas encore être devenue une attraction touristique. (Elle a eu un petit rire.) Le fantôme du jardin, cinq livres sterling la visite. (Elle a ri d'un rire encore plus léger que le précédent.) Je suis folle comme un coucou, n'est-ce pas ?

Je ne connaissais pas cette expression, mais ça n'avait pas d'importance. J'ai tourné la tête vers elle avec un sourire triste.

– Pour beaucoup de gens peut-être, mais pas pour moi, j'ai dit en toute sincérité.

Elle a hoché la tête.

– Eh bien, tu n'es pas comme beaucoup de gens, n'est-ce pas, Dylan ? Moi non plus. On est tous les deux des êtres très inhabituels.

Je ne savais que répondre à ça. Alors j'ai juste demandé :

– Pourquoi c'est la première fois que je vous vois ?

Shirley a souri en hochant de nouveau la tête, cette fois en direction du jardin.

– Je préfère être ici, elle a dit. J'ai toujours rêvé d'avoir un jardin. Powell et moi, on n'a jamais eu qu'une cour pavée, car on habitait au centre-ville. J'avais des plantes en pot, bien sûr, mais rien à voir avec ça. Pas d'arbres. Pas de pelouse.

Elle a souri plus largement, et j'ai repéré un air que je connaissais bien dans ses yeux bleus. Je savais ce que ça voulait dire. Ça signifiait qu'elle était à la fois près de moi et très loin. Je n'ai rien dit, je l'ai laissée poursuivre.

– Alors, dès que je pouvais, je donnais un coup de main à tous ceux qui avaient un jardin, a repris Shirley. Powell disait que j'étais insupportable. Que j'étais une voleuse de jardins.

Shirley a entrecroisé ses doigts et a éclaté de rire, et, même si je ne m'intéressais pas du tout au jardinage, moi aussi, j'ai ri. Parce que c'était bon d'être sur ce banc avec elle. De parler vraiment à quelqu'un, pour une fois.

Elle a poussé un soupir.

– Je ne devrais pas être là. (Son regard lointain a disparu, et elle a observé le jardin en haussant les épaules.) Mais je n'arrive pas à partir, Dylan. Je me sens *obligée* de rester ici. Pour veiller sur mon Powell.

J'ai baissé la tête et regardé entre mes jambes.

– Je vois, j'ai dit.

Shirley m'a tapoté le bras.

– Je le sais, mon cœur. Sinon, toi non plus, tu ne serais pas là, n'est-ce pas ? Tu veilles sur Griff ; du coup, tu n'es nulle part, exactement comme moi.

Puis elle s'est levée, elle a ramassé son panier et son sécateur, et elle s'est remise à couper les fleurs mortes.

Je suis resté sur le banc. J'étais *incapable* de bouger. Je regardais enfin en face ce que j'évitais depuis le début.

Et là, je me suis rendu compte que je pleurais. Pourtant, mes larmes n'avaient rien à voir avec le liquide salé que j'étais capable de produire avant l'accident. C'étaient des larmes qui ne seraient jamais essuyées, ni vues, ni partagées. Tout ça était trop triste. Shirley avait beau couper et tailler, les fleurs étaient toujours identiques. Son panier en osier, qui aurait dû être rempli de fleurs mortes, était totalement vide.

J'ai alors accepté l'idée que, pour ces fleurs, ce jardin, pour tout l'univers, Shirley n'était pas vraiment là.

Exactement comme moi.

QUATRIÈME PARTIE

À JAMAIS ICI ET LÀ

24

J'ai quelque chose de difficile à vous avouer.

Mais pas seulement. Difficile, en soi, ça ne veut pas dire grand-chose tant qu'on ne sait pas à quel point difficile, ça peut être difficile.

Alors, permettez-moi de me faciliter un peu la tâche, histoire de parvenir à faire cette chose très difficile. Pour ça, je vais retourner au pire endroit qui existe. Et là…

Ça repart

et

repart
en arrière

en verlan
je remonte le temps
Shirley, le jardin et avant ça
les visites à Powell

Hari

le collège au sommet de la colline
Dee et Owen
Bara Brith, l'arrivée à Aberystwyth
le départ de Bed-Stuy, dire au revoir à
Blessing et Marlon
au salon plein de poésie et de disques et
la musique du générique de fin
et faire le tour du quartier et
jouer au basket avec Kayland
et Gregory et Freda la Cinglée
et l'insupportable Pudders et être recueilli par
sa principale et la brique brune de Brooklyn
l'hôpital avec mon frère dedans et
Eva et Angel – mon ange gardien – et
les ambulances qui arrivent
sur le lieu d'un terrible accident
sur la voie rapide
Brooklyn-Queens.

Je vois deux jeunes garçons prisonniers d'une Mini Cooper accidentée. L'avant de la voiture est tellement détruit que les conducteurs qui freinent sont horrifiés, parce qu'ils savent qu'en aucun cas le chauffeur et la personne à côté de lui ne peuvent être encore en vie. À l'arrière, un jeune garçon avec le visage et les bras en sang crie comme un fou. Le garçon plus âgé près de lui a l'air plus ou moins indemne. On dirait qu'il a à peine une égratignure ou une coupure, et il ne pleure pas. Il est immobile sur son siège et ne fait pas un bruit. Il ne fait rien.

Le garçon qui pleure secoue le bras de son frère.

– Dylan ! il crie.

Sans cesser de pleurer, il secoue à nouveau son frère par le bras, plus fort et, à travers ses larmes, il appelle plus fort :

– Dylan !

Mais il n'obtient aucune réponse.

Il n'en obtiendra plus jamais.

Parce que, même si son frère a l'air indemne, il ne l'est pas. Un bris de verre a volé et est venu s'encastrer dans le cou du garçon. À un millimètre sous son oreille droite. Si ce petit éclat de verre l'avait touché ailleurs, il aurait sans doute tourné la tête pour dire :

– Griff, ne t'inquiète pas, je vais bien.

Mais le verre était entré en contact avec sa moelle épinière, et l'avait sectionnée.

Il est mort.

Évidemment, je n'ai pas envie de voir ça en face.

Vous imaginez bien.

Parce que ce garçon mort, c'est moi.

Évidemment, je n'avais pas l'intention de traîner dans le coin, puisque mon horloge interne s'était tue à jamais. Mais l'horreur, la peur et l'angoisse de mon petit frère m'ont retenu. Je suis resté, alors même que je n'aurais pas dû.

Je vous avais dit que c'était quelque chose de difficile à raconter. Admettre que je suis mort est certainement la chose la plus difficile et la plus « galimatiesque » qui soit.

Pourtant,
quelque
part
dans
un
parc
londonien,

il y a un arbre creux. Cet arbre, lui, n'est pas mort. Il est toujours plein de vie. Les enfants s'en servent pour jouer à cache-cache, les adolescents pour s'embrasser ou fumer en douce. À des centaines de kilomètres de là, dans un parc d'attractions de Munich, des montagnes russes tonnent sur leurs rails et les passagers hurlent de joie. Dans cette même ville, une fille du nom de Matilda va en classe, sort avec des amis et poursuit sa vie. Et peut-être, juste peut-être, elle dérive parfois dans un lieu si proche si loin pour penser au garçon qu'elle a connu, qui s'appelait Dylan Thomas Taylor. Pendant ce temps, sur un autre continent, des hommes d'affaires signent des contrats dans la tour Shanghai, tandis que, dehors, un marionnettiste fait danser un pantin. Et dans un splendide jardin qui a autrefois été celui de la cité interdite, des oiseaux verts et jaunes survolent des étangs remplis de carpes géantes. Au même moment, dans une autre partie du monde, des touristes transpirent en gravissant les sentiers raides qui mènent à Montjuïc, et des garçons font une course à vélo sur la plage. Tout ça se produit dans la même seconde.

Ça, plus des milliards et des milliards d'autres choses encore.

Parce que, avec ou sans moi, la vie continue. J'ai beau être mort, cette histoire n'est pas terminée.

25

Le temps a passé, et juillet est arrivé. Ça faisait presque un an que l'univers de Griff avait basculé. J'étais à ma place habituelle dans l'espace vide à table tandis que Griff dînait avec Dee et Owen. Saucisses, petits pois et purée.

– Au final, les Seasiders n'ont pas fait une mauvaise saison, a dit Owen. J'aurais bien aimé qu'on termine dans les trois premiers, mais quatrième, ce n'est pas si mal.

– Ils s'en sont bien sortis, a appuyé Griff.

Owen a posé sa fourchette et a secoué la tête d'un air faussement outré.

– Pas *eux*, nous ! *Nous* nous en sommes bien sortis. Toi aussi, tu es un Seasider, non ?

Griff a piqué sa saucisse et il a haussé les épaules.

– Je suppose.

Owen a de nouveau secoué la tête.

– Tu supposes ?

– O, laisse-le tranquille, a dit Dee. Griff a le droit de soutenir l'équipe de foot qu'il veut.

Owen a levé les yeux au ciel.

– Dee, je le sais bien. Je ne m'offusque même pas qu'il appelle le chat Barry. (Il a englouti une bouchée de purée en gloussant.) Ça, ce n'est pas la fête, pour Barry Town, cette année. Faillite et relégation. On ne peut pas faire pire !

La sonnette a retenti. Griff a posé ses couverts et il s'est levé.

– C'est sans doute Hari, il a annoncé. Elle est un peu en avance, ça vous va si je la fais entrer ?

– Bien sûr que oui, mon chéri, a répondu Dee. On ne va pas la laisser attendre dehors, tout de même !

Griff a souri et il est allé ouvrir. Je suis resté à ma place. Après tout, ce n'était pas moi que Hari venait voir.

Owen s'est penché sur la table vers Dee. Dans un souffle, il lui a glissé :

– On en est où entre Griff et Hari ? Je sais qu'elle lui apprend la guitare, mais ils sortent ensemble ou quoi ?

– Ne sois pas stupide, j'ai dit. Griff n'est pas encore prêt à tomber amoureux. Il a autour de lui un mur de protection épais de cinquante mètres.

– Ne sois pas stupide, a protesté Dee. Tu crois vraiment qu'il me raconte ce genre de choses ?

– C'est juste, a dit Owen. (Il a jeté un coup d'œil vers la porte et il a de nouveau murmuré :) Elle est plus âgée que lui, non ?

– D'un an à peine, a soufflé Dee.

– On peut difficilement parler de cougar, j'ai dit.

Griff et Hari sont apparus dans l'embrasure.

– Bonjour, ma chérie, ont lancé Dee et Owen d'une seule voix.

De façon juste un peu trop enjouée.

– Bonjour, a répondu Hari.

Griff a demandé :

– Est-ce que je dois terminer mon dîner ?

– Oui, a répondu Dee. Mais si Hari en veut, il reste des saucisses sur le gril et de la purée dans la casserole.

Hari a posé sa guitare contre le mur et s'est approchée de ma chaise. Je me suis carapaté pour qu'elle puisse s'asseoir, mais pas sur moi.

– Merci, j'ai déjà dîné, elle a annoncé. Je peux juste rester avec vous le temps que vous finissiez ?

– Bien entendu, a fait Dee. (Puis, en étalant de la purée sur une tranche de saucisse, elle a demandé :) Alors, que dis-tu de ton élève ? Ça sonnait bien, l'autre soir. En tout cas, ce que j'ai pu entendre à travers le plafond.

Griff est devenu tout rouge. Il essayait de terminer son assiette à toute vitesse. Mais Hari a repoussé une mèche de cheveux derrière son oreille en souriant. Elle a dit :

– Ça devait être l'accroche de *Wonderwall*. Je lui ai appris comment passer d'un accord de *mi* mineur vers un accord de *sol*, puis de *ré*, puis de *la*. Ce soir, on attaque le refrain.

Dee a eu l'air impressionnée.

– La chanson d'Oasis ? (En secouant la tête d'un air admiratif, elle a ajouté :) Tu es vraiment forte, d'être capable d'enseigner ça à Griff !

– Je sais, a répondu Hari. C'est dingue.

Owen a failli recracher sa saucisse. Griff a terminé sa dernière bouchée, puis il a repoussé son assiette.

– J'ai fini mon dîner. On peut monter ?

– Allez-y, a dit Dee. Mets juste ton assiette au lave-vaisselle.

Griff et Hari ont bondi sur leurs pieds, moi

aussi. Griff a débarrassé son assiette, sa tasse de thé et ses couverts, Hari a attrapé sa guitare et ils sont montés quatre à quatre jusqu'à notre chambre. *Sa* chambre, je devrais dire. Et j'avais beau ne pas avoir été invité, je l'ai suivi. Vu mon état, je ne risquais guère d'être mis dehors.

Dans la chambre de Griff, Barry était roulée en boule sur le lit. Je me suis assis près d'elle, les genoux sous le menton, le dos contre le mur, et je lui ai chatouillé le ventre. Elle a ouvert un œil et s'est mise à ronronner.

– Ce chat est adorable, a dit Hari en ouvrant la housse de sa guitare. Dès qu'on arrive, elle ronronne comme une folle.

Elle a sorti une pochette en carton. C'était un vieux disque. Un 45 tours.

J'ai secoué la tête.

– Ça va comme ça, j'ai protesté. Vous n'allez pas recommencer ! Griff, tu ferais mieux de faire tes devoirs.

Griff a dit :

– Tu es *sûre* que ça ne te dérange pas ?

Hari a mis la galette sur notre vieille chaîne stéréo et a appuyé sur quelques boutons. La platine s'est mise en route, le bras en plastique s'est approché du disque et l'aiguille est entrée en contact avec le vinyle. Il y a eu un grésillement et le son d'une guitare. Les accords que j'avais entendu Hari apprendre à Griff l'autre jour. Sauf qu'ils étaient bien meilleurs sur le disque. Hari a plongé de nouveau la main dans la housse de sa guitare et en a sorti un vieux cahier.

– Et voilà, elle a annoncé. Mon cahier de gallois de l'an dernier. Tu ferais bien de le garder.

(Elle l'a feuilleté en soupirant :) Si j'étais honnête, Griff, je t'*aiderais* à faire tes devoirs, plutôt que te les donner à recopier.

– Ça prendrait des heures, a dit Griff. Et puis, à quoi bon ? Je ne parviendrai jamais à apprendre le gallois. De toute façon, je ne vais sans doute pas vivre ici très longtemps. Alors recopier tes devoirs, ça me suffit. Ça nous laisse plus de temps pour jouer de la guitare.

Hari lui a tendu son cahier.

– Comme tu veux. Mais je ne vois pas pourquoi on doit écouter *Wonderwall* pendant ce temps.

Griff s'est assis à son bureau et il s'est mis à recopier les exercices de gallois. Sans cesser d'écrire, il a dit :

– Dee et Owen croiront qu'on s'aide du disque pour jouer. Ça serait un peu bizarre si on était dans la chambre sans faire de bruit, non ?

Hari a plissé les yeux.

– Pourquoi ? On pourrait juste être en train de réfléchir. En quoi ça serait bizarre ?

Griff est devenu tout rouge, mais il n'a pas cessé d'écrire. *Wonderwall* continuait à passer sur la platine. Hari s'est tout à coup exclamée :

– Oh mon Dieu ! J'ai compris ce que tu voulais dire. Dee et Owen pourraient penser qu'on couche ensemble !

J'ai mis ma main sur ma bouche pour m'empêcher de rire.

Mon pauvre frère paraissait « plein de galimatias ». Un instant, le stylo n'a plus bougé dans sa main. Puis il a secoué la tête et s'est remis à écrire. Plus vite que jamais. Tandis que le disque continuait à passer.

Hari a éclaté de rire en lâchant :

– Dans tes rêves, Gryffondor, dans tes rêves.

Griff a posé son stylo et lui a lancé son cahier.

– Dans tes rêves *à toi*, Harold, il a dit. Bon, on s'y met, à cette guitare ? Je n'en peux plus du gallois. J'en ai recopié assez pour montrer que j'ai au moins essayé.

Hari s'est assise devant moi au bord du lit. Elle a croisé les jambes, a posé sa guitare sur ses genoux et s'est mise à jouer en même temps que le disque. Mais, tout à coup, quelque chose a attiré son œil, et elle s'est interrompue.

– Tu as une photo de Dylan, elle a dit.

Le disque s'est tu, l'aiguille s'est relevée et la platine s'est arrêtée. Griff a lancé un petit coup d'œil à Hari. Moi aussi.

– Je ne savais pas que tu aimais Dylan Thomas, elle a repris en souriant à la petite photo en noir et blanc accrochée au mur. Je ne l'avais encore jamais remarquée.

– Pourtant, elle a toujours été là, a répondu Griff de façon un peu brusque.

– Tu vois, a repris Hari, tu es peut-être nul en gallois, mais tu aimes Dylan Thomas. Cela signifie qu'il y a en toi un vrai Gallois qui crie pour qu'on le libère.

Griff a regardé la moquette. Puis il a entrecroisé ses doigts et les a fait craquer. *Crac, crac, crac, crac !* Hari et moi, on a grimacé.

– Ne fais pas ça, a dit Hari. C'est désagréable.

Mais au lieu de protester ou de s'excuser, Griff a dit :

– J'avais un frère qui s'appelait Dylan Thomas. Jusqu'à il y a un an.

Hari s'est figée, et moi aussi. Griff regardait toujours la moquette.

Le temps a passé.

Hari a serré sa guitare contre elle. Puis elle a demandé :

– Tu as envie de parler de lui ?

Derrière elle, si proche et pourtant si loin, j'ai serré mes paumes l'une contre l'autre. Comme si je priais.

– Je t'en supplie, Griff, parle de moi, j'ai soufflé.

Le temps a passé.

Griff a pris une grande bouffée d'air, il a fait un sourire triste à Hari, puis il a secoué la tête.

– Pas maintenant, il a répondu.

Hari a acquiescé. Elle a soulevé le coude droit et a posé les doigts de sa main gauche sur le manche de la guitare.

– Alors on y va, mon gars, elle a dit tout doucement. *Wonderwall*.

Je les ai laissés en train de pratiquer le passage d'un accord de *mi* mineur vers un accord de *sol*, puis de *ré*, puis de *la*. Et je suis parti vers le lieu si proche si loin.

Cette
fois,
j'étais
à
New York.

À Manhattan, pour être précis. Griff, maman, papa et moi, on était au sommet du monde. Ou plutôt, pour être *encore plus* précis, à soixante-dix étages au-dessus de la ville. On pressait le nez sur les panneaux d'observation du Rockefeller Center.

– Et voilà, a annoncé papa. La ville de New York. Vous imaginiez ça comme ça ?

– Ça ressemble à Shanghai, j'ai dit. Moins la brume.

– C'est chanmé ! s'est exclamé Griff.

Maman et papa ont éclaté de rire. Maman a passé la main sur les épaules de mon frère, a approché la tête et l'a embrassé. Puis elle a dit :

– *Chanmé* ? Griff Rhys Taylor, cela fait à peine trois jours que tu es là, et tu parles déjà comme un rappeur. Tu vas t'adapter en moins de deux.

– Cool, a dit Griff. C'est l'endroit le plus *génialissime* qu'on a jamais habité. Je pense qu'on ne devrait plus déménager.

– Peut-être, a dit maman en regardant papa. Qu'est-ce que tu en penses, Steve. Serait-ce le moment de poser nos valises ?

Papa a haussé les épaules.

– Tu me connais, Meg. Je ne suis pas compliqué. Si tu veux rester, on reste. Sinon, on part.

Puis il a détourné la tête de la splendide vue pour embrasser notre mère sur la bouche.

Griff et moi, on a crié en guise de protestation. Quelques touristes se sont retournés, puis ils ont fait la grimace et ont recommencé à regarder par les vitres.

– Beurk ! a lâché Griff. Je vais vomir sur quelqu'un.

– Ça va, pas de panique, on a arrêté de s'embrasser, a dit papa.

Maman a éclaté de rire. Et tout à coup, elle a capté mon regard et elle a souri.

– C'est cool d'être venus vivre ici, Dyl. Même

si ce n'est que pour un temps. Dylan Thomas a habité New York, lui aussi, tu le savais ? Ton poète.

– Je croyais qu'il était gallois.

– En effet. Mais ça n'empêche pas de monter dans un avion, si ?

– J'imagine que non, j'ai répondu.

Et là, j'ai de nouveau posé la tête contre le verre et j'ai regardé l'océan de gratte-ciel.

– J'espère qu'on va rester ici à jamais, j'ai murmuré.

26

Le temps a passé, et les vacances d'été ont approché. Griff, Hari et moi, on redescendait la colline pour le dernier mercredi de l'année.

– Powell va me manquer, a dit Griff. Je n'aurais jamais découvert Buddy Holly sans lui.

– Ce n'est pas parce que les cours s'arrêtent que tu es obligé de l'abandonner. Tu peux continuer l'ARA pendant les vacances. Ça fait plusieurs années que je connais Enid, maintenant. Pour moi, c'est comme une grand-mère adoptive. Je l'ai même emmenée à la danse en ligne, tu te souviens ? (Elle a appuyé sur le bouton piétons et a attendu que le bonhomme passe au vert.) Tant que tu préviens Hedd, tout va bien. Les personnes âgées aiment qu'on leur rende visite, même l'été.

Mon frère a repoussé les cheveux de ses yeux. Il ne les avait jamais eus si longs. Owen avait beau lui proposer de l'emmener chez le coiffeur, Griff refusait de les couper. Il avait beaucoup grandi, aussi. Il était bien plus grand que moi, maintenant. On aurait dit une rock star. Il a effleuré le coude de Hari.

– Et toi ? Je vais continuer à te voir, malgré les vacances ?

J'ai haussé un sourcil, surpris. Mon petit frère savait y faire, en fait.

Les voitures se sont arrêtées, et le bonhomme est passé de rouge à vert. Griff, lui, est devenu tout rouge et s'est empressé de traverser en baissant la tête. Mais Hari avait un sourire d'une oreille à l'autre, comme moi. Quand on a tous atteint le trottoir d'en face, elle a dit :

– J'espère bien, Gryffondor. Tu as encore besoin de cours de guitare, tu ne crois pas ? Que je sache, tu n'es pas encore aussi bon que Buddy Holly.

Griff s'est mordu la lèvre et il a souri.

– Oh, ça va, Harold, il a dit.

Puis il s'est arrêté net devant la vitrine d'une petite boutique qui s'appelait *Lew's Emporium*. C'était le genre de magasin d'occasions fréquenté par les étudiants, et qui vendait un peu de tout. Griff avait dû passer devant cette devanture des centaines de fois mais, tout à coup, il la regardait avec stupéfaction, comme s'il venait de découvrir son existence.

Hari s'est approchée, et elle a demandé :

– Qu'est-ce que tu as vu ?

– *Ça*, a dit Griff en tendant le doigt.

La devanture était un vrai fourre-tout. Il y avait là des manuels d'études supérieures, des CD dans des bacs en plastique cassés, un kit pour faux tatouages, des petites boîtes à tabac en fer-blanc, des vieilles Game Boy avec leurs vieilles cassettes. Et au centre, sur une pile de magazines de musique jaunissants, un vieux vinyle LP.

– Ça alors ! je me suis écrié.

– Ça alors ! a murmuré Griff.

Hari s'est penchée.

– *20/20*. Des Beach Boys. Je ne connais pas. C'est un bon album ?

Griff a acquiescé et il a dit d'un coup :

– Blessing l'avait. C'était notre amie à Brooklyn. En fait, c'était la principale du collège. Ça me fait penser à elle et… je ne sais pas pourquoi, mais aussi à mon père et à mon frère. Je crois qu'ils auraient aimé ce disque. Peut-être que ma mère aussi.

Derrière lui, impossiblement loin et étrangement proche, j'ai pressé mes paumes l'une contre l'autre.

– Je t'en supplie, va acheter ce disque, Griff, j'ai murmuré.

– Je vais l'acheter, il a déclaré.

Hari a hoché la tête en silence. Elle avait l'air un peu effrayée. Je crois qu'elle commençait à comprendre pourquoi mon frère n'avait pas envie de parler de ce qu'il avait vécu avant Aberystwyth.

– Je t'attends ici, elle a dit. La dernière fois que je suis entrée, le type qui tient la boutique, et qui s'appelle Lew, j'imagine, m'a dit que j'avais de jolies pommettes. Quel pervers ! Je n'y retournerai plus jamais.

Griff a souri.

– Mais tu as *vraiment* de jolies pommettes !

– Tais-toi et va acheter ce disque, a lancé Hari.

Griff a poussé la porte et il est entré.

– Il commence à aller mieux, j'ai dit tout bas. (À Hari. À personne.) Il commence à parler de nous. Il commence à accepter.

Mais Hari n'écoutait pas. Bien sûr que non. Elle regardait à l'intérieur de la boutique, et ses yeux étaient en train de s'emplir de larmes.

– Oh Griff, elle a chuchoté. Quoi qu'il te soit arrivé, ç'a été horrible, non ?

Deux minutes plus tard, la cloche de la porte retentissait. Hari a rapidement cligné des yeux et a essuyé ses larmes avec le dos de la main. Griff a réapparu, mais sans le disque.

– J'y crois pas ! il s'est exclamé. Ce vieux salopard a refusé de me le vendre ! Il a dit que j'étais trop jeune pour l'apprécier ! Il n'est vraiment pas commerçant, ce type !

– Je t'avais prévenu qu'il était dingue, a dit Hari.

Griff a fait la grimace en secouant la tête.

– C'est *moi* qui dois être dingue, parce que je lui ai quand même acheté quelque chose. Tiens. C'est pour toi. Il en avait toute une boîte près du comptoir.

Il a posé un petit objet dans la main de Hari. En plastique et en forme de larme, exactement ce qu'il fallait pour jouer de la guitare sans s'abîmer les doigts.

– Un médiator ! s'est écriée Hari. Merci ! (Puis elle l'a regardé de nouveau, et elle a dit :) Oh, Gryffondor, dessus, il y a écrit *J'en pince pour toi*. C'est trop mignon. Tu en pinces vraiment pour *moi* ?

– Dans tes rêves, Harold, il a grogné. Au cas où tu ne le saurais pas, on pince les cordes d'une guitare. Le jeu de mots, c'est pour ça.

– Je le sais, elle a rétorqué.

Elle a enfoui le médiator dans sa poche et elle a posé les mains sur son cœur.

– Je le chérirai à jamais, *puddin'-pants*.

J'ai secoué la tête en riant.

Griff et Hari étaient amoureux l'un de l'autre. Ils refusaient de le voir, mais je connaissais bien les signes.

On a tourné à gauche, puis à droite, puis de nouveau à gauche, et on a traversé le parc jusqu'aux bâtiments carrés. Hari a appuyé sur l'interphone, et Hedd nous a fait entrer. Un instant, je me suis demandé si j'allais voir Shirley, puis je me suis ravisé. Être mort, ce n'est déjà pas drôle, inutile d'entretenir en plus une vie sociale avec d'autres morts.

Alors j'ai gravi les marches avec Griff.

Powell attendait à la porte, appuyé sur sa canne.

– Te voilà, il a dit. J'ai mis la bouilloire en marche.

Griff l'a suivi dans l'appartement et il a posé son sac sur la table du salon.

– Tu attends quelqu'un d'autre ?

Mais soit Powell n'a pas entendu, soit il n'a pas voulu répondre. Il était déjà dans la cuisine, en train de fouiller dans un tiroir.

Griff et moi, on s'est assis. Griff a passé les bras autour d'une guitare imaginaire et il a fait comme s'il jouait. Mais moi, je ne quittais pas la table des yeux. Elle était couverte de photos, qui se trouvaient d'habitude sur le mur ou sur le buffet. Il y avait aussi un chiffon et du lave-vitre. De toute évidence, Powell faisait un grand ménage.

Il est revenu dans le salon en poussant une vieille table roulante un peu comme si c'était un déambulateur.

Griff a relevé la tête de sa guitare invisible et il a rougi.

– Désolé, il a dit. J'aurais dû t'aider.

– Si j'avais voulu de l'aide, j'en aurais demandé, a lâché Powell, qui semblait spécialement grognon.

Il a pris une tasse sur la table roulante et l'a posée devant Griff, puis une autre, et il s'est assis à table en face de nous. Je trouvais que ce n'était pas une bonne idée de boire du thé chaud en cette période. Mais encore une fois, qu'est-ce que j'en savais ?

Dans le bazar sur la table, Powell a pris un petit paquet en forme de livre. Il était emballé dans un papier cadeau décoré de sapins de Noël, qui n'étaient pas vraiment de saison. Powell a poussé le paquet en direction de Griff.

Griff était toujours avec sa guitare imaginaire. Je lui ai donné un coup de coude en lui disant :

– Regarde. On te fait un cadeau.

Griff a relâché les bras, surpris. Il a demandé :

– Qu'est-ce que c'est ?

– Un petit quelque chose pour te montrer que je t'apprécie, a déclaré Powell. Pour avoir pris la peine de venir me voir chaque mercredi après-midi. Tu ne parles pas beaucoup, mais… tu vas quand même me manquer. *Diolch yn fawr*, Griff Taylor.

Griff a eu l'air plus surpris que jamais, puis il a rougi. Il se mordait la lèvre d'un air gêné.

– Ce n'était pas la peine, il a dit. Et en fait, j'allais te demander si je peux continuer à venir cet été. Et puis, je n'ai pas de cadeau pour toi.

Powell a cessé d'un coup d'être grognon. Il avait l'air aussi gêné que Griff. Mais content, également. Après avoir bu une gorgée de thé, il a souri et déclaré :

– Je serai ravi que tu continues à venir me voir, mon gars. Mais c'est quand même un cadeau pour toi, il a dit en désignant le paquet de la tête. Et je n'ai pas besoin de quoi que ce soit en échange. Tu as donné de ton temps en venant bavarder avec moi chaque mercredi. Tu m'as poussé dans cet atroce fauteuil roulant, tu m'as fait ressortir tous mes Buddy Holly et tu m'as fait découvrir Kanye West. C'est bien suffisant comme ça.

Griff est resté bouche bée, puis il a demandé :

– *Moi*, je t'ai fait découvrir Kanye West ?

– Oui, a insisté Powell. Le premier jour où tu es venu, tu m'as demandé si j'avais des disques de Kanye West. J'avais déjà entendu parler de lui, mais je n'avais jamais pris la peine d'écouter sa musique. Alors je l'ai regardé à la télévision quand il est passé à Glastonbury. Il ne se prend pas pour de la merde, mais il est bon.

Griff regardait Powell d'un air stupéfait. Pour être honnête, moi aussi.

– Sans déc, a dit Griff. Je vais te faire une playlist, alors.

Powell a de nouveau désigné le paquet.

– Ouvre ça, d'abord.

Griff a attrapé le cadeau, a glissé un doigt sous le scotch mal accroché et a déchiré le papier. Puis il s'est redressé. « Plein de galimatias ».

– Merci, il a dit. Un dictionnaire gallois-anglais. C'est… très gentil.

– N'en fais pas trop, surtout, j'ai soufflé.

Powell a souri.

– Je me suis dit que ça pourrait te servir. (Il s'est penché vers Griff et il a mis sa main devant sa bouche comme s'il révélait un secret.) Tu sais,

Griff, ton amie Hari et mon amie Enid discutent beaucoup. Puis Enid vient tout me raconter. Alors je sais qu'il y a un jeune garçon qui a du mal avec ses devoirs de gallois.

J'ai mis mes deux mains sur mon visage et j'ai éclaté de rire.

Griff est redevenu tout rouge.

– Oh, ça va, il a fait. Hari m'aide. Mais merci, ça me sera très utile.

Powell a posé les mains et secoué la tête.

– Ce que j'ai entendu dire, ce n'est pas tellement qu'elle t'aide, c'est qu'elle te laisse recopier ses anciens exercices. Mais tu dois essayer par toi-même, mon garçon. Les langues, c'est important. Cela se mêle à l'âme, et si tu comprenais un peu le dialecte du coin, ça t'aiderait à te sentir davantage chez toi.

Mon frère a commencé à pâlir.

– J'ai habité en Chine, il a déclaré. Ce n'est pas pour ça que j'ai appris le chinois.

Powell s'est penché vers lui.

– Et est-ce que tu avais l'impression d'être chez toi en Chine ?

Griff a haussé les épaules, l'air perdu.

– Je sais pas.

– Eh bien voilà, a dit Powell.

Griff s'est agité sur son siège d'un air nerveux. Je l'ai observé de près. Je ne sais pas pourquoi mais, moi aussi, je commençais à ne pas me sentir très bien.

– C'est facile pour toi, a dit Griff. Tu es d'ici, alors naturellement, tu parles gallois, mais pas moi. (La voix de mon frère s'est faite plus aiguë.) Je n'arrive même pas à comprendre le nom des rues tellement cette langue est *imprononçable* ! Et je suis ici uniquement parce que je n'ai *nulle part ailleurs* où aller.

Le temps a passé dans un silence absolu.

Griff a posé lourdement les coudes sur la table et enfoui la tête entre ses mains. J'ai regardé Powell d'un air soucieux. Powell a regardé Griff d'un air soucieux.

Le temps a passé.

Powell s'est bruyamment éclairci la voix. Puis il a dit :

– Je suis désolé, mon garçon. Peut-être que je me suis mal exprimé.

J'ai donné un nouveau coup de coude à Griff.

– Griff, je t'en supplie, ne lui en veux pas. Il essaie juste de t'aider.

À mon grand soulagement, il m'a entendu. Il a redressé la tête et il a dit :

– Désolé.

Powell a hoché lentement la tête. Puis il a tendu une main tremblante et il a cherché parmi les photos sur la table. Au bout de quelques secondes, il a posé les doigts sur un cliché en noir et blanc. Celui du petit garçon sérieux qui ne souriait pas.

– Griff, a dit Powell tout bas, j'aimerais que tu regardes ça.

Griff s'est frotté furieusement les yeux, puis il a obtempéré.

Powell a doucement posé la photo entre les mains de Griff.

– C'est moi, il a dit. Quand j'étais petit garçon. Maintenant, retourne-la.

Griff a regardé Powell. Puis la photo. Puis il l'a retournée.

– Mon nom est écrit derrière, a dit Powell.

Griff a approché la photo de son nez. Le nom était écrit dans une encre devenue marron clair au fil du temps. Il y a très longtemps, quelqu'un avait écrit :

Pawel Ciechanowski, 7 *ans*

Griff a froncé les sourcils et a tenté de lire :

– Pa-wel K isi ch... (Puis il a renoncé, a secoué la tête et a reposé la photo sur la table.) Je ne comprends pas. Tu t'appelles Powell Roberts.

Powell a acquiescé et repris la photo. Il l'a regardée et, un instant, j'ai cru qu'il pleurait. Ensuite, il a souri, et il avait l'air d'aller très bien. Je crois que ses yeux étaient juste un peu humides, comme ça arrive parfois aux personnes âgées.

– En effet, aujourd'hui, je suis Powell Roberts. Mais avant, je me suis appelé Pawel Ciechanowski.

J'ai observé le vieil homme sans comprendre. Le bruit qu'il venait de faire avec ses lèvres semblait n'avoir que peu de rapport avec les lettres derrière la photo.

Pavel Shek-a-novskee

C'était le même truc que Dee avec son Dwysli / Doyce-lee.

– À l'époque, j'étais un petit garçon polonais. J'imagine que, du coup, c'est un peu comme toi.

Quand je suis arrivé au pays de Galles, j'ai trouvé cet endroit étrange et lointain, et je me suis senti très seul.

Griff et moi, on regardait fixement Powell, ou Pawel, sans rien dire. Je ne crois pas que Griff respirait. Je sais que moi, non. Il a continué :

– Cette photo a été prise quelques jours avant que je parte de chez moi. Ma maman a écrit mon nom derrière, ainsi que mon âge. Sept ans. Je ne souris pas, parce que je suis malheureux. Je sais que je vais être envoyé très loin pour vivre avec des inconnus.

Griff a tendu la main et, à mon immense surprise, a pris celle du vieil homme. Puis il a posé la question que j'avais envie de poser :

– Pourquoi ?

Powell a posé son autre main sur leurs deux mains et il a agité tristement la tête.

– Quand j'étais petit, il se passait des choses terribles dans le monde. Vraiment terribles. La guerre était sur le point d'être déclarée, et la Pologne se retrouvait au centre de tous les enjeux. (Il a de nouveau secoué la tête, et il a haussé les deux épaules.) Tu dis que je suis gallois mais, avant ça, j'ai été polonais. Et à l'époque où cette photo a été prise, la Pologne n'était pas un endroit sûr.

Griff et moi, on le dévisageait. On a beau étudier la guerre à l'école, on en apprend tous les jours.

Griff a demandé :

– Et…

– Et, a poursuivi Powell, je te raconte tout ça parce que je suis un peu comme *toi*. Je suis arrivé au pays de Galles depuis un endroit lointain, et j'ai cru que je ne m'habituerais jamais. J'ai cru que ça ne serait *jamais* chez moi, ici, que je passais juste un moment dans un étrange pays avant que je puisse en repartir. (Il a tapoté le dictionnaire.) Mais tu sais quoi ? Une fois que j'ai arrêté de me conduire en étranger et que j'ai accepté ce pays, eh bien, il m'a accepté à son tour.

– D'accord, a dit Griff. D'accord, je comprends. Je vais faire mes devoirs de gallois. Mais… ce n'était pas ce que je voulais demander.

Powell a froncé les sourcils.

– Ah bon ?

– Non, a dit Griff. Ce que je demandais, c'est qu'est-ce qui s'est passé ? Après cette photo ?

Powell a poussé un soupir.

– J'ai eu beaucoup de chance, il a dit. J'étais fils unique. Mes parents n'avaient pas assez d'argent pour qu'on parte tous les trois, mais ils voulaient absolument me faire quitter le pays avant que ça devienne impossible.

Griff a eu l'air perdu.

– Donc tu es… juif ?

– Non, a répondu Powell. Juste polonais. (Il a gardé le silence, et le seul bruit a été celui de l'horloge posée sur le buffet. Puis il a pris une grande bouffée d'air et il a continué :) Une cousine de ma mère avait épousé un marin anglais. Elle vivait avec lui en Angleterre. En tout cas, ma mère *croyait* que c'était l'Angleterre. En fait, le marin était gallois, et la cousine habitait Cardiff. Maman lui a écrit. Ma tante Dora. Et Dora a répondu que si elle lui envoyait son fils par bateau, elle l'accueillerait et prendrait soin de lui jusqu'à ce qu'il puisse retourner en Pologne. C'est ce qui s'est passé.

Griff avait retiré sa main de celle de Powell et il pressait maintenant ses paumes l'une contre l'autre. Comme s'il priait.

– Mais… tu es toujours ici, il a soufflé.

Powell a posé ses paumes sur la table, il s'est levé et il a cherché sa canne des yeux.

– En effet. Je suis resté avec tante Dora et oncle John. Pour finir, ils m'ont adopté, alors j'ai pris leur nom : Roberts. De toute façon, personne ne parvenait à épeler le mien. Pawel est devenu Powell. Parce que c'était plus simple, aussi.

Il a repéré sa canne contre le mur, l'a attrapée et s'est lentement dirigé vers la cuisine. Griff a sauté sur ses pieds et l'a suivi et moi, j'ai suivi Griff. Mon frère a demandé :

– Mais tes parents ?

Powell était en train de remettre la bouilloire à chauffer. Sans se retourner, il a posé la bouilloire sur le feu et a baissé la tête, si bien qu'on ne voyait plus que sa nuque.

– Je ne les ai jamais revus.

Mon frère est resté totalement immobile dans l'embrasure de la cuisine. C'était comme un plan fixe dans un film. Puis ses genoux se sont dérobés sous lui, et il a glissé contre le montant de la porte.

– Griff ! j'ai crié, et j'ai voulu le retenir, mais il a traversé mes bras qui n'existaient plus.

J'ai mis mes mains qui n'existaient plus sur ma tête qui n'existait plus, et je me suis senti désespéré, car impuissant.

Powell s'est retourné, il a attrapé sa canne et

s'est approché très vite de mon frère. Puis, lentement, à l'aide de sa canne, il s'est baissé jusqu'à se mettre à genoux et il a posé les mains sur les épaules de mon frère. Griff pleurait. Comme un fou, de façon incontrôlable. Le genre de sanglots qui partent du ventre et qui surgissent comme une éruption volcanique. Je ne l'avais vu pleurer comme ça qu'une seule fois. À ma mort.

– Mon garçon, mon garçon. Ne t'inquiète pas. Je vais bien. C'était il y a très longtemps.

Mais Griff a continué à pleurer.

Powell l'a regardé et il a vu quelque chose sur son visage. De la tristesse, sans aucun doute, mais pas seulement. Je crois que c'était un lien. L'horloge a continué à faire tic tac, et le vieil homme a mis les bras autour de mon frère en larmes et l'a serré fort contre lui.

– Pleure, pleure, il a dit. Laisse-toi aller.

27

Pour se sentir mieux, rien de tel que de penser à quelque chose d'heureux.

Et la première chose qui m'est venue en tête c'était une vision de

ma

mère

et

moi

dans

la minuscule cuisine de notre appartement de Brooklyn. La cuisine était si petite que, même à deux, on tenait à peine. Je boudais, assis sur le plan de travail. Ma mère était debout devant la cuisinière, elle attendait qu'une casserole d'eau se mette enfin à bouillir.

– Je ne comprendrai jamais pourquoi les Américains n'ont pas de bouilloire, elle a pesté. (Puis elle m'a regardé par-dessus son épaule.) Qu'est-ce que tu as, *puddy-pants* ?

– M'appelle pas comme ça, j'ai rétorqué.

– Désolé, a fait maman. Je recommence. Qu'est-ce que tu as, Dylan mon chéri ?

J'ai soupiré bruyamment en balançant mes jambes. Puis j'ai dit :

– C'est à cause de Lester.

Lester était un camarade de classe. Mon ami, je croyais. Mais le genre d'ami qu'on a parfois envie de frapper.

– Je croyais que c'était ton ami, a dit maman. Qu'est-ce qu'il a fait ?

– Il fait une grande fête pour son anniversaire, j'ai répondu.

Ma mère a froncé les sourcils devant sa casserole d'eau qui ne bouillait toujours pas. Puis vers moi.

– Et il ne t'a pas invité ?

– Non. Si.

Ma mère a de nouveau froncé les sourcils.

– Qu'est-ce que tu veux dire ? Il t'a invité ou pas ?

J'ai roulé des yeux.

– Non, je veux dire, si, il m'a invité.

Maman a haussé les épaules.

– Alors, pourquoi tu fais cette tête ?

J'ai de nouveau poussé un soupir. Plus fort, cette fois.

– Son anniversaire, c'est *demain*. Et devine quand il fait sa stupide fête ?

– Je ne sais pas, a dit maman. Je déteste les devinettes. On pourrait passer tout le calendrier avant d'y arriver.

– Le week-end dans deux semaines. Le jour de *mon* anniversaire.

Des bulles se sont enfin formées dans l'eau. Maman les a regardées, puis elle s'est gratté la tête.

– Eh bien, je ne vois pas le problème. Ton père et moi, on avait prévu de t'emmener manger un bon burger, mais on peut faire ça un autre jour. Et Lester t'a invité, donc tout va bien. Tous tes amis seront avec toi, ça ne change rien au fait que ça soit ton anniversaire, si ?

Elle ne comprenait vraiment rien. Alors j'ai essayé de lui expliquer :

– Mais je passerai *mes* quinze ans à la fête de *Lester* !

Les bulles s'agitaient comme des folles dans la casserole. Maman a coupé le gaz et attrapé deux tasses.

– Dans ce cas, n'y va pas, elle a proposé.

Je l'ai regardée d'un air ébahi. Elle ne comprenait vraiment rien !

– Bien sûr que si, j'y vais ! Tout le monde y va !

Maman a mis un sachet de thé dans chaque mug puis a versé l'eau fumante dessus.

– Alors arrête de faire des histoires et arrange-toi pour passer un bon moment.

Sur le rebord de la fenêtre, le téléphone de maman a sonné.

– Un instant, elle m'a dit.

Je suis resté assis sur le plan de travail. Je balançais mes jambes d'un air furieux. Maman s'est mise à parler, et très vite, j'ai cessé d'être furieux.

– Silke ! Bonjour, comment vas-tu ? (Long silence.) Non ! Quand ça ? (Court silence.) Oh, mais c'est formidable ! (Encore un court silence.) Oui, nous serons là. (Long silence.) Oui, oui, bien sûr ! (Court silence.) D'accord d'accord. Oui, bien sûr. Eh bien, on se voit à ce moment-là.

Ma mère a reposé son téléphone sur le rebord de la fenêtre et m'a regardé avec un sourire tout excité.

– Devine qui c'était ?

– Silke Sommer, j'ai dit en souriant. Cent pour cent sûr. C'est mon dernier mot.

– Eh oui ! a dit maman. Ça fait des siècles que je ne l'ai pas vue. Ils s'offrent un week-end shopping à New York et proposent qu'on dîne ensemble.

Tout à coup, sa main s'est portée à sa bouche.

– Oh, non ! elle s'est exclamée.

– Quoi ? j'ai dit, d'un air inquiet.

– C'est le jour de ton anniversaire. Oh non, je suis désolée ! Elle m'a prise par surprise. Ça t'embête ?

Maman se mordait la lèvre d'un air vraiment ennuyé.

J'ai froncé les sourcils. J'avais beau avoir envie de retrouver Matilda, je n'avais pas envie de rater la fête de Lester. Même s'il la faisait le jour de mon anniversaire.

J'ai rejeté la tête en arrière et regardé le plafond.

– Maman, cela signifie que je vais devoir passer mes quinze ans dans un restaurant ennuyeux de Manhattan à écouter l'ennuyeux Sven parler de ses ennuyeuses histoires de banque pendant que toute ma classe sera à la fête de Lester ?

Maman m'a regardé. Et là, elle a secoué la tête.

– Non, pas du tout. Cela signifie que je vais inviter Silke et Sven *ici* et que *toi*, pendant ce temps, tu pourras emmener Matilda à la fête de Lester. (Puis elle a haussé les épaules en ajoutant :) Bien sûr, si Matilda en a envie, si Silke et Sven sont d'accord, et aussi, si ça te va…

J'ai senti le coin de mes lèvres frétiller. Et un sourire a envahi mon visage, mon corps, mon âme.

J'ai fait un petit haussement d'épaules.

– Ouais, bonne idée, j'ai dit.

28

Griff ne pouvait plus s'arrêter de pleurer, et Powell est resté si longtemps à genoux par terre dans sa cuisine que ses jambes se sont raidies. Pour finir, il a attrapé le bip d'urgence qu'il portait autour du cou et il a appuyé dessus.

En l'espace de quelques secondes, Hedd était là. Elle les a ramassés tous les deux, les a installés chacun dans un fauteuil et leur a servi une tasse de thé. Puis, comme Griff continuait à pleurer, elle est allée chercher Hari chez Enid. Ce qui a un peu calmé Griff. Quelques larmes coulaient de temps en temps, mais le pire du tsunami était passé. Bientôt, le visage tout marbré, il ne rêvait plus que de fuir.

– Prends ton temps, mon chéri, a dit Hedd d'un air inquiet. Ce n'est pas rien d'avoir pleuré comme si tu avais tout le poids du monde sur tes épaules.

Et là, Griff s'est essuyé le nez en secouant la tête. Parce qu'elle avait raison. Ce n'était pas rien. Mais parfois, c'était nécessaire. À ce moment-là, dans cette pièce, dans tout le cosmos, je me suis senti un peu mieux.

– Allez, viens, Gryffondor, a dit Hari. On va prendre le soleil.

– N'oublie pas ton sac, mon garçon, a dit Powell.

– Ah, oui, a fait Griff. Et mon dictionnaire de gallois.

Il a reniflé en faisant un drôle de petit sourire au vieux bonhomme.

Powell a mis le dictionnaire entre les mains de mon frère et l'a regardé avec ses yeux clairs et larmoyants.

– Tu reviendras, alors ?

– Bien sûr, a répondu Griff. (Et il avait beau avoir dit ça tout bas, c'était aussi affirmatif que possible.) Merci, Powell. Je suis désolé de t'avoir fait si peur.

Powell a posé une main sur le bras de mon frère.

– Ne t'excuse pas. Cela peut être difficile de pleurer. Parfois, c'est plus dur de pleurer pour soi que pour les autres.

Griff a regardé le vieil homme droit dans les yeux et il a hoché la tête.

– C'est totalement vrai. Tu as raison.

– J'ai intérêt, a dit Powell. Je suis assez vieux pour ça.

Sur un banc face à la mer, Griff a tout raconté à Hari. Sans fioritures, mais ça, c'était inutile. Ce n'est pas le genre d'histoire qu'il faut enjoliver avec des adjectifs, des exclamations et de la poésie.

Puis Griff a mis ses Nike sur son siège et ses genoux à côté de ses oreilles, en position de sauterelle. Près de lui, Hari est restée immobile au moins une minute. Ensuite, elle aussi a mis les pieds sur le banc et ils sont restés tous les deux le menton sur les genoux, à regarder droit devant eux.

– Putain, a lâché Hari. (Puis, en secouant la tête, elle a dit :) J'avais bien compris qu'il t'était arrivé quelque chose de terrible en Amérique. Mais… mais ça… oh, Griff. Je suis tellement désolée.

Griff a secoué la tête à son tour.

– Non, non, c'est… (Il a pris une grande bouffée d'air et il a lâché :) Est-ce qu'on peut juste rester un moment sans parler ?

Hari a hoché la tête.

Dans le ciel, les mouettes partaient en piqué, tourbillonnaient et émettaient leurs étranges cris de mouette. Au loin, dans les petites rues fréquentées du centre-ville, on entendait le ronronnement incessant des voitures. À gauche, des voix fantomatiques résonnaient à tout jamais dans les ruines du château. Et devant eux, immense et sans fin, la mer scintillait comme un tapis de saphirs sous le soleil estival.

Un long moment s'est écoulé.

– Mon frère aurait pu devenir poète, a repris Griff. Comme Dylan Thomas. (Un sourire est apparu sur son visage.) Dyl savait y faire avec les mots. Je sais qu'il aurait trouvé quelque chose de beau à dire sur cet endroit. (Il a souri encore plus.) Et ma mère aurait aimé cet endroit, elle aussi. Ce banc, je veux dire. Elle était galloise. Comme toi. (Griff a tourné la tête vers Hari.) Elle était vraiment cool, ma mère. Elle avait un piercing en argent dans la narine et elle riait tout le temps. Mon père aussi, il était cool. C'est les parents les plus cool qui aient jamais existé.

– Ils avaient l'air formidables, a renchéri Hari. (Griff n'a pas répondu. Il s'est contenté de hocher la tête. Hari a serré ses jambes contre elle.) Je n'imagine pas ce que tu dois ressentir, elle a dit tout bas. Mais au moins, tu sais qu'ils t'aimeront toujours. Au moins, tu sais à quel point ils t'ont aimé.

– C'est vrai, a dit Griff en hochant de nouveau la tête.

Une bourrasque a rabattu leurs cheveux sur leurs yeux. Hari a sorti un chouchou de son sac. Alors qu'elle se faisait une queue-de-cheval, quelque chose a attiré son attention sur le banc. Une petite plaque en métal.

En mémoire de
John et Didi Morgan
« L'amour triomphe de tout. »

Hari a lu ça tout haut, puis elle a doucement caressé la plaque du bout des doigts.

– Tu vois ? Ce que je venais de te dire ? L'amour, ça permet de traverser n'importe quoi. C'est beau que quelqu'un ait mis ça sur ce banc en souvenir de John et Didi. Ça veut dire qu'ils sont toujours un peu là, tu ne crois pas ? Toute personne qui s'assied ici peut lire leurs noms et penser à eux.

Griff a chassé ses cheveux de ses yeux.

– Les gens qu'on aime ne s'en vont jamais vraiment, il a déclaré. Toute cette énergie, il faut bien qu'elle aille quelque part, non ? (Il est devenu rouge et il a baissé les yeux vers ses baskets. Puis il a pris une profonde inspiration et a de nouveau regardé la mer.) J'imagine que c'est une loi de physique.

J'avais beau savoir que ce n'était pas à moi qu'il parlait, je lui ai quand même répondu. Jusque-là, je m'étais tenu à distance, j'avais essayé de laisser toute la place à Griff mais, là, je n'ai pas pu m'empêcher de crier très fort :

– Griff, tu as tout compris ! Griff, je suis là !

Griff s'est frotté le coin des yeux en continuant à regarder la mer.

– Je pense tout le temps à eux, il a repris. À chaque instant. Surtout à Dylan. Je me demande ce qu'il aurait dit de certains trucs, ce qu'il m'aurait conseillé dans certaines situations, et… je sais que ce n'est pas grand-chose, mais d'une certaine manière, c'est un peu comme s'il était toujours là avec moi.

Il y a eu une bourrasque de vent et, sur la promenade, les drapeaux ont claqué bruyamment au sommet de leurs mâts. Le soleil brillait, pourtant Griff a été parcouru de frissons.

– Ça souffle le chaud et le froid. C'est toujours comme ça, ici. Tu vas t'y faire, a déclaré Hari.

Tout à coup, Griff s'est levé, il a mis une main en visière et il a regardé la mer.

– Il y a quelque chose dans l'eau, il a dit. Regarde.

Hari s'est levée à son tour. Puis elle s'est exclamée :

– Oh ! des dauphins !

En effet. Trois, quatre, cinq dauphins, peut-être plus, bondissaient dans l'eau.

– Voir un dauphin, ça porte chance, a déclaré Griff. C'est Dee et Owen qui m'ont appris ça.

Hari, dont le visage s'était déjà illuminé à la vue des dauphins, a lancé :

– Tu veux savoir ce qui porte *encore plus* chance ? Mettre un coup de pied dans la rambarde.

Griff a froncé les sourcils et il a repoussé ses cheveux qui lui tombaient dans les yeux.

– Quoi ?

– C'est une tradition, à Aberystwyth. Tu vas le plus loin possible sur la promenade, et tu donnes un coup de pied dans le barreau le plus bas de la rambarde. Tout le monde fait ça. Ça porte chance. C'est pour ça que les gens sont heureux, ici. (Elle s'est corrigée.) Pas vraiment tout le monde. Pas ce pervers de Lew. Mais *la plupart* des gens.

Griff s'est levé.

– Allons-y maintenant, il a dit, je vais faire péter ce barreau.

Sans attendre, Hari s'est mise à courir en direction des ruines du château.

– Allez, viens, Gryffondor ! elle a dit par-dessus son épaule. Le dernier arrivé est un *puddin'-pants* !

29

Je me suis adossé aux vieilles pierres du château en ruine et j'ai regardé mon frère et son amie faire la course tout le long de la promenade. Puis, alors qu'ils disparaissaient au loin, je suis retourné au banc de John et Didi, et je m'y suis affalé. Avec ma main de fantôme, j'ai caressé le bois. Pour Griff, tout venait de changer. Pour lui, ce banc prenait une tout autre signification. Ce banc, c'était une marche qui l'éloignait un peu de son immense chagrin. Mais pour moi, il n'y avait pas de marche, aucun espoir de changement. Les mouettes criaient toujours dans le ciel. Les dauphins pointaient toujours leur nez hors de l'eau et, de temps en temps, des gens passaient sans me voir. Des mères avec leurs enfants. Des retraités qui se promenaient. Des personnes qui sortaient leur chien. Parfois, les chiens tournaient la tête et reniflaient l'air dans ma direction ; c'étaient les seuls à remarquer ma présence. Je ne m'étais jamais senti aussi seul.

– L'amour triomphe de tout, j'ai murmuré.

À personne. À moi. Ces mots devaient vraiment être magiques. Parce que, aussitôt, c'était comme si j'avais dit *abracadabra* ou éparpillé de la poussière de lutin, je me suis senti mieux. Certes, j'étais toujours mort, ça ne changerait pas, mais la personne qui avait posé cette plaque pour John et Didi avait réalisé là un acte puissant. Elle avait affirmé que l'amour peut franchir de nombreuses frontières. Y compris celle entre la vie et la mort. Avant que je m'en rende compte, l'espace-temps avait changé et m'emmenait ailleurs. Et, cette fois, c'était

assis

dans

l'escalier

de la maison de Lester Disario. Le jour de sa fête d'anniversaire. Le jour de *mon* anniversaire. Et d'une étape essentielle.

Mes amis étaient dispersés dans les différentes pièces et les couloirs, tandis que la voix de Kanye West résonnait partout. Le seul endroit un peu plus calme, c'était sur les marches où je me trouvais. Au milieu de l'escalier. Ni tout en haut, ni tout à fait en bas. En fait, avoir quinze ans, ce n'était pas simple. Sans doute à cause de la bière tiède, et sans doute aussi parce que je n'étais pas tout seul sur les marches. Matilda Sommer était assise juste à côté de moi. Elle avait grandi, ses cheveux étaient plus courts que jamais, mais elle restait la Matilda que je connaissais depuis toujours ou presque. Tout ça aurait été génial si ma tête n'avait pas été totalement colonisée par un immense SI.

SI je montrais à Matilda à quel point je l'aimais, est-ce qu'elle allait me balancer comme un sac de vomi, ou est-ce qu'elle allait me prouver que c'était le cas pour elle aussi ?

Cette question me hantait.

Alors j'ai joué la sécurité. Et on a siroté notre bière tiède en écoutant Kanye West. Puis, juste pour dire quelque chose, j'ai désigné de la tête mon verre en plastique et j'ai crié :

– On dirait du pipi de chat. Et si on allait se chercher un soda, ou un truc comme ça ?

J'étais obligé de crier. À cause de Kanye West.

– Non, a répondu Matilda sur le même ton. *J'aime bien* le pipi de chat. (Elle a pris une gorgée puis elle a ri.) Mes amis à Munich vont être trop jaloux que je sois allée à une fête d'anniversaire à New York !

Mon cœur a bondi. Elle passait donc un bon moment. Peut-être était-ce un signe ? À l'étage du dessous, Kanye West rappait encore plus fort. J'ai mis la bouche près d'une oreille de Matilda.

– Donc ça ne te dérange pas d'être là avec moi ?

Matilda a tourné la tête, et nos nez ont failli entrer en collision. Je me suis reculé, les joues brûlantes. Matilda a mis les lèvres si près de mon oreille que j'ai senti son souffle.

– Non, elle a dit, je trouve ça trop cool. (Mon cœur a encore bondi. Elle a pris une autre gorgée de cette bière atroce et elle a levé les yeux au ciel.) Mais tu n'es pas furieux que ton père vienne nous chercher à dix heures et demie ? Dix heures et demie ! Qui part d'une fête à cette heure ?

Je me suis mordu la lèvre et je lui ai souri en hurlant :

– Je suis désolé, il est très papa poule.

Matilda a froncé les sourcils et mis sa main en coupe autour de son oreille.

– Très quoi ?

– Papa poule, j'ai crié.

Matilda a froncé encore plus fort les sourcils, puis elle a regardé sa bière tiède pendant ce qui m'a semblé des heures. Elle a remis la bouche près de mon oreille, et elle a demandé :

– À cause de moi ? Parce que je suis une fille ?

J'ai fait signe que non en fronçant à mon tour les sourcils. Serait-elle en train de critiquer mon père ? Je lui ai donné un coup de coude.

– Non, à cause de *moi*. Parce que je suis son fils. Il y a des cinglés qui traînent le soir ici, alors il veut être sûr que je sois en sécurité. Mais maintenant que j'y pense, il veut être sûr que, toi aussi, tu sois en sécurité.

J'ai reçu le même coup de coude en retour.

– De toute façon, cette fête est nulle ! a lancé Matilda.

Mon cœur a explosé. Elle s'ennuyait. Avec moi ? Moi, j'aurais pu être avec elle en plein désert Mojave sans jamais m'ennuyer.

Tout à coup, Kanye West s'est tu. J'ai compris que le père ou la mère de Lester avait dû trouver l'ordi ou l'iPod à l'origine du volume sonore. J'étais soulagé. Ça voulait dire qu'on ne serait plus obligés de crier. Matilda a tourné le poignet pour regarder sa montre. Un peu de bière s'est renversée sur la moquette de l'escalier.

– Il nous reste trente-trois minutes avant que ton père arrive, elle a dit en gonflant les joues d'un air ennuyé. J'ai passé la soirée assise sur ces marches sans parler de rien.

J'ai regardé mes baskets d'un air gêné. Mon quinzième anniversaire tournait au désastre. Matilda a vidé sa bière, a écrasé son verre en plastique et l'a jeté.

– C'est dur, non ? elle a demandé.

J'ai serré ma bière plus fort.

– Quoi ?

– C'est comme quand tu lis un livre, que tu sais ce qui va se passer, mais que tu as peur de tourner la page au cas où ça ne correspondrait pas à ce que tu as en tête.

Je l'ai regardée d'un air intrigué. Elle était ivre ou quoi ? Pourtant, elle n'en avait pas *l'air*. Matilda a poussé un soupir.

– Tu ne comprends pas où je veux en venir, hein ?

– Non, j'ai dit, préférant jouer la carte de la franchise.

Je me suis contenté de hausser les épaules en signe d'excuse. Matilda s'est tournée de façon à me faire presque face.

– Tu ne crois pas que certaines choses doivent *inévitablement* se produire ? elle a insisté.

J'ai senti que je fronçais les sourcils encore plus fort. Kanye West chantait à nouveau *Gold Digger* et là, au même moment, Matilda voulait me parler de quelque chose de profond, d'incompréhensible et d'inévitable. Cette fête était de pire en pire. J'avais presque envie que mon père arrive à l'avance.

Matilda a insisté :

– Je crois que certaines choses *doivent* se passer parce que c'est *écrit*. C'est comme si l'avenir avait été décidé pour nous, qu'on était juste les personnages d'un roman.

– Tu as trop bu, j'ai dit.

– Pas du tout, a rétorqué Matilda en me lançant un regard noir. *Gottverdammt*, Dylan, je suis en train de te dire quelque chose de très important.

J'ai regardé ma bière d'un air misérable. Soit elle avait trop bu, soit c'était moi. Je n'avais aucune idée de ce dont elle parlait. En secouant la tête, j'ai dit :

– Moi, je ne crois pas à ça. Je pense qu'on a du contrôle sur notre vie, à part notre naissance et notre mort. Sinon, on ne serait que de la glaise, non ? Ou des pièces sur un échiquier. Et je *refuse* de n'être qu'une pièce sur un échiquier. J'aime écouter du rock, lire de la poésie, suivre les matchs du Bayern de Munich, être ici à Brooklyn et manger des samosas au curry. C'est ce qui fait ce que je suis. Rien de tout ça n'a été décidé pour moi par un écrivain invisible. J'ai décidé ça tout seul.

Matilda a hoché la tête, comme si je venais de marquer un point. Puis elle a dit :

– Et moi ?

Ça, ce n'était pas une question facile. Quand j'y pensais, rien n'était *jamais* facile avec Matilda. Comme ce jour dans le jardin Yuyuan où elle m'avait annoncé être amoureuse de Li. Ou à Barcelone, quand elle m'avait fait si honte devant sa mère. Et bien d'autres fois encore. J'ai entrecroisé mes doigts et je les ai fait craquer pour me donner un peu de temps. *Crac, crac, crac, crac!* Puis j'ai soupiré en demandant :

– Toi ? C'est-à-dire ?

Matilda a demandé :

– Je te plais ?

Je me suis figé. Que répondre à ça ? Après un délai de plusieurs siècles, j'ai à nouveau choisi la franchise.

– Bien sûr que oui, j'ai répondu.

Matilda a souri.

– Je te plais et tu me plais, c'est ton anniversaire, on est ensemble ce soir, alors qu'on ne vit même pas sur le même continent. Tu ne crois pas que c'est presque trop parfait ? Comme si quelque chose qu'on ne contrôle pas nous mettait malgré tout en présence l'un de l'autre ?

Je me suis mordu la lèvre et j'ai hoché la tête. J'étais incapable de la quitter des yeux.

– Ouais, j'ai dit, et je souriais tellement que je devais avoir l'air débile. Tes parents voulaient s'offrir un voyage à New York et ils t'ont emmenée. Totalement incontrôlable, comme truc.

Elle me regardait droit dans les yeux. À croire qu'on faisait un concours. Je ne pense pas avoir jamais regardé quelqu'un aussi longtemps sans cligner des yeux. Elle a dit :

– Bon, d'accord, ils avaient envie de venir à New York. Mais pour commencer, comment tu expliques notre rencontre ?

– Le hasard, j'ai répondu.

Matilda a froncé les sourcils.

– Et les détachements de papa à Shanghai et Barcelone ?

– Une coïncidence, j'ai dit. Sauf si ta famille traque la mienne.

Matilda m'a donné un petit coup de poing. Un courant d'un million de mégawatts est passé entre nous.

– À part ça, tu ne crois pas au destin ?

– Nan, j'ai dit.

Matilda s'est mordu la lèvre.

– C'est dommage, elle a insisté. (Et vu sa tête, elle le pensait vraiment.) J'étais certaine qu'il allait se passer quelque chose de *bien* à cette fête, à cause du *destin*.

J'ai senti ma figure devenir rouge. En toute honnêteté, ce n'est pas la seule partie de mon corps qui est devenue rouge. J'ai dit :

– Et... qu'est-ce qu'il va se passer, selon toi ?

Matilda a haussé les épaules, roulé des yeux et tourné la tête.

– Je ne sais pas. Peut-être que je me trompe. Dans ce cas... Tu sais quoi ? Ça n'a pas d'importance.

Je me suis mis à paniquer, puis une voix dans ma tête a supplié : « Dylan, dis quelque chose ! *Fais* quelque chose ! Parce que ça va de garder ses sentiments pour soi, mais pas toujours. Parfois, dans la vie, il faut prendre des risques, quitte à se faire mal. Appelle ça un destin cosmique si tu veux. » Alors, j'ai rassemblé mon courage, j'ai tendu la main et j'ai caressé la joue de Matilda. Elle a tourné la tête vers moi.

– Cette chose que tu pensais être inévitable, c'était ça ? j'ai demandé.

Et là, je me suis penché pour l'embrasser tout doucement sur les lèvres.

Et…

Boum
Frisson
Feu d'artifice

… Matilda Sommer m'a rendu mon baiser.

30

Quand j'ai rejoint Griff, il remontait la colline. Hari était rentrée chez elle, et mon frère marchait comme quand on se croit seul. Il avait mis la courroie de son sac sur son front et il le portait dans son dos. Ce qui lui libérait les bras, si bien qu'il pouvait les agiter comme des pistons qui l'aidaient à gravir la colline. Si je suis honnête, on aurait vraiment dit un crétin. Et si j'avais pu le lui dire, je l'aurais fait. Et je sais qu'il aurait fait pareil pour moi. C'est à ça que ça sert, un frère.

Mais quand on a tourné à gauche, Griff a cessé d'agiter les bras et il s'est figé sur place. Devant le 13 Pant-yer-Coad, il y avait une voiture sur le trottoir. Ce qui n'avait en soi rien d'anormal. Les gens se garaient tout le temps sur le trottoir dans Pant-yer-Coad. Mais cette voiture-là était différente. Elle avait une plaque d'immatriculation allemande.

– *Gottverdammt*, j'ai soufflé.

– *Putain, j'y crois pas*, a soufflé Griff.

Un instant, on est restés là tous les deux à regarder cette voiture étrangère. Puis Griff a incliné la tête, il a retiré la courroie de son front et il l'a remise normalement. Et il s'est hâté vers la porte.

La maison résonnait de voix, mais quand il a ouvert, elles se sont tues d'un coup. Un battement de cœur plus tard, Dee a crié :

– Griff, mon chéri, tu veux bien venir au salon ?

Griff a levé la main jusqu'à sa tête et s'est recoiffé avec ses doigts. Puis il a pris une profonde inspiration et il s'est avancé. Je l'ai suivi.

Dans le salon, Dee était perchée sur l'accoudoir d'un fauteuil. En face d'elle, Silke et Sven Sommer étaient assis sur le canapé. Pas trace de Matilda. J'ai failli m'effondrer de soulagement. Je sais que ça paraît bizarre, mais j'étais *content* qu'elle ne soit pas là. La voir dans ces circonstances, ç'aurait été horrible. Tellement irréel. Comme assister à un festival de rock mais le regarder sur l'écran d'un smartphone.

Griff a fait un immense sourire.

– J'y crois pas, il a dit. J'arrive vraiment pas à y croire. (Puis, en se tournant vers Dee, il a dit :) Je viens d'aller donner un coup de pied dans le barreau de la promenade. Parce que ça porte chance. Et ça a fonctionné, non ? Ça m'a amené Silke et Sven.

Dee a souri en pressant les paumes l'une contre l'autre. Silke et Sven se sont levés.

– Oh, Griff ! s'est écriée Silke, les larmes aux yeux, tu as tellement grandi !

Puis elle a ouvert les bras, et Griff s'est blotti contre elle.

J'étais juste derrière Dee, je regardais Silke serrer fort mon frère. Ma propre non-existence était un poids mort. Puis j'ai baissé les yeux et quelque chose m'a troublé. Un sentiment de sympathie pour Dee. On aurait dit qu'elle non plus, elle n'existait plus.

Silke a mis les deux mains sur les joues de mon frère et a murmuré :

– Je suis tellement désolée.

Griff a baissé les yeux. Dee s'est levée. Je pense que, pour une fois, tout le monde se sentait aussi mal à l'aise que moi. Dee a dit :

– J'ai tenté de t'appeler, Griff. Et je t'ai envoyé des SMS. Je voulais te prévenir que tu avais de la visite.

Griff s'est écarté de Silke.

– Excuse-moi, il a répondu, j'allume rarement mon téléphone.

Et là, je m'en suis souvenu. C'était le téléphone qu'il avait eu l'année précédente pour son anniversaire. Il l'avait toujours sur lui. Partout où il allait. Mais il ne le regardait presque jamais. Silke a dit :

– Griff, on serait venus te voir plus tôt, si seulement on avait su. On n'a pas reçu de carte pour Noël, alors j'ai tenté d'appeler ta mère, mais la ligne était suspendue. J'ai cherché un peu sur Internet et… j'ai appris ce qui s'était passé.

Elle avait expliqué ça, les yeux baissés. Elle s'est tue.

– Alors, on est partis pour New York, a repris Sven, et là, on a rencontré les gens du consulat britannique. Au début, ils refusaient de nous répondre parce qu'on ne faisait pas partie de la famille, puis on leur a montré des photos de nous tous, quand tu étais petit à Munich, et ils ont fini par accepter de nous dire où tu étais. On est venus aussi vite que possible.

Silke a relevé la tête. Elle avait les yeux rouges et humides. Elle a déclaré :

– Tu aurais dû nous appeler. On serait venus tout de suite.

Griff était maintenant très rouge, et il regardait fixement la moquette. Il essayait sans doute de ne pas craquer. Cet après-midi était une valse d'émotions.

– Je n'y ai pas pensé, il a marmonné.

Dee a proposé :

– Quelqu'un veut-il encore du thé ?

Silke l'a regardée et a répondu d'un air reconnaissant :

– Oui, s'il vous plaît.

Dee a passé la main dans ses cheveux courts.

– Owen, mon mari, va bientôt rentrer. Vous voulez rester manger un morceau avec nous ?

Sven a répondu :

– Merci beaucoup, mais nous ne voulons pas vous déranger.

– Vous ne nous dérangez pas, l'a assuré Dee.

– Nous avons pris une demi-pension à l'hôtel, a expliqué Sven. Et nous nous demandions si Griff voudrait bien nous accompagner ce soir ?

Griff a relevé la tête en souriant. Puis il a regardé Dee, et il a eu l'air un peu moins heureux.

– Euh… Oui… Cool.

Dee a mis une main dans son dos.

– Pas de problème. Comme ça, tout est réglé. Je suis sûre que ça sera meilleur que mes spaghettis. Qui veut un thé, alors ?

Silke et Sven ont hoché la tête. Griff a fait signe que non.

Quand Dee est partie dans la cuisine, Griff a demandé :

– Où est Matilda ?

– À Munich, chez une amie, a répondu Silke. Ce n'était pas un voyage d'agrément que nous allions faire là. Sven et moi voulions d'abord savoir comment tu allais.

Griff a hoché la tête avec un petit sourire.

– Ça va.

Silke a pris la main de mon frère et l'a serrée.

– Mais tu verras bientôt Matilda… quand on rentrera tous à la maison. Parce que… tu es d'accord pour venir vivre avec nous ? À Munich, je veux dire. Faire partie de notre famille ?

Dans la cuisine, il y avait des bruits de bouilloire et de tasses. Mais dans le salon, le temps s'était arrêté. Griff et moi, on a regardé Silke dans un silence ahuri. Puis Griff a dit :

– Euh…

Sven s'est approché et a posé une main sur son bras.

– Tu n'es pas obligé de donner ta réponse tout de suite. Réfléchis-y. Nous allons passer quelques jours ici avant de rentrer. Mais tu sais… cela nous rendrait très heureux si tu venais avec nous. Ça aurait du sens. Matilda a toujours rêvé d'avoir un petit frère.

Dans la cuisine, la bouilloire s'était tue, de même que les tasses. C'était comme si toute la maisonnée retenait son souffle dans l'attente de la réponse de Griff. J'ai pressé mes paumes l'une contre l'autre et, moi aussi, j'ai attendu.

Griff a levé l'autre main et l'a posée sur celle de Sven. Puis il a secoué tristement la tête, exactement comme Powell quelques heures plus tôt.

– Mille fois merci, il a dit. Je suis très touché, vraiment. (Puis il a lâché la main de Silke et s'est frotté les yeux.) Mais je ne peux pas accepter. Pas maintenant. J'ai besoin de rester ici. J'aime beaucoup Dee et Owen, et… j'ai une amie qui s'appelle Hari… C'est une fille, mais ce n'est pas ma petite amie, ni rien. Elle est super-cool, elle m'apprend à jouer de la guitare. Il y a aussi Bara Brith, la chatte. Elle m'a plus ou moins adopté. Et puis, il y a aussi ce vieux monsieur qui s'appelle Powell. Je crois que je lui manquerais si je partais. (Griff a essuyé son autre œil avec sa paume et il a reniflé.) Et puis, je crois que j'ai envie d'apprendre le gallois, aussi.

Silke pleurait pour de bon maintenant, mais elle a acquiescé et souri à travers ses larmes. Sven a dit :

– Je crains qu'il n'y ait en effet pas beaucoup de professeurs de gallois à Munich. Dans ce cas, en effet, tu es mieux ici.

Griff a repris :

– Mais j'aimerais beaucoup revoir Matilda. (Et là, il a fait un sourire malgré son visage marbré de rouge.) Ne lui racontez pas que je vous ai dit ça, mais je crois que mon frère était vraiment amoureux d'elle. Je pourrai venir en vacances chez vous, des fois ?

– Bien sûr, a dit Silke, bien sûr.

– Quand tu veux, a renchéri Sven.

Griff a souri en reniflant de nouveau.

– Et… ça vous embête si je ne dîne pas avec vous ce soir ? On pourrait se voir demain, plutôt ?

– Bien sûr, a dit Silke.

– Nous allons demander à Dee si tu peux rater les cours demain, a dit Sven, pour qu'on puisse passer toute la journée ensemble. Si tu en as envie.

– Oh, oui ! s'est exclamé Griff.

Dee est revenue dans le salon avec un plateau sur lequel étaient posées quatre tasses. Elle avait l'air bien plus joyeuse qu'en disparaissant dans la cuisine. En déposant le plateau sur la table, elle a déclaré :

– On se sent toujours mieux après un bon thé gallois.

Une fois Silke et Sven partis, Dee a demandé à mon frère :

– Pourquoi tu n'as pas voulu les accompagner à ce bon dîner ?

– Parce que j'aime tes spaghettis, a répondu Griff.

Dee l'a regardé d'un air peu convaincu. Puis elle a repris :

– Tu te moques de moi, n'est-ce pas ? Je suis une très mauvaise cuisinière.

Griff a haussé les épaules, il s'est mordu la lèvre et il a répondu en souriant :

– Maman, c'était pareil. Peut-être que c'est pour ça que j'aime ce que tu fais à manger.

Dee a eu un sourire ému.

– Si ta mère t'entendait dire ça, elle te mettrait une tape derrière l'oreille !

Griff a gloussé et il a répliqué :

– En fait, je crois qu'elle serait surtout d'accord avec moi.

Dee a éclaté de rire. Puis elle a dit :

– Je n'écoutais pas vraiment, mon chéri. Mais j'ai entendu parler de sécher les cours demain ?

Griff s'est de nouveau mordu la lèvre.

– Je peux ? L'année est presque finie. On ne fait plus rien d'important.

– Si tu ne rates pas grand-chose, bien sûr, a dit Dee en entrecroisant ses doigts. (Un moment, j'ai cru qu'elle allait les faire craquer. Mais elle s'est contentée de murmurer :) J'espère que tu ne vas pas changer d'avis, mon chéri.

Il m'a fallu un instant pour comprendre de quoi elle parlait. Je crois que Griff aussi. Il a répondu :

– Ne sois pas stupide, Dee. Je n'ai pas envie d'aller vivre à Munich. Je veux rester ici.

Dee l'a observé.

– Tu en es sûr ?

Griff a hoché la tête. Puis il s'est levé et il a demandé :

– J'ai le temps d'aller écouter un peu de musique avant le dîner ?

– Il te reste une bonne heure, je pense. O n'est pas encore rentré, n'est-ce pas ?

Griff a attrapé son sac et il s'est dirigé vers le couloir. En atteignant la porte, il s'est retourné vers Dee. Elle a souri en demandant :

– Qu'est-ce qu'il y a ?

Griff s'est mordu la lèvre et il est devenu tout rouge.

– Eh bien… C'est juste que… je pense qu'Owen et toi, vous faites vraiment de super-parents d'occasion.

Un instant, Dee a eu l'air «pleine de galimatias». Elle est devenue écarlate et elle a regardé mon frère, bouche bée. Puis elle a souri en disant :

– *Diolch*, Griff, *cariad*.

Et en agitant la main comme si elle chassait une guêpe, en pleurant et en riant à moitié, elle a lancé :

– Va écouter ta musique, tu es en train de faire couler mon mascara, gros malin.

Fin

Il n'y a pas vraiment eu de fête pour les quatorze ans de Griff. C'était son souhait. Quand Dee lui avait demandé ce dont il avait envie, il avait répondu :

– Pas grand-chose. (Puis il s'était repris :) Est-ce que je peux juste inviter Hari ? Elle m'a promis qu'on allait passer à l'étape supérieure en guitare.

De derrière son journal, Owen avait haussé les sourcils en s'exclamant :

– C'est du sérieux, cette fois !

– Arrête de te moquer, a dit Griff. Ce n'est pas du tout ce que tu crois. On est amis, c'est tout.

Owen a ri en tournant bruyamment une page.

– Vous êtes amis. Bien sûr !

Mais l'anniversaire de Griff, qui s'annonçait à l'horizon comme un gros orage, s'était finalement bien passé. Dee et Owen lui avaient offert une guitare, et j'avais vu fleurir sur son visage un sourire aussi vif qu'un soleil. Deux colis étaient arrivés de l'étranger. Un maillot du Bayern de Munich de la part de Matilda, Silke et Sven, et un colis fragile de la part de Blessing, Marlon et Pudders : un disque d'Aretha Franklin dans son édition originale de 1961. Blessing était vraiment un amour.

Hari lui avait fait un cadeau, elle aussi. Qui avait la même forme que le paquet de Blessing. Il était enveloppé dans du papier kraft avec des médiators dessinés à la main partout.

– J'espère que ce n'est pas du gel douche, a dit Griff quand on s'est retrouvés dans la chambre.

Lui, Hari, la chatte et moi.

– Gagné, Gryffondor ! a dit Hari.

Quand il l'a ouvert, Griff a souri aux anges.

– Oh ! il s'est exclamé. Merci !

Hari a haussé les épaules et a essayé d'avoir l'air cool, mais ce n'était pas difficile de voir qu'elle aussi, elle était aux anges.

– C'est bien celui-là, hein ?

– C'est exactement celui-là, a dit Griff. *20/20* des Beach Boys. Comment tu as réussi à l'acheter à Lew ? Ne me dis pas que tu l'as laissé te caresser les pommettes pour ça ?

– Tais-toi ! s'est écriée Hari d'un air scandalisé. Lew n'a rien à voir là-dedans. Je l'ai trouvé sur le Net. La pochette est un peu abîmée, mais le disque est en parfait état.

Griff a sorti le disque vinyle noir de sa pochette et l'a posé sur la platine de sa vieille chaîne stéréo. Puis il a appuyé sur un interrupteur dans le mur, a pressé quelques boutons, et a baissé l'aiguille vers le disque. Il y a eu un fort grésillement, puis un sifflement, et le son des Beach Boys a empli la chambre. Même Bara Brith s'est mise à ronronner de bonheur.

Griff a dégluti avec peine.

– C'est étrange, il a dit. Je devrais sans doute

détester ce disque parce que, la première fois que je l'ai écouté, j'avais juste envie de mourir. Mais… je ne sais pas. Il fait partie de ces petites choses qui m'ont donné envie de continuer à vivre. (Il a regardé Hari d'un air inquiet.) C'est normal, tu crois ?

Hari a hoché la tête et ouvert la housse de sa guitare.

– Bien sûr. Je ne peux pas imaginer la vie sans bonne musique. (Elle a observé le mur.) Tiens, tu as accroché une nouvelle photo.

Griff et moi, on a tourné la tête.

À côté des Beatles sur le passage piéton, Kurt Cobain qui tirait sur sa roulée, Beyoncé dans son justaucorps en cuir et Dylan Thomas avec son pull sans manches de poète maudit, il y avait une nouvelle photo. Je me suis approché. C'était un cliché de notre famille. Griff, maman, papa et moi. On était au sommet du Rockefeller Building, tout sourire, à contempler New York.

Griff a croisé les bras si fort que c'était comme s'il se serrait lui-même dans ses bras.

– C'est eux, il a dit à Hari. Elle date de quelques années, mais j'adore cette photo. On était allés admirer New York depuis cette très haute tour, et Dylan et moi, on a failli vomir quand nos parents se sont embrassés. En fait, ce n'était pas un *vrai* baiser avec la langue. Il l'a embrassée, c'est tout. Mais je suis tellement content qu'il l'ait fait, maintenant.

Hari a caressé la tête de Bara Brith. Puis elle a attrapé sa guitare.

– Bon, on s'y met, Gryffondor ?

Griff s'est éclairé. En attrapant la sienne, il a dit :

– Au moins, maintenant, je n'ai plus besoin de t'emprunter ta guitare, Harold.

– Et comme ça, c'est tes cordes que tu casseras, maintenant.

En passant la main sur le manche de sa guitare, elle a pincé une corde et elle s'est mise à accompagner les Beach Boys.

– Bon, aujourd'hui, on attaque les accords barrés. Tu vas avoir besoin de tous tes doigts, Gryffondor.

Et pour le lui prouver, elle a mis sa main dans la position la plus étrange qui soit. Griff a essayé de l'imiter. Après plusieurs vaines tentatives, il a froncé les sourcils et il a dit :

– On ne peut pas s'en tenir à ce qu'on faisait jusqu'à présent ?

Hari a fait signe que non.

– Sauf si tu as envie de passer ta vie à jouer *Wonderwall* ou *Michael Row the Boat Ashore*.

Griff a froncé encore plus fort les sourcils et il a réessayé. Au bout d'un moment, il a relevé la tête, et il a demandé :

– Et quelles chansons ça permet de jouer, ces putains d'accords barrés ?

Hari a haussé les épaules.

– Tout ce que tu veux. Pour commencer, je pensais à *Smells Like Teen Spirit*.

Le temps s'est arrêté.

Puis il a repris son cours.

Griff a fait la grimace.

– Je ne l'aime pas trop, celle-là. Qu'est-ce que tu dirais de *Heart-shaped Box* ou *About a Girl* ?

Et là, c'en a été trop pour moi. Je ne supportais plus d'être là. Ça n'était pas normal. Ça n'était pas bien. Sans doute que je me préparais depuis longtemps à ce moment. Alors j'ai posé la main sur le bras de mon frère pour lui signaler que je m'en allais.

Les doigts de Griff se sont immobilisés sur sa guitare et il a tourné légèrement la tête. Vers moi.

– Tant que je serai là-dedans, j'ai dit en effleurant le front de mon frère, je serai toujours, toujours là. Ce n'est pas comme si tu avais besoin de monter dans le train pour Shrewsbury ou Birmingham, ou pour je ne sais où. Il suffit que tu penses à moi pour que je sois là.

Et je sais qu'il m'a entendu, parce que, tout à coup, il a fait un petit sourire à Hari et il a dit :

– Je suis en train de penser à Dyl. Il serait vraiment impressionné de voir que je peux jouer du Nirvana à la guitare.

Hari a eu l'air sérieuse l'espace d'une seconde, puis elle a fait un immense sourire et, l'instant d'après, Griff et elle souriaient ensemble. Et moi aussi, je souriais, parce que parfois, malgré tout, la vie est belle.

Le moment était venu pour moi de partir. Mes parents m'attendaient, et je voulais quitter ce monde pour attendre Matilda dans le prochain. J'espérais bien l'attendre très longtemps. J'ai jeté un dernier coup d'œil à Griff. Apparemment, il était en train de commencer à maîtriser les accords barrés. Et, à l'instant où je me dirigeais vers la lumière, j'ai entendu un nouveau morceau. Des Beach Boys. *Le Lieu si proche si loin*. On aurait dit la musique qui clôt un film. Du genre doux et triste et, en même temps, plein d'espoir.

Playlist de Griff pour Powell

1. Gold Digger - Kanye West
2. It's Like That - Run DMC Vs Jason Nevins
3. Song 2 - Blur
4. Star Sign - Teenage Fanclub
5. Whirring - The Joy Formidable *
6. I Say a Little Prayer - Aretha Franklin
7. American Boy - Estelle
8. Stutter - Elastica
9. Union City Blue - Blondie
10. About a Girl - Nirvana
11. Empire State of Mind - Alicia Keys
12. Catch the Sun - Doves
13. God! Show Me Magic - Super Furry Animals *
14. When Doves Cry - Prince
15. Indie Cindy - Pixies
16. Halo - Beyoncé
17. Slide Away - Oasis
18. Cannonball - The Breeders
19. Here Comes the Sun - The Beatles
20. The Nearest Faraway Place - The Beach Boys.

* Ceux-ci sont gallois.

Remerciements

Nos vies en mille morceaux ne serait pas ce qu'il est si je n'avais pas bénéficié du soutien et de l'enthousiasme de tant de personnes. Tout d'abord de mon agent, Tim Bates. Une fois de plus, il a recueilli mes mots et leur a trouvé une maison, sans cesser de me prodiguer des encouragements. Mais aussi Emma Matthewson, mon éditrice chez Hot Key Books. Lorsque Emma a une idée, celle-ci ne peut être que bonne, et je suis heureuse de l'avoir écoutée pour *Nos vies en mille morceaux* ainsi que pour *Sophie Someone*. Immenses mercis à Talya Baker, qui m'a aidée à rendre si justement la voix de Dylan, et à Alexandra Allden, auteure de la formidable couverture anglaise. Merci également à toute l'équipe de Hot Key Books. Je suis extrêmement reconnaissante, et flattée, des commentaires adorables de Kerstin chez Koenigskinder et de Christine chez Gallimard Jeunesse, qui ont lu le manuscrit de *Nos vies en mille morceaux* et s'en sont emparées pour le faire découvrir aux lecteurs allemands et français. *Danke* et merci !

Je n'oublie pas Gwen Davies d'Aberystwyth. Gwen a réellement un chat qui s'appelle Bara

Brith, lequel ne pouvait qu'apparaître dans ce roman. Cinq minutes passées en compagnie de Gwen suffisent à comprendre qu'écrire, ça permet aussi de se faire des amis merveilleux. Au pays de Galles habite également ma chère et vieille amie Lynda Jones, que je connais depuis toujours, ou presque. Nous bavardons régulièrement au téléphone. Lynda est capable de citer Einstein, ($E = mc^2$ ou bien la théorie de la relativité) tout en disant des choses comme « Il faut bien que toute cette énergie aille quelque part. » Elle me permet de… réfléchir.

Sans oublier, bien sûr, Graham Tomlinson, mon mari. Si gentil, si patient, si encourageant. Sans lui, je n'y serais jamais parvenue. Il n'y a pas si longtemps, il a agité un CD des Beach Boys sous mes yeux et il m'a dit : « Dessus, il y a un morceau qui s'appelle *Le Lieu si proche si loin*. Je me suis dit que tu devrais creuser cette idée. » ❤

J'en arrive aux Beach Boys, à Nirvana, Aretha Franklin, Beyoncé et le poète Dylan Thomas… Je vous aime tous. Comme je vous aime, vous aussi, mes petits lecteurs. Pour la confiance que vous m'avez faite en lisant ce livre.

Merci.

HAYLEY LONG est née à Ipswich en Angleterre. Elle a suivi des études de lettres et est devenue enseignante, presque par hasard. Elle vit aujourd'hui à Norwich. Elle est également l'auteure de la série pour adolescents *Lottie Biggs*, publiée au Livre de poche et récompensée par plusieurs prix en Grande-Bretagne. Dans *Sophie Someone* (Hot Key Books, 2015), elle parle déjà du poids étouffant des secrets et de la force que donnent les mots pour se relever.

DANS LA COLLECTION

PÔLE FICTION

M. T. Anderson
Interface

Jane Austen
Orgueil et préjugés
Raison et sentiments

Gaël Aymon
Ma réputation

Clémentine Beauvais
Les petites reines
Brexit romance

Bernard Beckett
Genesis

Kamel Benaouda
LX18

Nathalie Bernard
Sauvages

Jean-Philippe Blondel
Blog

Anne-Laure Bondoux
Tant que nous sommes vivants
L'aube sera grandiose

Paule du Bouchet
À la vie à la mort
Chante, Luna
Mon amie, Sophie Scholl
Je vous écrirai

Ann Brashares
Quatre filles et un jean
L'amour dure plus qu'une vie
Toi et moi à jamais
Ici et maintenant
Ces liens qui nous séparent

Irena Brignull
Les Sorcières du clan du Nord

Melvin Burgess
Junk
Lady. Ma vie de chienne

Florence Cadier
Le rêve de Sam

Sharon Cameron
La lumière dans les combles

Sébastien de Castell
L'Anti-magicien
- 1. L'Anti-magicien
- 2. L'Ombre au noir
- 3. L'Ensorceleuse
- 4. L'Abbaye d'Ébène
- 5. Les Traîtres de la cour
- 6. Hors-la-loi

Emma Carroll
Dévisagée

Claire Castillon
River

Orianne Charpentier
Après la vague
Rage

Émilie Chazerand
La fourmi rouge

Kristen Ciccarelli
Iskari

Sarah Cohen-Scali
Max

Eoin Colfer
W.A.R.P.

Élisabeth Combres
La mémoire trouée

Ally Condie
Atlantia
Promise
- Promise
- Insoumise
- Conquise

Matthew Crow
Sans prévenir

Christelle Dabos
La Passe-miroir
- 1. Les Fiancés de l'hiver
- 2. Les Disparus du Clairdelune
- 3. La Mémoire de Babel
- 4. La Tempête des échos

Ici et seulement Ici

Claudine Desmarteau
Un mois à l'ouest
Jan

Victor Dixen
Le Cas Jack Spark
Animale

Berlie Doherty
Cher inconnu

Tom Ellen et Lucy Ivison
Mon homard
French ski

Charlotte Erlih
Bacha posh
20 pieds sous terre

Manon Fargetton
Dix jours avant la fin du monde
À quoi rêvent les étoiles

Timothée de Fombelle
Le livre de Perle

Cornelia Funke
Reckless
- 1. Le sortilège de pierre
- 2. Le retour de Jacob
- 3. Le fil d'or

Aurélie Gerlach
Lola Frizmuth

Alison Goodman
Eon et le douzième dragon
Eona et le Collier des Dieux
Lady Helen
- Le Club des mauvais jours
- Le Pacte des mauvais jours
- L'Ombre des mauvais jours

John Green
Qui es-tu Alaska ?
La face cachée de Margo
Tortues à l'infini
Bienvenue dans l'Anthropocène

John Green et David Levithan
Will & Will

Frances Hardinge
La lumière des profondeurs

Lian Hearn
Le Clan des Otori
- 1. Le Silence du Rossignol
- 2. Les Neiges de l'exil

• 3. La Clarté de la lune
• 4. Le Vol du héron
• 5. Le Fil du destin
Shikanoko
• L'Enfant du Cerf, Livres 1 et 2
• L'Empereur Invisible, Livres 3 et 4
Les Enfants des Otori
• 1. Les Guerriers orphelins
• 2. La Révolte invisible

Monica Hesse
Une fille au manteau bleu

Maureen Johnson
13 petites enveloppes bleues

Gordon Korman
Mon père est un parrain

Sève Laurent-Fajal
Les valises

David Levithan
A comme aujourd'hui

Erik L'Homme
Des pas dans la neige
Nouvelle-Sparte

Kim Liggett
L'année de grâce

Sue Limb
Jess Jordan
• 15 ans, Welcome to England !
• 15 ans, charmante mais cinglée
• 16 ans ou presque, torture absolue
• 16 ans, franchement irrésistible

E. Lockhart
Famille de menteurs
Nous les menteurs
Trouble vérité

Hayley Long
Nos vies en mille morceaux

Benoît Minville
Les belles vies

Jean Molla
Felicidad
Sobibor

Vincent Mondiot
Les derniers des branleurs

Susie Morgenstern
Premier amour, dernier amour

Jean-Claude Mourlevat
Le Combat d'hiver
Le Chagrin du Roi mort
Silhouette
Terrienne

Jandy Nelson
Le ciel est partout
Le soleil est pour toi

Patrick Ness
Le Chaos en marche
- 1. La Voix du couteau
- 2. Le Cercle et la Flèche
- 3. La Guerre du Bruit

Nous autres simples mortels

Jennifer Niven
Tous nos jours parfaits
Les mille visages de notre histoire
L'été de tous les possibles

Joyce Carol Oates
Nulle et Grande Gueule
Sexy
Zarbie les yeux verts

Mikaël Ollivier
Star-crossed lovers
Tout doit disparaître

Isabelle Pandazopoulos
La Décision
Trois filles en colère
Demandez-leur la lune

Marie Pavlenko
Je suis ton soleil
Un si petit oiseau

Mary E. Pearson
Jenna Fox, pour toujours

Marisha Pessl
Le matin de Neverworld

Stephanie Perkins
I Gave You My Heart

Lucie Pierrat-Pajot
Les Mystères de Larispem

François Place
La douane volante
La reine sous la neige

Michelle Quach
Eliza est féministe

Louise Rennison
Le journal intime de Georgia Nicolson
- 1. Mon nez, mon chat, l'amour et moi
- 2. Le bonheur est au bout de l'élastique
- 3. Entre mes nungas-nungas mon cœur balance
- 4. À plus, Choupi-Trognon…

Nastasia Rugani
Milly Vodović

Ruta Sepetys
Big Easy
Ce qu'ils n'ont pas pu nous prendre
Le sel de nos larmes
Hôtel Castellana
Si je dois te trahir

Stéphane Servant
Guadalquivir

Dodie Smith
Le château de Cassandra

Erin Stewart
Dévisagée

Jonathan Stroud
Scarlett & Browne, Livre 1
Scarlett & Browne, Livre 2

Laini Taylor
Le Faiseur de rêves
La Marque des anges

Florence Thinard
Le Gang des Vieux Schnocks

Mathilde Tournier
Championnes

Thibault Vermot
Colorado Train

Vincent Villeminot
La Brigade de l'ombre

Hélène Vignal
Queen Kong

Jo Witek
J'ai 14 ans et ce n'est pas une bonne nouvelle

Muriel Zürcher
Robin des graffs

Ibi Zoboi / Yusef Salaam
Mes coups seront mes mots

Le papier de cet ouvrage est composé de fibres naturelles, renouvelables, recyclables et fabriquées à partir de bois provenant de forêts gérées durablement.

Maquette : Maryline Gatepaille

ISBN : 978-2-07-512439-3
Loi n° 49-956 du 16 juillet 1949 sur les publications destinées à la jeunesse
Premier dépôt légal : août 2020
Dépôt légal : octobre 2024
N° d'édition : 649019 – N° d'impression : 280570
Imprimé en France par Maury Imprimeur – 45330 Malesherbes